新世纪爱情故事

残雪 著

湖南文艺出版社

目 录

一、翠兰和韦伯…………………………… 001

二、韦伯和丝小姐过去的情事…………… 061

三、龙思乡女士的内心追求……………… 113

四、韦伯的妻子小袁……………………… 139

五、古董店的鉴宝师……………………… 163

六、医生的世界观………………………… 203

七、韦伯在监狱…………………………… 231

八、民警小贺的单相思…………………… 259

九、情感教育……………………………… 275

十、在巢县………………………………… 293

十一、勇敢的阿丝………………………… 337

一、翠兰和韦伯

寡妇牛翠兰天还没亮就起来梳洗打扮了,因为她的老相好韦伯今天很可能要来她这里。翠兰三十五岁,自认为处在女人最好的年龄,她丈夫死了八年了。韦伯四十八岁,是肥皂厂的普工,但他在普工里头算是个文化人。

翠兰和韦伯是一年前结识的,地点是一家可以提供性服务的温泉旅馆。那一天翠兰是去那里泡温泉,泡完温泉,她懒洋洋地上岸,到更衣室更了衣,准备回家了。时间还很早,蒙蒙的水汽里头,那些顾客阴魂一般时隐时现,有些还不怀好意地碰一碰她的胳膊肘。翠兰怀着一腔破罐子破摔的怒气,连着往地上啐了好几口。就在这时她瞟见了贼头贼脑,猥猥琐琐,身穿玫红运动衫的韦伯。她一看这家伙就知道他是来干什么的,不由得冷笑一声,在心里想:"穿运动衫来这种地方,亏他想得出。"

在那条窄道上,他俩擦肩而过(他是要去"特殊服务"那边)的时候,翠兰用胳膊肘愤恨地撞了韦伯一下,撞得他"哎哟"一声贴在了墙上。

没想到这位嫖客后来就成了翠兰的相好了。韦伯告诉她说,那一天他在温泉旅馆接受了性服务,但他出来之后,心里头并不像往常那样虚空,无所求。他居然感到神情有点恍惚,这对他可是件大事。很快他就找出了原因。他到接待室那里查到翠兰的信息,七问八问地就问到她家里来了。于是两个老手立刻上床,闹腾了一番,浑身流汗。

韦伯有家庭,他还有几份秘密的灰色收入,所以他隔三岔五往温泉旅馆那种地方跑。他在那方面比较强烈,而且有能耐。一开始,翠兰对自己的新生活很满意,她立刻甩掉了以前的几个相好,快乐地享受新的激情了。对于韦伯,翠兰说不上迷恋,但也觉得有这一个相好就够了。她讲究性生活的质量。韦伯基本上一个月到她这里来两三次。

久而久之,翠兰就将韦伯当作了自己的地下丈夫。她是个很独立的女人,觉得有这么一个地下丈夫也不错,人一辈子不就这么回事吗?能够有些快乐就不错了。韦伯的大名叫韦四强,很俗气的名字,因为他为人老成持重,从他三十多岁起大家就都称他为韦伯了。翠兰也特别喜欢叫他韦伯。

翠兰匆匆吃完了早饭,将两室一厅的房子收拾得干干净净,又对着镜子描了一遍眼线。今天不知怎么她有点神经兮兮的,只要一听到外面走廊上有脚步声就吓一大跳,以为她的相好来了。但每次都不是,是她的邻居从那里经过。她对自己的失态很懊丧,要知道她可不是什么俯首帖耳的女人,她不愿对一个男人太在乎。想到这里，翠兰走过去打开冰箱，拿出几个杧果洗好削了皮吃起来。她吃得手上，脸上都脏兮兮的，把脸上的淡妆也搞坏了。她还赌气不去补妆，她要让韦伯看到真实的翠兰。

都快到中午了，门那里才被人谨慎地敲了四下，是他。翠兰满心疑窦，因为她居然没听到韦伯的脚步声。他想搞什么鬼？她看着这个人，回想自己这一上午地狱般的煎熬，心里一下子没有了主意。

"翠兰，我是来告诉你的，我马上要走，我家里有重要的事。"他显出一脸忠厚老实的样子。

"既然这样，你还不如打电话告诉我呢。"翠兰惶惑地说。

"打电话？"他似乎吃了一惊，"那怎么行？那太不尊重你了。难道我们不是情人吗？我爱你。"

他说完就要走，然后他就走了。

翠兰宛如处在梦中，她坐在桌旁半天没有动挪。从清早到现在，她的情绪处于高度紧张之中，她的举动也莫名其妙。她记得自己反复地照过镜子，两次匆匆地改换发式，还将脸上的淡妆擦掉了。可是现在，等来的是这个男人两分钟的停留。他显得很烦躁，甚至都没朝她脸上望一眼。他家里大概出了大事。但翠兰不愿去猜测，她从不自找麻烦。啊，今天她真倒霉，一天休息白白浪费了，明天又要去仪表厂上班了。她是仪表厂的一名保管员。

第二天，翠兰因为工厂加班回家晚了些，她决定不做晚饭，去一家叫"人间天堂"的小面馆吃面。那面馆就在离她家不远的街上。因为时间已晚，她进去时面馆里的顾客只有两三个了，而且很快他们就起身出去了。她一个人坐在一个角落里，感到很惬意。然而不一会她的宁静就被打破了。

面馆的玻璃门被砰的一声踢开，进来了一名油头粉面的男子，他姓尤，是本城鉴定古董的专家。翠兰认识他。翠兰还从未见过他行动如此鲁莽。姓尤的男子和翠兰招呼过，在她对面坐下了。翠兰望着玻璃窗外的大街，她不想说话，一方面因为累，另一方面也是因为心情不太好。

"最近去了温泉旅馆吗？他们又增加了一种特色服务，叫'鱼浴'，很多小鱼来咬掉人身上的脏东西。很新颖的休闲方式啊。"

尤先生说话时露出雪白的两排牙齿，翠兰觉得他很像狼狗。她从鼻孔里哼了一声没有回答，她感到他在挑衅。

"昨天有一个你很熟的人同我一块在那池子里。"

这时翠兰的蘑菇蔬菜面来了，她埋头吃了起来。

"你就对我要告诉你的事一点都没兴趣？"尤先生注意地看着她。

"对，一点兴趣都没有！"

翠兰说着就站起身，到柜台那边去结账。她听到尤先生在她背后唉声叹气，她虽好奇，还是努力克制自己不去望他。也许尤先生此时正盯着她的背影吧，她感到背上像被针扎了一样痛。

牛翠兰决心要让自己的生活重回正轨。所谓正轨，就是她从前还没有正式相好时的那种相对安静的生活。那时她虽也有几个临时相好，可后来说断就断了，她认为自己不是那种扯不清的人。韦伯虽好，这种好也不能当饭吃，人还得吃饭，还得找别的乐趣。再说也并没发生什么事，她和他之间从未有过什么承诺嘛。露水情人就是露水情人，这个样子最好。从那个休息日以来直到现在，两个月已经过去了，韦伯一直没有出现。翠兰觉得自己很平静，连她自己都对这种平静有点吃惊。

仪表厂的工作单调而轻松，对她来说不在话下，她和同事们的关系也不冷不热。翠兰唯一的爱好是泡温泉，但本市唯一的一家温泉旅馆却是一家色情旅馆。她不太喜欢色情旅馆，却也没有很大的反感，所以她决定这个星期天再去那里。她想，只是不要在那里碰到尤先生就好。

星期六夜里她做了一个梦，她梦见自己在温泉池里游蛙泳时抓到了一个人的脚。她害怕地站了起来，看见周围雾气蒙蒙，有人在那边的竹林里唤她："牛翠兰！牛翠兰！"

她冲到更衣室换了衣，一看表，已是夜里两点。她记不清她怎么会这个时候来泡温泉的原因了。她经过接待室，来到大门那里，可大门已经被关上了，还上了锁。她心中一惊，冷汗冒了出来。就在这个时候，一个男人的身影出现了，居然是韦伯。翠兰露出似笑非笑的表情，说：

"你是来消费的吧？好！谁能帮我打开大门？"

韦伯说他去叫人，然后就转向进了大楼。翠兰则坐在路边的靠椅上等待。她等了好久都没看见人来，她差点要睡着了。后来突然有人从她腰后插进一只手臂，抱住了她。翠兰眼前晃动着玫红运动衫，她拼命挣扎，大叫"救命"。这时她醒来了。

因为这个离奇的梦，她差点打消了去泡温泉的念头。然而拖到上午九点钟，她还是去了。

女用温泉池那边的顾客并不多，只有三位女士，她们在仰泳，死尸一般浮在水面。有一瞬间，翠兰怀疑其中一位真的是死尸。那人一动不动，肚子胀鼓鼓，眼珠凸出来。她好不容易才忍住了惊叫。但没多久她就听到那三个人在大声聊天，原来她们是熟人。翠兰放下心来。她靠边坐下，半闭着眼享受。温泉池的卫生搞得很不错，水是活水，池底铺了很厚的细沙，池边长着美丽的古槐。

翠兰全身放松地听那几个女人聊天。起先她听不懂，后来慢慢听出眉目来了。她们说的是妓女从良的事。三位都是纺纱厂的女工，做着繁重的工作。她们很羡慕旅馆的一位小姐，这位小姐原来也是纱厂的，后来到温泉旅馆当妓女，一共只做了四年就从良了。据说是有好几个男人帮助她，在某小区买了商品房。

翠兰听着她们说话就打瞌睡了。然而忽然又被惊醒了，因为她听到了"韦伯"两个字。抬眼一看，那三个人正从水里出来去更衣室。翠兰想，难道她们说的是韦伯？是韦伯在帮那纱厂的小姐买房子？韦伯有这么大的能耐？她隐隐约约地听到过韦伯说他还有份工作，可以赚些钱。当时她认为他不过想说出来炫耀一下罢了。如今有灰色收入的人到处都是。翠兰不需要他的钱，他们之间没有金钱关系。

懊丧的情绪朝她袭来。本来她是来休息的，却又听到了韦伯的消息。还有昨夜的奇怪的梦也是同样的情况。就好像这温泉旅馆是韦伯开的一样。水池里的人多起来了，翠兰心情阴郁地上岸了。

她走到大门边时还仔细地将那张门研究了一番，努力回忆梦中的情形。她看来看去的还是觉得此大门非梦里的那张大门。有人在她背后说话。

"我确信那是真感情。她们都不相信有这种事。"

说话的是纱厂女工,浮在水池里肚子胀鼓鼓的那一位。

翠兰朝她一笑,算是相互认识了。

"我叫龙思乡,我在这里看见你好几次了,我知道你叫牛翠兰。你也同我们纱厂女工一样是来这里找安慰的吗?我,还有我那两个同伴,我们最近常来,想去特殊服务部那边找工作,可人家嫌我们年龄大。我们都认识韦伯,他是个讨人喜欢的人,我们还是从他那里听说你的。"

"他说我什么了?"

"他说你是淑女。其实我和我的同事也是淑女型的,但我们又不甘心,我们愿意堕落。我们觉悟得晚了,现在我们老了,人家不接受我们。"

"我也愿意堕落!"翠兰脱口而出,"可惜我也年龄太大了。"

"我知道你的想法。韦伯看上的女人全是这一种。他故意说你是淑女,他的话我从不信。再说淑女怎么会老往这种地方跑?"

龙思乡说话时不断地翻白眼,似乎要将什么讨厌的往事回忆压下去一样。翠兰觉得她长得很不好看,但也从心里承认,这位多嘴的女人说起话来有某种说不清的魅力。

"那么,你同韦伯也有一腿吗?"翠兰用玩笑的口气说。

"没有。"她沮丧地摇头,"我倒是想那样,可他的心思都在丝小姐身上,他喜欢老牛吃嫩草。听说他为她欠了不少债。"

她们一块走了一段路就分手了。翠兰觉得龙思乡是个很对自己胃口的女人，她打算以后有机会还要同她交往。

回到家中，她越来越困惑：为什么这两天韦伯的阴魂老缠着她？她不是已经对她和他的关系看开了吗？一个肥皂厂的普工，同她翠兰一块混了一阵，如今缘分已尽，各人去找各人的乐趣了。就这么回事。出发去温泉之前，她连想都没想起韦伯，她只担心自己会在温泉遇见古董店的尤先生。可见韦伯已不在她心上。然而他还是不放过她。按那龙思乡的说法，这韦伯还是很有女人缘的，应是个精于此道的人。

当年翠兰刚守寡时，还是有不少人追求过她的。她认为自己是个自私的人，不愿为这些男人牺牲什么，所以坚持独身。独身这么多年，虽说不上逍遥自在，倒也并没委屈自己。韦伯当然比别的男人好一点，但也没好到她要吊死在他这棵树上的程度。她用不着依靠谁。那些纱厂女工是怎么回事？她们个个都想当妓女，却又都喜欢韦伯。看来韦伯这人不简单。翠兰的念头就这样绕来绕去的，总绕到韦伯身上。

她心事重重地吃过了晚饭，收拾了碗筷，看见外面天已经黑了。一些小孩在她房间的窗前跑来跑去的，卖馄饨的小贩在市场吆喝。她所在的宿舍前面的路灯亮起来了，一群人坐在阴暗中。这些人每天都坐在那里，既不打牌又不聊天。多年里头，翠兰对他们的看法是：他们因为待在家中感到寂寞，所以才出来一块坐在路边。他们正对着翠兰的窗户，以前她从不介意，就当他们是木桩。可今天不知为什么，她不愿这些人看见自己，于是关了窗子，坐到后面的卧室里去了。

在卧室里清点了钱包之后，似乎没什么事可干了，可离睡觉的时间还早。她的目光被墙上的一张美女图片吸引了，那是她喜欢的一位电影演员的面部特写。刚才她感到墙上的美女在看她，还转过脸来了。可是当她打量那图片时，又并没有那回事。

翠兰临入睡时还在想：尤先生知道她的底细吗？

韦伯好久没有偷着去翠兰那里了。此前在一次聚会中，他偶然遇到了翠兰的一位前男友。那个人不知为什么知道韦伯的秘密，一上来就同他聊翠兰的事。他说她"穷凶极恶"，是个见钱眼开的女人。他警告韦伯不要同这种女人维持关系，不然的话很危险。韦伯当时对这个男子的话很吃惊，也不相信。于是这位前男友掏出一封皱巴巴、脏兮兮的信给韦伯看。信纸上果然是翠兰的笔迹，她命令面前这个人将两万元人民币存到她的银行卡上，作为她的"青春损失费"。后面还有威胁的黑话。

韦伯看了这封信，又将信封仔细研究了一番。没错，的确是翠兰写的。他的心缩紧了，冷汗都冒了出来。

"你们是因为这个绝交的吗？"韦伯问。

"哪里，我根本不想同她绝交。我寄了钱给她，还想继续交往。可她干了什么呢？她找了个黑社会的人来威胁我，要杀我。"

韦伯发现男子叙述这件事的时候表情迷惘，甚至不时露出甜蜜的微笑。他的样子一点都不尴尬。韦伯怀疑他有精神病。突然，他一把捉住韦伯的双手，殷切地对他说道：

"你看我还有希望吗？我觉得你的判断会是最客观的。那么你告诉我，我还有希望吗？我又准备了两万，一有希望就存给她。"

韦伯感到这个人的手冷冰冰、黏糊糊的，他想抽出自己的手，

可怎么也抽不出。于是韦伯也变得神经兮兮的了。他含糊地回答:

"我不知道。我怎么会知道呢?你自己最清楚。我有个远房侄儿,因为恋爱杀起人来,多没意思,你说是吗?恋爱是美好的事,人的一生中又能有几回这种美好的事啊?"

他的回答令那前男友大失所望,他恼怒地甩开了韦伯的手。

聚会是在一个同事家,大家都闹哄哄的,所以也没有人来注意他俩之间的对话。韦伯很想换个座位,就站起来去卫生间。当他从卫生间回来时,那前男友已经不见了。韦伯松了口气坐下来。然而他一抬头,看见一位不速之客推开房门进来了。是古董店的尤先生,韦伯认得他,却从未深交过。尤先生径直朝他走来,坐在他旁边了。他一开口就让韦伯吃了一惊,因为他的口气像是韦伯的密友一般。

"近来爱情事业都不走运,就好像走到了世界的尽头那种感觉。我想你是有体会的。女人啊,这个世界因为有了她们而其乐无穷,你说是吗?"

尤先生身上散发出香水的气味,韦伯闻了有点头晕。

"可她们在哪里?我从来找不到她们!你看这个房间里,有这么多迷人的女士,可聚会一散,她们就消失得无影无踪了。有时睡到半夜,我起身到窗前去张望,我住在三楼,我看见大队人马过来了,从西边往东边走。她们一个个步态风流,牛翠兰小姐也在她们当中。"

尤先生露出野兽般的白牙笑起来,韦伯厌恶地皱紧了眉头。

后来,他实在对这个油头粉面的怪物忍无可忍了,就向主人告辞回家了。他站起来离开时,尤先生垂着头,显得十分沮丧。

聚会之后，韦伯同翠兰分手了。有时，他觉得自己采取那种分手的方式应该是十分委婉的。有时呢，又觉得自己十分卑劣。不过有一点韦伯拿不定主意：他同她到底是不是分手了？他隐隐约约地感到这件事没有那么简单，翠兰不是一个想分手就能分手的女人。韦伯初识翠兰时就感到了这一点，这也是为什么他要分手的原因。他想拷问一下自己的心。韦伯自认为是个怪里怪气的男人，他动不动就喜欢搞这种拷问的把戏。

眼下韦伯同妻子的关系属于那种君子之交，各人有各人的秘密，但双方又小心翼翼地维持一个和睦的家庭。他们的两个儿子部分开住了，只有假日才带着妻儿过来团聚。在韦伯眼中，他妻子也是个需要他拷问的人。当然不是拷问她，而是他拷问自己关于对她的看法。她是中学老师，文化不低，她说起话来委婉得令人摸不着头脑。她和他在很年轻的时候一见钟情，结为夫妻，相互间的热爱维持了七八年。后来他们的关系就渐渐冷静下来，疏远起来了，大约是因为太熟悉了吧。

不知从哪一天开始，韦伯发现自己颇有些"女人缘"。女人堆里头，从年轻的到半老的，总有那么几个会对他产生感应。他是个善感的，心眼多的人，于是就渐渐地搞起幽会来了。他的行动都是很隐秘的，至今还未败露过。

牛翠兰大概是他的第四个情人吧。韦伯觉得她是个令他激动的女子，可细细一想呢，又不知她的好处具体在哪里。那一天，他本是去温泉旅馆会他的年轻相好的，但却在那里发现了新的猎物。他被弄得措手不及，头脑发晕了。事后证实他的新艳遇确实非同凡响，以致他整整一个月里头将那年轻相好抛在了脑后。当他同翠兰纠缠在一起时，他总是忍不住对自己说这几句话："韦伯啊韦伯，你该不会头脑发晕吧？你的个人生活已经乱糟糟的了！"不知为什么，他老想摆脱出来，恢复从前的生活。

此刻韦伯坐在家里做账（他兼了两份会计工作）。他做一会儿又停下来发一会儿呆，回忆他同翠兰的关系，还有后来的可耻的结局。做出可耻行为的是他自己，他简直可说是别出心裁的卑劣。其实，她那前男友固然令他困惑，但那人并不是使他做出分手决定的原因。他并不是一个轻信的人，他认为自己不可能一下子搞清那个人同翠兰的关系。那么，他是因为同翠兰太熟悉了才要分手（像他同妻子一样）的吗？好像也不完全是。想来想去，大概还是因为自己的那种享乐的思想占了上风所致吧。韦伯是一个很怕自己受伤害的人，有一回他的手臂受伤流血，他竟然紧张得晕了过去。他胆小，心肠温柔，容易受到女性的宠爱。

韦伯终于将他的账做完了，这时天已经黑了下来了。他将中午的剩饭热了吃了，收拾好厨房。这时他看见一个人影在窗外探头探脑。

"谁？"韦伯压低了喉咙问道。

"我，古董店的尤先生。快开门吧，有急事！"

他进来了，神情慌里慌张的，也不等邀请就拖过一把椅子坐下。

"嫂子不在家？"

"她不在。你有事吗？"韦伯说话时感到自己的心怦怦地跳。

"韦伯，我问你，你同牛翠兰小姐到底还有没有关系？我知道你不愿意回答这个问题。可是我要告诉你，翠兰小姐已经在温泉旅馆当上了妓女。是她的好朋友亲口告诉我的，这位女子同我是情人关系。翠兰小姐说，她要在那种地方学习性技巧。"

韦伯又看见他露出野兽般的白牙，不由得感到恶心。

"嫂子马上要回来了。"韦伯说。

尤先生瞪了韦伯一眼，一边向门那里走一边回过头来尖叫：

"世界大乱，世界大乱！女人从地面上消失了！夜里走出门，满眼都是黑老鸦！"

他走掉了。屋里静悄悄的，就好像他没有来过一样。

韦伯陷入了深思。这个姓尤的家伙，到底是什么人？为什么他要咬住他不放？韦伯不得不承认，他给自己带来了惊心动魄的消息。当然，他也很可能是在撒谎。有一点是明确的：他知道翠兰同他有非同一般的关系，所以才来盯住他不放。那么，这个人也是翠兰的老相好？

就在昨天他还见过这个人。当时他下班了，正在往家里走，刚走出厂门不远就看到一个壮实的中年女子将一名男子打倒在地，用脚去踩。后来那女人就离开了。韦伯走到男人面前一看，原来是尤先生。尤先生从地上捡起那副镜片碎裂了的眼镜，左看右看，然后缓慢地，抖抖索索将眼镜戴上，站起身来。戴着那样的破眼镜，他显然没有认出韦伯。他紧张地打量了一下四周，拍拍弄脏了的上衣和裤子，然后一溜就溜进了旁边的理发店。韦伯好奇，就躲在理发店门外偷听了一阵。他听见尤先生和老板娘在里面调情，两人哈哈大笑。

韦伯回忆起这件事时，心里的阴影越来越浓。难道说，有什么重大的事情正在暗地里发生,而他蒙在鼓里?不过就算蒙在鼓里,如果他不去管,不就等于没有任何事发生一样吗?那么,他应不应该关心眼下有可能暗地发生的、同他直接相关的事呢?韦伯在阴影中茫然不知所措。他想到外面透透气。

肥皂厂的宿舍是那种一长排的老式平房,家家门口都有高大的老槐树,槐树下面有石桌,石椅。韦伯很喜欢这种房屋的格局。他背着手在槐树下溜达,夏日亲切的凉风吹来,有点伤感的味道,令他一下子想起了他的相好翠兰。莫非她真的辞了工作,去温泉旅馆当小姐去了?她做出这样的决定,会不会太晚了一点呢?韦伯知道不论她做出什么决定,都不会直接同他有关,他太了解她了。韦伯也不觉得当小姐有什么特别不好的,可这不是别人,是翠兰。这个事实(假如是事实的话)又令他陷入了困惑。此刻的翠兰在他心目中就像一个多面人一样,他对她的了解确实太不够了,也许还比不上尤先生。

有一夜,他和翠兰醒来了,他经历了一件怪事。当时他下床去找水喝,来到了饭厅里,他从热水瓶里倒了水,然后坐在那里等水凉一点再喝。这时他忽然听到一个男子的声音在屋角的阴影里响了起来,那声音很含糊,像是某种地方语。韦伯起身到屋角的大柜那里去看。

果然有一名中年男子站在柜子后面,是一个文质彬彬的人。他做了个手势,示意韦伯不要吃惊。

"我是她的朋友,"他轻轻地说,"我经常溜到她家来躲在这里。你一定感到奇怪,可是我有这种需要。请不要生气。翠兰是这污浊城市里的一颗钻石。"

他踮着脚，夸张而做作地溜到门边，打开门出去了。韦伯目瞪口呆。他怀疑自己是否在做梦。可是翠兰的声音在屋里响起来了。

"那是'失眠者'啊！"

"他是怎么进来的呢？"韦伯傻傻地问。

"当然是我给他钥匙了嘛！"

"你就不怕我生气吗？"

"'失眠者'通夜在城里游荡，对这样的人难道不应该发慈悲？"

翠兰眼里冒出黑色的火焰，下眼睑有两个黑圈。韦伯沉默了。下半夜，他俩一直在谈话。他们的话题集中在遥远的童年时代。那时这个城市完全是另外一副模样，他们在记忆中那些标志性的地点来来回回地走，边走边相约：天亮后一定要到那些老地方去看看，看它们如今变成什么样子了。

韦伯想到这里就在石凳上坐下来了，这时他看到有个人影在往他家这边移动。到了跟前他才看出是他妻子。她回来得真晚。

为了摆脱关于韦伯的这些纠缠，翠兰利用积攒的假期去乡下了。她的堂兄住在东边乡下，他年纪老了，儿女都不在身边，就只有他和妻子在家里，守着三亩水田，一片菜土，养鸡养鸭，日子过得清静。

翠兰下了长途汽车就走上了那条鹅卵石小道。她必须步行五六里路才能到达堂兄家。这个地方也是翠兰的老家，她从前来过两次。现在，老家虽只剩下堂兄一个人了，翠兰仍然感到老家很亲切。但不知怎么的，翠兰感到眼前的风景很陌生，除了鹅卵石路以外，其他一切都认不出来了。比如路边的那两座小山包到哪里去了呢？还有那些垂杨柳和古樟，树下的颓败的村庄，全都不见了。向路的两边望去，满眼都是荒地和野草。有一刻，视野中出现了体形巨大的两只饿狗，直冲冲地朝她飞奔过来，到了面前又猛地一转身，跑得无影无踪了。她被吓出一身冷汗。毫无缘由地她隐隐地感到堂兄夫妇已不在世上了，感到自己此行要出怪事。

当她终于看到那熟悉的、塌了半边墙的土砖小屋时，她已经精疲力竭了。按她的计算，她起码走了十来里路。那棵形状古怪的樟树像恶龙一样笼罩着小屋。翠兰终于有了熟悉的感觉。

"牛逸青！牛逸青！"她不顾一切地大叫起来。

起先听到老旧的木门打开的声音，过了一会儿，堂兄和妻子终于缓缓地从屋内移出，站在矮屋檐下面了。翠兰觉得他俩出奇的矮小，黑得像煤炭，五官也是模模糊糊的，根本看不清。她暗想，也许是这棵恶龙般的樟树吸走了他俩身上的精气。她抬头一望，这参天大树的叶片竟然全都是墨黑的颜色，还发出金属般的闪光。

"进屋里坐去，进屋里坐去。"嫂子的声音像知了般响起。

这原是一栋五间房的瓦屋，垮了两间，还有三间。一间作为饭厅，两间卧室。每一间都很小很黑。堂嫂一瘸一瘸地到屋后的厨房去忙碌了。她的腿是先前在生产队修水库时摔坏的。堂兄默默地抽着旱烟坐在那里，仿佛已经将翠兰忘记了一样。翠兰打量这熟悉的饭厅。这间房还是原来的老样，可又让她觉得有些什么地方改变了。她琢磨了一会儿,终于记起来,上一次她来时,这间房的墙上挂了一张很大的照片,框在镜框里,据说是堂兄的过世的父亲。翠兰觉得自己同老人长得很相像。现在那墙上光秃秃的。

"逸青啊,看来你把一生安排得好好的了。"她忍不住开口了。

堂兄还没来得及回答,堂嫂已将煮好的荷包蛋端上了桌。翠兰看了一眼,有四个鸡蛋。温暖的回忆使得翠兰无比伤感,她一边吃一边掉眼泪。后来,她终于吃完了,用带来的纸巾擦干了眼泪,将一张脸冲着堂兄,问道:

"为什么还不休息?"

"还没到时辰。"堂兄迅速地回答,"家乡可以实现我的心里的愿望。"

堂兄说话时,嫂子发出知了一样的声音。翠兰不能确定她是不是在笑,她只能确定嫂子是要表示对堂兄的赞成。翠兰感到嫂子心中充满了欢喜。她将礼盒交给嫂子,嫂子接了,一瘸一瘸地走进里屋去了。

"你每天究竟在干些什么?"翠兰压低了声音问。

"我在分析土质。我每天摆弄泥土和庄稼,慢慢就把土质弄清楚了。还有气象也是我所关心的。你嫂子比我的热情还要高,她有时觉也不睡了,搬一张小板凳通夜坐在田塍上。"

他说了这些就不说下去了,因为嫂子出来了。

堂兄指着堂嫂问翠兰:

"翠兰,你看她像不像知了?要知道她每天都在模仿!"

翠兰一边嘻嘻地笑一边在心里暗暗吃惊,她此刻心里想的

019

是：却原来乡下还有这么美妙的生活！她看着眼前这个矮小的黑皮肤妇人，记起了她多年前的样子。那时，她既不矮也不黑，是一个健康丰腴的农妇！她的变化确实大，是因为摔坏的腿病变了吗？可这变化也不能说是不好，翠兰感到现在她身上有一股非凡的灵气。这世上并没多少人可以将自己的声音训练得像知了的声音一样。翠兰感叹道：

"同家乡相比，城市里面真是乌烟瘴气啊！"

"可是我真正的理想却是在城市。"堂兄马上说。

那天晚上，他们烧了大量的艾叶草熏蚊子。翠兰坐在余烟之中，宛如身处仙境。她后悔自己没有更多地回家来。她站在月光下的禾坪里向远处瞭望，极目之处，有一些暗红色的火球在滚动，来来回回地滚，显得神秘而又吸引人。她问堂兄那是什么。

"是那个人在烧荒，他想弄出一些信号来。"

"给谁的信号？"

"大概谁也不给，现在的乡下人都这样。"

"真可爱。"

"可他是杀人犯。他们杀了人，心里寂寞，就用烧荒的方式来打信号。我白天看见他时，他就垂下眼，因为心里害怕。"

因为四周太静了，翠兰反而久久不能入睡。后来终于迷迷糊糊了，但很快又清醒了，因为有人在门外讲话。

"我们也可以烧。先把草割得浅浅的，让烈日晒死它们，然后放火。这并不难，就像韦伯的做法一样。"

堂兄说到"韦伯"两个字时还加重了语气。

翠兰跳了起来，这是她下乡后第一次听到韦伯的名字。真见鬼，堂兄是怎么认识韦伯的？她将木门开了一条缝，看见他和嫂子两人坐在高高的樟树那浓密的树荫里头，四条腿晃荡着。堂嫂不时发出知了的声音，堂兄继续说话。

"明天下午会刮南风，风一吹，所有的荒地烧得干干净净。我们不是杀人犯，我们用不着在别人面前垂下眼睛。"

翠兰听到"砰！砰！"两声闷响，是他俩从树上摔下来了。他们大声地呻吟起来。翠兰连忙走过去。

"为什么抽去凳子？为什么抽去凳子？"堂嫂质问说。

翠兰暗暗吃惊：这两个人是多么抗摔啊，要是她自己从那么高的地方跌落下来，恐怕已经没命了吧。

她想去扶他们，又害怕。万一有骨折，就不能随便挪动，先要问清。

在她追问之际，他俩便先后从地上挣扎着站起来了。真是奇迹。

堂嫂一瘸一拐走在前面，进屋了。堂兄站在原地不动，转动着脑袋左看右看的。翠兰扫了一眼周围，没发现什么异样。这时堂兄点燃了打火机，高高举起。过了好几秒钟他才熄了火，收好打火机。

"给谁发信号？"

"谁也不给。"堂兄笑起来。

"你住在这宁静的乡下，有没有人来拜访过你？"翠兰鼓起勇气问道。

"哈，你一定是想摸清我的老底？对不起，翠兰，这种事我要保密。在这里过日子有很多禁忌。我知道你还想问我和你嫂子为什么要坐在树上。是这样：我们想要离大地的喧嚣远一点儿，使自己冷静下来，以便做出某些决定。"

"大地的喧嚣？"翠兰眨巴着眼问。

"是啊，你想必听到了。要不你怎么会醒来？"

"我醒来是因为你们大声说话吵醒了我。"

"啊，那只是你这样认为罢了。其实在那之前你就醒了。"

翠兰沉默了。她想了想，说道：

"堂兄，我能不能来乡下生活？比如说，在那边另外盖一间房？"

"不能，翠兰，不能。太晚了。人怎么能想干什么就干什么？"

堂兄说话的时候，天已经亮了。翠兰想，她还没睡觉，怎么天就亮了？她看见堂兄眯缝着眼凝视前方，于是翠兰又看到了轻雾中那暗红色的火球在滚动。难道那真是韦伯？

他俩进屋时，堂兄没头没脑地说了一句："各尽所能，各取所需。"

堂嫂将一大盆稀饭和两碟咸菜放在桌上了，她自己则坐在矮凳上哭。堂兄说："你嫂子想起了她的青春时代。"他弯下腰在她背上抚摸着反复安慰她。她慢慢平静下来，坐到了饭桌旁。突然，她发出两声知了的叫声，那么响亮，把翠兰吓了一跳。

那一顿早饭吃了好久，因为堂兄和堂嫂老是放下筷子到门口去张望。翠兰也跟着去张望，但她什么都没看到，除了远方的火球。后来火球也消失了。

"我们这里总有外地人来烧荒。他们将那些荒地捣弄一番，然后就不见踪影了。我能理解这些性急的家伙。"

堂兄微笑着说出这番话。翠兰盯着他那饱经沧桑的长脸，心里想："他多么迷恋他的生活！"这样想了之后就感到惭愧。

白天里，两口子到田里地里忙乎去了，翠兰就坐在那棵樟树下想心事。

乡下是多么荒凉和宁静啊！也许是她的耳朵出了毛病，她听不到堂兄所说的大地的喧嚣，这又令她感到惭愧。还有一件事她想不出个缘由来，这就是：原先这里是有个村子的，就在堂兄家的东边，翠兰的父母曾经在那村里生活过，翠兰小的时候也去过村里。十年前她来堂兄家时村子的老屋还在。现在村子到哪里去了呢？她打算等一会儿问堂兄。她脑子里浮现出那密密的枫树林，那用走廊连接的，规模不小的瓦屋。她朝东边看去，那里既没有枫树林也没有老屋，只有荒地。

突然一个念头来到翠兰脑海里：如果她和韦伯到这里来生活，像堂兄和堂嫂这样，那会是什么情景？可惜啊，可惜，堂兄说不可能，太晚了。他必定有他的道理。再说韦伯又不是无牵无挂的一个人。那么尤先生怎么样？在这远离城市的乡下，翠兰的情感起了变化，她觉得尤先生一点也不讨厌了。也许他的油头粉面是一种假象，人人脸上都有面具嘛。就比如她翠兰，别人看起来也许像个风流的职业妓女吧，这种事说不准的。

翠兰对自己身后的事还没有安排，她才三十五岁。偶尔想到这种事时，她就安慰自己说，不用怕，拜托一位邻居或同事将自己送到火葬场去烧掉，将骨灰扔掉就是了。可是此刻，她心里突然涌出一股渴望，想要将来死在这里。为什么会有这种渴望,她讲不出原因。这种情感是她始料不及的。从树荫下望出去,到处是黄黄的太阳光,她觉得末日的景象就应该是这个样子。于是她又感动了。下乡这一天多以来,她一直在感动。可在日常生活中,她却是个不容易感动的人。

她认定韦伯不是偶然撞到堂兄的。那么,她和韦伯是真的有缘了。有那种她在黄昏时经常想到的、古老的姻缘。当然,去年她在温泉那里碰见他也是他预谋的。

黄昏时翠兰做好了饭菜等堂兄和堂嫂回来吃。她将屋里屋外都熏了艾叶草,到处香喷喷的。可是后来,她左等右等那两个人也不回来。月亮已经升起来了,远方又出现了那个火球。这一回,火球一动不动地立在那里,由红变黑,又由黑变红,完全不像某个人在烧荒。翠兰心里想,如果是韦伯,说不定他今夜会光临小屋?

她吃不下饭,心事重重地往外走去。方圆好多里既没有人也没有狗,她当然只能往那火球的方向走了。但她又怕迷路,她来这里时不就差点迷路吗?那还是大白天呢。担心归担心,她还是没有停下来。

走了一会儿就听见有人叫她的名字,谁?既不是堂兄也不是韦伯。她答应了一声之后,那人就不再叫了。这时翠兰就害怕了,她开始往回走。她感到有人在追她。她不敢回头,一味拔腿飞跑,跑回黑黑的屋里,用力将门反闩了。

"翠兰,翠兰!我是你四叔啊!"那人在外面急切地说。

翠兰从窗户那里望出去,并没有看到人影。

"我有话对你说,我和韦伯天天睡在一块的。"死去多年的幽灵说。

"那么韦伯,他告诉你什么了?"翠兰声音颤抖地说。

"也没有什么,不过就是说他不会放弃你罢了。"

四叔说了这话之后就沉默了。翠兰看见外面的空气泛出淡绿色,有一点小小的火光在游走。她不敢点灯,在黑暗中轻轻喘气。忽然,她开始怀疑堂兄和堂嫂不是活人。活人怎么会从那么高的树上摔下来而不受伤?刚来的时候她不是隐隐地感到这对夫妇已不在世上了吗?莫非那是有某种根据的?翠兰全身抖个不停,虽害怕却又暗地里激动着,渴望着某个转折的到来。

她等待了好久,并没有发生什么事。忽然,她的思维变得开阔起来。她毅然将大门打开,走到了那棵古樟树下。她展开双臂,全身趴在表皮粗糙的树干上面,感到心里很舒坦。

远处出现了小小的人影,在月光下看起来就像小人国来的人们一样。是堂兄夫妇,还有一名男子。翠兰的心狂跳起来,会不会是韦伯?

他们慢慢走近了。很可惜,不是韦伯,是一名衣衫褴褛的半百老头。

"你们回来得真晚!"翠兰嗔怪地说。

"是有点晚。这一位是我们家族的恩人,他遇到了一点小麻烦,我们帮他处理麻烦去了,现在一切都好了。你认识他吗,翠兰?"堂兄说。

翠兰朝那男子脸上望去,看见在朦胧的光线中,那两只眼睛就像猫眼一样发出绿色的光。她不禁脱口而出:

"啊,您是四叔吗?"

"不，姑娘，我不是你们家的人，我是一个补锅匠。"他的回答很迅速。

他们一块进了屋，但那陌生男人很快又出去了。翠兰问堂兄那人去了哪里，堂兄回答说树上。

"他心里有伤心的事，坐在樟树上可以减轻痛苦。"

在乡下的第二夜，翠兰起先睡得很死，后来又被吵醒了。是补锅匠同一个女人在说话，听语调很像在谈情说爱，而且声音很响。翠兰没法入睡了，只好坐起身。后来她终于忍不住，就将木门推开一点向外张望。她被看到的情景吓坏了。那一男一女手执雪亮的匕首，似乎正要决斗。她连忙将门关上，退回来轻轻地唤堂兄：

"逸青！逸青！"

堂兄在里屋咳嗽，过了好一会儿，才慢悠悠地问：

"怎么啦，翠兰？"

他出来了，没有点灯。他在黑暗中问翠兰，要不要将外面的情景看个清清楚楚？他说着就打开了木门。

那一男一女变成了白银雕像立在屋前，还是那个姿势，手里还是拿匕首。他俩身上一阵阵闪出雪白的电光。

"他们终于变成这个样子了。"堂兄关上门失望地说。

"他到底是谁？"

"先前倒的确是补锅匠。后来失踪了，大家说是同一个女人跑到山里去了。已经好多年过去了，我和你嫂子白天里碰见了他。他说他是从山里跑出来的。"他从门缝向外看了一看，回过头来对翠兰说，"哈！他俩一前一后上树了！这两个家伙，简直像两只猴子！哈哈！"

堂兄搓着两手，喜不自禁的样子。然后他果断地闩好了门。

"为什么不邀请他们进来？"翠兰不解地问。

"说说倒容易，邀请他们！你知道他俩身上的温度有多高吗？要是他一个倒好办，可他女人一来他俩就成了两块烙铁！让他们待在树上吧，反正那树死不了。"

堂嫂在后屋发出凄厉的知了的叫声，翠兰听得汗毛倒竖。

堂兄回到后屋，她才安静下来。

"翠兰快休息，明天你得回家去。"堂兄大声说。

"为什么赶我走？"

"不是我们赶你，是韦伯明天要到你家里去。"

"你在哪里遇见的韦伯？"

"在四叔那里。你不要追问了，快休息吧。难道你想让韦伯扑个空？他可是个好人。"

一切都安静下来了，翠兰也有了睡意。但她还是张着耳朵竭力想听清树上那两个人发出的声音。他们说话的声音很响，但无论如何也听不清，因为老樟树用金属般的嗡嗡声应和着他俩。在翠兰听来，就像一架飞机在头顶绕圈子。入梦之前，翠兰有点妒意地想：这两个人该有多么幸福啊。在梦里，她听到外面那两个人称她为"孤儿"。她听到这两个字立刻热泪滚滚，将枕头都弄湿了。她的梦境热辣辣的，那两个白银一般的影子总在她周围游走。再一看，到处是紫云英，到处是蜜蜂，她的右边则是那消失了的乡村老屋，那些枫叶像火一样燃烧。堂兄和堂嫂站在老屋门口，像两个小矮人。

她起来时堂嫂已经将早饭端上了桌。他们夫妇显得精神抖擞。翠兰走到外面去张望，看了好一会，昨天发生的事没留下一点痕迹。堂兄也走了出来，口里说着话：

"我们这里啊，白天和黑夜完全是两重天。要是你一直住在这里不走就会感觉得到。可惜你没有机会了。"

吃完早饭翠兰就动身了。堂兄和堂嫂站在樟树下目送她离去。

翠兰走出那片稻田之后回头一望，吃惊地发现那屋子和樟树都从地上消失了。她脚下是那条鹅卵石小道，小道给她一种亲切感。她想，长着金属叶片的参天大树，艾叶草浓浓的香味，银白的雕像般的人影，还有那滚动的火球，这些都是永远不会忘记的。一个有着这样的家乡的幸运的人，用不着害怕迷路。

翠兰回来了。回来的第二天，韦伯真的到她家里来了。

当时她正在家里打扫卫生，她骑在窗台上用一块抹布擦玻璃。她感到浑身是劲，闻到了房里散发的干净清新的气味。这时韦伯没有同她打招呼就进屋了。他一进来就拿着拖把拖地。

"你到我老家去烧荒了吗？"翠兰小声问他。

"嗯。"

"那么，你早就认识我堂兄？"

"你的家乡真美。"

"你怎么又来了呢？"

"还不是心里想来就来了。城市这么狭小，我能到哪里去？"

他俩一块做了土豆烧牛肉，好好地吃了一顿。

翠兰问韦伯有没有遇见她的四叔。

"他是一个无家可归的人,可是他会一门绝活,就是打地洞。他成天背着那些工具四处闲逛,只要选中了一个地点,无论是荒地里还是岩石上,他只需要两个小时,藏身之地就建好了。"

"你同他待在一个洞里吗?"

"是啊。彼此的呼吸都听得见。你四叔给人带来安宁。你们家族中有很多他这样的人。"

韦伯又说了些其他的事。他说着话眼睛就眯起来,然后就伏在饭桌上打起鼾来。翠兰心里想,这些天他该有多么辛苦!

她用力将他搬到自己的床上放好。她看着她的相好,她的情绪激动而又有些阴郁。她想起了那巨大而阴森的老樟树,难道是它在暗中庇护着她?这会是什么性质的庇护?

后来韦伯醒来了,他俩有了一次很美好的性交活动,比初见面浑身流汗那一次要好很多。好虽好,翠兰却显得有点魂不守舍的样子。她眼前出现了古董店的尤先生,那个油头粉面的男人。她想,尤先生和韦伯是什么关系?说不定是亲兄弟?她扑哧一笑。

"你心里另外有了相好吗?"韦伯注意地看着她说。

"没有,有个家伙倒是在追我,但他的样子令人恶心。"

"那不算缺点,人人都有令人恶心之处。"

已经是半夜了,韦伯却穿好衣服说他必须回家。翠兰看着他,想说什么又没有说出来。她说出来的是她自己没想到的话。

"韦伯啊,我怎么会在那种穷乡僻壤遇见你?我用大捆的苦艾熏蚊子,熏啊熏的,就把你熏出来了。有时我觉得那并不是我的家乡,因为我对它一点都不了解。我看见你的时候,你总在地平线上飘,推着那火红的轮子。你一定受苦了吧?"

她说不下去了,眼睛发了直。

"我没有受苦,你在那里,我怎么会觉得是在受苦?那轮子是有点烫,推起来也不轻,但乡下的空气激活了我身上的每一个毛孔!还有那些洞穴,里面有你所想不到的好处!"

他轻轻地关上门走了。

翠兰听见自己口里在唤道:

"尤先生!尤先生!"

她醒悟过来后吓了一跳。她竭力去想象韦伯和四叔藏身的那种洞穴。那会是什么样的洞穴?下一次,她要找到那里去看个究竟才甘心。那一次四叔在窗外唤她,她怎么就没想到同他见一面?

翠兰从乡下回来之后,假日里闲得无聊时便又去了温泉旅馆。

旅馆里生意很清淡,尤其是女浴池这一边,她一个人孤零零地泡在水里。一些彩色的,身子薄薄的鱼儿在水里游动,使她产生奇异的幻觉,如同到了异国他乡。昏昏欲睡之中听到有人在鬼鬼祟祟地、执着地唤她:

"翠兰!翠兰!你怎么把我忘了……"

后来她用力一睁眼站了起来,用目光向四周扫了一圈。整个浴场像一个落寞的怨妇,她甚至听到了隐隐的哭声,是年轻女人在哭,时断时续。

"谁在捣鬼?"她大声叫了起来,做出泼妇的神态。

谁会捣鬼呢?没人捣鬼。她悻悻地去了更衣室。

从更衣室里出来，还是没有看见一个人。一直走到大堂服务台那边才听到欢笑声。啊，原来是龙思乡和她的那位女同事！她们两人浓妆艳抹，香气袭人，显然是已经离开工作繁重的纱厂，当上了小姐。翠兰觉得她俩当小姐有点嫌老了，但她们的表情分外自信。此刻她们正在同一个男人调情，那男人背对翠兰站在那里。后来他转过身来，原来是尤先生。

"龙思乡是我的老相好，"他用油腻的嗓音告诉翠兰，"我们的关系可不是一两年，我们从二十岁出头就开始交往了。现在她干上了这一行，又有点勾起了我对她的旧情。"

他同龙思乡勾肩搭背的，两人一块倒在长沙发上。那女同事不甘寂寞，也从沙发另一头用力挤进去，尤先生便一手抱一个。

趁着他们闹腾之际，翠兰赶快朝外走。这时她听到尤先生在她背后冲她慌乱地叫喊：

"你怎么就走了，牛翠兰女士？我还有话对你说呢！"

他急匆匆地追到门口，追上了翠兰。翠兰看见他的脸涨成了紫色，一副急煎煎的样子，就问他：

"真奇怪，你到底找我有什么事？"

"是很重大的事情。"他有点不好意思地说，低下了头。

翠兰闻到了一股脂粉味，不由得皱了皱眉。鬼使神差一般，她说道：

"既然这样，那我们去对面那家茶馆坐一下吧。"

"啊，谢谢你！"

他们在小小的茶室里坐下来。尤先生显得很不安，老在伸着脖子东张西望的，还叹气。翠兰不耐烦了，冲着他说：

"你到底有事没事？没事我就走了！"

尤先生仿佛从梦中惊醒，扬手示意她坐下。

"说来话长啊，牛翠兰女士！好多年前，我同你的父母是有约定的。你不知道那个约定，可你家乡有人知道。后来他们过世了，我也就没法提起这件事了，因为那样就显得不厚道。可是现在你成了单身女人，我去追求你总没有什么不合常理的吧？"

"那你就追嘛！"翠兰脱口而出。

"你等等，我不是说我要死皮赖脸，我的意思是，你有那样的家乡背景，这才是我对你感兴趣的原因。"

"请你说说我的家乡看。"

"啊，一言难尽啊，这种事怎么能说？我去过很多偏僻的地方，从未见过那种瞬息万变的村庄……当然，那是寻常的农家小屋，厅屋里有巨大的水缸和石碓，屋外是晒谷坪。人只要去过那种地方一次，就会在日常生活中失去方寸。"

翠兰感到，当尤先生说起她的家乡来时，他以往那种油头粉面的样子就完全消失了。他变得很像个心神不定的文化人。翠兰以前的相好里头也有一个文化人，可并不像尤先生这样心神不定。翠兰对一件事感到难以理解：她的父母怎么竟会认为她和尤先生是相配的一对？翠兰自认为是个朴素实在的人，她父母也是这号人，他们同尤先生这种人的性格简直就是天隔地远。世上的事太难以理解了。可偏偏就是这个轻浮的男子，对她那泥土气的，沉闷的家乡有着古怪的兴趣。

"看来我的家乡给了你很好的影响啊。"翠兰嘲弄地说。

尤先生看了看她，脸色一下子变得阴沉沉的。后来他就一声不响地坐在那里，不时显出狰狞的表情，简直换了个人似的。

他俩不欢而散。

翠兰觉得太奇怪了，又很害怕。她打定主意以后见了这个人就躲。也许他是个精神病患者呢。她又想起，龙思乡同他倒分明是相好，他俩之间是如何相处的？还有她自己的父母，断然不会将她嫁给一个精神病人的。这样一回顾，又觉得自己是过于多虑了。

不过她对去温泉旅馆还是有了顾虑。仿佛是，她一去那里就会遇见尤先生或龙思乡之类的人，就会卷入生活中的某种不好的纠缠。可是她作为一个单身女人，确实没有多少打发时光的好办法。于是无聊的日子到来了。为了减轻无聊，她甚至学会了刺绣，她的手艺还相当上档次。寂寞之中，她居然感到了老年将至的凄凉。旧日的老相好来了，在外面唤她，她坐在里面无动于衷。

有一夜，外面下着暴雨，翠兰听着雨声，一下子记起了堂兄那句没头没脑的话："各尽所能，各取所需。"她真切地感到自己领悟了这句话的精神。她想，人应该可以这样生活，不论在乡下还是在城里。

她没想到韦伯也同她有类似的想法。于是他俩又恢复了来往。

翠兰就问韦伯：

"你是从哪一年开始同我的家族搭上关系的？"

韦伯翻着白眼想了老半天，最后回答：

"这类事很难理清啊。在我的印象里，我同你堂兄，你四叔他们从来就很熟，只不过没有交往罢了。翠兰，我问你，要是哪一天我被关进监狱了，你还会记得我吗？"

"当然记得。不过你不会被关进去的，对吗？"

"不对。我感到我触犯了刑法。"

翠兰没有追问韦伯，她觉得自己不应该追问他。她已不是从前那个翠兰了。

然而没过多久，韦伯就真的进监狱了。

那一天，他和翠兰坐在公园里，忽然来了一帮警察。韦伯一边同翠兰说着话一边站起来朝他们走去。他伸出双手让他们将他铐上手铐。

"你们干什么？为什么？？"翠兰情绪失控地大喊大叫。

"他参加了一个流氓集团。"一个年轻的警察说。

于是韦伯就被他们带走了。他似乎显得很愉快很开朗，就像卸下了一块压在心头的石头一样。

翠兰回家后大哭了一场。她又变成了孤零零的一个人。如果没有这个意外，她是打算和韦伯长久交往下去了。当然，她也还会经常去探监的。她感到她的情人身上有一种深不可测的品质，她说不出那是什么样的一种品质，也许同苦艾的香味有关？

"韦伯啊韦伯，"她在心里说，"你既然对那种事有那么大的兴趣，还加入了组织，又为什么还要同我交往？我这样一个人，一点都不能满足你的奇特爱好，你在我这里岂不是浪费时间？"

她泪眼蒙眬，忽然又感到自己很矫情，于是停止了流泪。

刚一停止流泪，她就想起了尤先生。那个油头粉面的人看上了自己的哪一方面？在以往的生活中，她那么讨厌这种人，见了就感到恶心。而现在回想起他来，竟然会有一点小小的好奇心外加一点愉快感。看来她从乡下回来之后真是性情大变了啊。

现在她很想去挑逗一下那尤先生，让他吐出心中深藏的秘密。她实在是想弄清一点：这个尤先生同她死去的父母到底有关系还是没有关系？如果有关系，怎么她从前从未见过他？如果没关系，他又怎么会将她的父母和她的家乡描绘得那么活灵活现？

翠兰想到这里就坐下来拨通了龙思乡的手机。

"龙姐，你在哪里啊？"她问。

"还能在哪里，和客人在一块呗，不过这个客人你认识。"

"是尤先生吗？"

"是啊，我让他来接电话。"

"翠兰女士，你可要节哀啊。"尤先生黏糊糊的声音响起来了，"毕竟生活中还有很多其他的选择。比如我，你从未考虑过我吗？"

"我正在考虑你。"

"这就好，说不定我们之间会擦出火花来。"

翠兰挂上电话好久之后还在回想尤先生的话。这个人说起话来有点像她父亲。翠兰一贯认为自己有着黑暗的历史，这个人就是从她历史的暗处钻出来的。一个无法归类的家伙。

翠兰的父亲是个沉默的男人，翠兰对这位父亲的印象总是模模糊糊的，从来摸不透他的心思。她同父亲之间的关系时好时坏，有时也很亲密。不过即使是在他们之间亲密的那些日子里，翠兰仍然觉得她和父亲相互都把自己包裹得紧紧的，相互都竭力给对方一个假象。很年轻的时候翠兰就感到了这一点，当时她想，也许这是因为她和父亲都对自己不满意，想要做另外一种人。然而随着年龄的增长，翠兰有了另外的看法。她现在的看法是，人之所以要造出些假象来哄别人，是因为真相太吓人，别人太难以接受。看来她与父亲有同样的思路，同样的气质。翠兰由此推测出自己在别人眼里的印象大概也是模模糊糊的。比如她那个车间的女主任，常在她工作时站在一旁长久地凝视她，但一言不发。翠兰从未听到过主任对她的工作有任何评价。也许没有评价就是她给她的评价？翠兰不在乎别人的评价，但这种模糊还是令她感到有点紧张。万一哪天从幽暗的灌木丛里窜出一条毒蛇来呢？

　　再回想到父亲。万一尤先生就是那条毒蛇呢？父亲不是同他有约吗？那种约定实在可笑，因为父亲明知他根本主宰不了翠兰的生活。翠兰后来结婚根本就没有去征求他的意见。那一天她宣布了这个消息后，父亲什么也没说。他本来就不爱说话。

　　她觉得龙思乡的那种自由自在的生活也很不错，那个女人一不做二不休，完全用不着藏着掖着什么，不像她翠兰。莫非龙思乡就是因为这种性格才吸引了尤先生的？这样一想，又觉得尤先生的确有某种高人一等之处。哈，韦伯刚进监狱她就变心了吗？

　　两个星期之后，翠兰去郊外的看守所探望韦伯。

　　看守所的那些管理人员很和蔼，一个老者让她坐在接待室里等待。他还对她说道：

　　"你多大了？三十五岁？真可惜。我看早点同他断了吧，这种事，越早下决心越好。那家伙早就不可救药了。你们有几个小孩？没有？？那还不马上同他一刀两断！！"

然后他愤愤地走开了。

接待室是一间空空的房间，正中间摆了一张窄床，却没有椅子和桌子。窄床上铺着白色的褥子和被子，不太干净，像是有人刚睡过。翠兰不愿坐到床上去，便姿势僵硬地站在那里，心里有点烦躁。

过了一会儿韦伯就进来了。他那种缩头缩脑的样子令翠兰想起她第一次在温泉旅馆见到他的情景。韦伯一把抱住翠兰，同她一块倒在那张床上，在她身上乱摸起来。翠兰忍无可忍，猛地一把推开他，大声喝道：

"你这个疯子！！"

韦伯愣了一下，脸上突然现出精明的表情，说：

"我在里面日日夜夜想你啊，难道不应该抓紧机会吗？糟糕，那老家伙来了。"

翠兰回头一望，看见那老者进来了，后面还有个女的。翠兰听见那女人用尖溜溜的声音说：

"这种社会渣滓，我看了就头晕。我们走吧。"

于是他们刚进来又出去了，还将房门带关了。

"多好的机会！"韦伯惋惜地说，"为什么你不愿意？"

"我感到恶心。"

"你呀，太爱挑挑拣拣了。"

翠兰将带来的书籍和食品交给韦伯。韦伯翻看着那本《大众电影》杂志，两眼像老鼠一样放出油光。翠兰心疼地想："监狱真是能改变人啊！"她觉得现在的韦伯倒真像一个流氓集团的成员了。

"你估计什么时候可以判下来？"翠兰问他。

"嘿，你就不要打这个主意了。进了这张门，就要安下心来在里面过日子。不耐烦只有死路一条。"

"可是你并没有犯罪，对吗？"

"当然没有。这是我的命运。"

韦伯垂下眼睛，搓着双手，有点心不在焉的样子。

"既然你现在不愿意，你就回去吧。我们站在这里说话也不方便，我担心有人要抓我的辫子，使我罪加一等。"

韦伯说完后就紧紧地抱了抱翠兰，然后将她推开了。

他催她快走，她就糊里糊涂地出来了。

翠兰走在郊外的柏油路上，凉风将她的脑袋吹得清醒了一点。她停下来回过头去张望那看守所。奇怪，那栋两层楼的旧房子后面也有一棵参天大树，连形状都同她堂兄家门口那棵相似，而且密密的叶片也是黑色的，在阳光下闪烁着金属般的光芒。这个联想使她心里充满了恐惧，一下子腿都软了，她就势坐到了路边的乱草里头。韦伯那张失望的脸始终压在她心头。难道他在装模作样？如果他真的从此失去自由，刚才她那样对待他，是不是说明她不爱他？

她的心情比来的时候阴暗多了。她感到浑身无力。她离汽车站还有五六里路远，早上走过来时并不费力。此刻一切都改变了，归途对她来说变得十分艰难。她觉得自己身上每个地方都疼，牙龈也肿了起来。乱草里头也不能久坐，怕有毒蝎或蛇。她强撑着回到柏油路上，步子缓慢地往前走。走了一会儿，神经都快崩溃了。忽然听到身后响起"吱吱呀呀"的声音。是一位老汉拖着两轮平板车过来了。

"上车吗？八块钱。"他瓮声瓮气地问。

牛翠兰连声说着谢谢，坐到了车上。

在她的视野中，看守所总不消失，还有那棵大树。明明已经走出了好远，都拐了两个弯了，她还是看见那栋旧楼。那么清晰，连楼下晒的被单都分辨得清清楚楚。她感到不对头。老汉不紧不慢地前行，翠兰闻到从他的圆领汗衫上散发出来的汗味。这个人令她想起自己的父亲。曾经有过几次，父亲救她于危难之中。牙还是很疼，坐在车上也并不舒服。最糟糕的是，她老看见那栋旧楼和那棵树。莫非她走不出这个魔圈了？这个念头令她的心情变得很复杂。

她记得他们并没有走错，此地仅有这一条柏油路，可为什么一个半小时了还没能到车站？现在那看守所倒是看不到了，但路边的景物很陌生，是一些光秃秃的小山包。她来的时候并没看见这些小山包啊。她一下子变得紧张起来。

"老爹，我们快到了吧？"

"是啊。不过我们最好在这里歇一下，右边是我侄女的家。"

老汉说着就放下车子，匆匆地钻进路边的乱草丛中，一会儿就不见了。翠兰站在平板车上向前方眺望，她的视野中根本没有汽车站，也没有城市的那些楼房。极目之处，柏油路消失在一片薄雾之中。

翠兰跳下车，来到一座小山下面。山上一棵树都没有，只有些乱草，乱草丛中有两座野坟。翠兰的思绪回到看守所，她很沮丧。她喜欢的男人变成一个野人了,这对她是好事还是坏事?也许对于韦伯自己,变成野人还好一些,要不他在里面难于打发漫漫长夜。不知为什么,她不急于回家了,那个空空洞洞的家对她失去了吸引力。她决定在这里搞一搞登山运动,反正明天又不上班。这样一想,牙也不疼了,身上又有了力气。

她爬到半山腰,就快靠近那座野坟了。这时她才看见坟头的乱草里面坐了一个人。那人将脸转向她,她认出来他是四叔。

"您一直四海为家吗,四叔?"

"谈不上四海为家,我总在附近转悠。"

四叔发出的声音像麦克风里头的声音一样,他那搁在坟堆上的两条腿很难看,裤腿卷上去,露出腿上的溃疡。翠兰心里想,这个人老在潮湿发霉的地方钻来钻去,恐怕全身都烂透了。

"那么您也知道韦伯的事了?"

"韦伯能有什么事呢?他可不是个简单的家伙。回家去吧,天都快黑了。你要做长期打算,姑娘。"

他从坟头上下来,往山后走去。翠兰想跟着他走,但他停下,回过头来怒视着她,他那双山猫般的眼睛在暗下来的光线中发出绿光。翠兰害怕了,只好下山。

她一到山下天就黑了,她几乎是摸索着回到了马路上。她听到从看守所的方向传来凄厉的号哭,一阵一阵的,似乎是在受到酷刑的折磨。翠兰凝神细听,想分辨出韦伯的声音,但根本不可能。她痛苦地站在那里,心里头翻江倒海一般。有人在黑暗中对她说话,声音怪熟的。

"这种事每天都发生的,你不要往心里去。"

原来是龙思乡,她就坐在翠兰坐过的平板车上。

"龙姐,你在干吗?"

"我是这个人的姘头,我是说平板车的主人。你不要看他是个拖平板车的劳工,就以为他很普通。我认识的人里头没有普通人。比如这一位,我怀疑他是个土财主,他花钱如流水。我一个人对付不了这老家伙,翠兰,你和我一块干这一行吧!"她的声音越来越高。

翠兰克制着内心的惊慌,连声说:

"我还没想好呢,我还没想好呢!即算我干这一行,也是要单干的,不会同任何人一块干。"

龙思乡从鼻子里哼了一声,半天没说话。

这时那拖车老汉骂骂咧咧地过来了,身上喷出酒味。

"你这只野鸡,赖在这里是想打劫我吧?呸!"

他跺了一下脚,扬起手来要打龙思乡。龙思乡居高临下地朝他扑过去,紧紧地搂住了他,他俩一块倒在路边的草丛里。

翠兰听见这两个在地上滚来滚去滚了好久,一点都不知疲倦的样子。后来她决定徒步走到车站去。她刚一迈步,龙思乡就叫起来:

"站住!不许走!"

她诧异地停下了。

龙思乡冲过来,一把抓住她的手臂咬牙切齿地说:

"想跑?想撇清自己?妄想!"

她命令翠兰同她一块坐到平板车上。

老汉拖着她俩往前走,车子驶进路旁的乱草丛。翠兰也不知道身下有路没路，也懒得去管这种事了。她靠在龙思乡的肩头，她闻到龙思乡的身体有一股松香的味道，于是她就在这股味道里头打起瞌睡来。她在蒙眬中听见龙思乡在摆弄打火机，她在抽烟呢。龙思乡多么镇静，这应该是一个很可靠的，能够把握自己的女人。她在半梦半醒中突然感到自己很久以前就认识龙思乡，她在某个想不起名字的熟人家见过她多次。那时她还是一位美丽的少妇，笑起来两眼弯弯像月牙。到再看见她时，她已经是憔悴的、有点出老的纺纱女工了。

他们来到一排长长的两层楼房旁边。

"这是'鸳鸯楼'。从这里数过去第五套是我和老永定下的包房。"

龙思乡拥着翠兰往里头走，她的声音变得十分色情。

"可是我并不想玩这种三人的游戏。"翠兰低声说。

"你找死！"龙思乡将翠兰往右边一推。

她被推进了屋里。龙思乡将翠兰锁在正屋，自己却同那姓永的家伙绕到屋后去了。翠兰听见那家伙在唱下流小调。

还好，屋子里有一盏三瓦的小电灯。翠兰分辨出房里的桌椅板凳，它们一律用厚厚的实木做成，还没来得及油漆，散发出清香。靠墙还放了几只大柜，柜门上雕了花鸟。翠兰坐在桌旁倾听，她听见那对男女正在从房子的后部上楼。他俩的身体非常沉重，似乎每一步都踩得楼梯摇摇欲坠。糟糕的是，她又听到看守所方向传来那种凄厉的哭声，比刚才在路上听到的还要清晰。有一刻，她甚至分辨出了韦伯的声音——一开始有点嘶哑，有点迟疑，接下去是歇斯底里的大爆发。她不由得泪流满面。

有人在外面猛力敲门，哇哇乱叫，是一个女人，声音有点熟。翠兰告诉她们是从外面锁上的。她的话音一落，那人就一脚将门踹开了。翠兰感到她力气大得吓人。

她是龙思乡的纱厂女同事，同龙思乡一块做小姐的那一位。在昏暗的光线中，这女人的脸显得比以前年轻，甚至透出了几分妩媚，也不知道是不是化妆的效果。

"这个客人本来是我的，被龙抢走了！"

她指着天花板说。翠兰注意到那上面的脚步声还在响，每一步都好像要把楼板踏穿一样。"他们在干什么？"翠兰惊骇地问。

"还能干什么，当然是在打架！龙思乡这个人，不把客人榨出油来是决不会罢休的！喂，我说啊，你干吗站在那里发傻？这里有很舒服的靠椅，你过来，同我一块说说话。"

她坐在大柜的阴影里头，翠兰走过去，在她旁边坐下了。她拉过翠兰的一只手，紧紧地握住，她全身发抖。

"你叫什么名字？"

"金珠。"

"你冷吗？"

"不。我是紧张。楼上正在发生可怕的事。男女之间的事啊，搞不好就要出人命案子的。我们这行风险最大。"

"你这么害怕，干脆洗手不干算了。"

"你真傻，就是因为风险大才有意思啊。你知道我和思乡在纱厂过的什么日子吗？"

金珠说话时双眼一刻也没有离开天花板。天花板左侧的阴影里正在往下掉墙灰，可以听到楼上的人在那块地方一下一下地蹦跳。翠兰猜测着上面的情景，悲伤的情绪慢慢转为好奇，神经也松弛下来了。金珠死死地抓住她的一只手，身体不安地扭动着。她们坐的地方很黑，翠兰看不清她脸上的表情。

"我们纺纱厂的车间你从来没去过吧？嘿，别提了，同搅拌水泥的大闷罐差不了多少！后来我就吐血了，我对龙思乡说，我再不离开就死在纺纱厂了。我和她就这样跑出来了。你想，我和她都不年轻了，什么技术都没有，身体也不好，我们能干什么工作呢？龙思乡想去做妓女，可人家嫌我们老，不要我们。她这个人啊，不屈不挠，无孔不入。后来我们就在这一行站住了脚。我们渐渐地爱上了这一行，你没有想到吧？我们越做越起劲，有了自己的顾客网，收入也不错……可是她这个人啊，太不安分，她雄心勃勃！"

她说后面这句话时声音里充满了赞赏。翠兰想，这个人同龙思乡到底是一种什么关系？

"你觉得我现在身体怎么样？"她突然问翠兰。

"你现在身体挺好的，一点都不像那些纱厂女工。"

"好！我就是要听你说这句话！我从前的生活同现在相比，就是地狱与天堂的区别！"

"龙思乡想从永老头身上弄钱吗？"翠兰问。

"呸！你不要这么俗气。弄点钱用得着费这么大的力气？我告诉你，这就是爱情啊！我们这样的人，谁骗得了我们？只有货真价实的爱情才能征服我们。先是我爱上了永老头，现在被她抢去了。不过我一点都不嫉妒她！为什么？就为她的热情比我高。见鬼，不说这个了。一想到我脱离了纱厂那个苦海，我就快乐得连走路都蹦蹦跳跳的！现在我和思乡的腰杆都挺得笔直的，我们知道我们有能耐，我们还可以爱！"

金珠的情绪突然来了个急转弯，她的目光也从那天花板上掉下来了，她放开翠兰，用双手抱住了自己的头。

"怎么回事？"翠兰问道。

"他们走了。"她的声音透出凄凉，"他们这么快就下去了，走远了……难道爱情真是这么短命吗？"

"你凭什么这样说？"

"啊，飞花，飞花！你知道我和思乡的肺叶上有多少飞花？整整二十年……那些飞花结成了小颗粒粘在肺叶上。我们活到今天有多么不容易。我一直盼望，或者是我，或者是思乡，我俩当中的一个要享受到幸福。"

"老永真的是个土财主吗？"

"在我和思乡眼里，他家财万贯。我是用计把他吊到手的。"

翠兰想起韦伯的事，就问金珠知不知道附近有个看守所，里面关了不少犯人。

"当然知道的。此地不是'鸳鸯楼'吗？男男女女搅在一起就免不了犯罪，所以才有看守所。"

"你的联想力真丰富。"

"我现在情绪很悲观。我杀过人，说不定我该去自首？我杀的那个人，我忘不了他挣扎时的样子。"

翠兰拍了拍她的背，问她是不是爱他？

"是啊。我是个傻瓜。你帮我把门打开好吗？"

翠兰开门时，看见一对情侣相拥着从门前走过去了，那男

子的背影很像韦伯。她站出去想看清楚一点,但一股灰沙迎面吹过来,迷了她的眼。屋里头,金珠绝望地叫道:

"我的肺啊!我快窒息了。"

她退回来,回到靠椅上,轻轻地拍着金珠的背部。

金珠缓过气来之后,就问翠兰听到楼上的脚步声没有。翠兰细细聆听了一会儿,说没有听到。

"那两个神出鬼没的家伙又回到楼上了。这种爱情是没有前途的,可我还是希望思乡得到幸福。"

"你真好。"翠兰由衷地说。

"你不要乱说,我一点都不好,我几次都差点杀了思乡。我同她争风吃醋。我希望她幸福,是因为我不服气——为什么我们就不能得到幸福?"

翠兰始终没有听到楼上有动静。她想,也许金珠产生了幻觉吧。

金珠用出汗的手拉她坐下,说道:

"到这里来的人都只为一件事。你和思乡都是目的明确的,可是我呢,我来这里是为了什么?我有点糊涂了,忘记了我来这里是干什么的。我跑啊跑的,就上了一辆车,然后就到了这里。在车上的时候,我觉得自己像小鸟一样自由。我不是从水泥闷罐里头逃出来了吗?我不是有了自己的生活吗?可为什么我又悲观起来了呢?我知道这是病,隔一阵就要犯的。我的肺啊!!"她撕心裂肺地喊道。

"金珠金珠,不要悲伤,你会找到你自己的幸福的。"

翠兰说过了这话之后又觉得茫然。她想,自己在胡说八道什么呢？金珠没有回话，但也没有再叫喊了。

她们在黑暗里沉默了好久，翠兰差点倚在靠椅上睡着了。她于迷迷糊糊中伸手去摸椅子那头的女人，却摸了个空，于是又吓醒了。

"金珠！你在哪里？！"

"我在门外，你快出来吧！"

翠兰摸到门外同金珠一块站在门前。此时外面静悄悄的，一个人都没有。月亮已升上了中天，翠兰从未见过这么大的月亮，有洗脸盆那么大。她用力揪了一把自己的大腿，确定自己不是在做梦。向右边看去，这长长的一排"鸳鸯楼"像一条黑龙一样伸向远方。

"那边有个小门，我们可以穿过它到屋后去，然后从那里上楼。我们要给老永和思乡一个突然袭击。"

金珠说这话时显得兴致勃勃的，但翠兰很犹豫，站在原地不想动。于是金珠又说：

"老永是水泥商，专门生产劣质水泥，发了黑心财。我们城里新盖的房子有三分之一是由他供应水泥的，我一直想大大敲他一笔钱，可是没想到事情急转直下。思乡给了他好的影响。你来不来？你不来我就一个人上去了。"

翠兰挡不住诱惑，就跟在她身后过去了。

她们一前一后上楼时，那窄窄的楼梯像马上要垮下来一样。有一瞬间，翠兰甚至发出了一声尖叫，身上冒出了冷汗，因为她腾空了。幸亏金珠那只手像铁爪一样抓住了她背部的衣服，又将她拖回了楼梯。

"该死！"金珠咬牙切齿地说。

楼上是斜坡屋顶，也亮着一盏三瓦的小电灯。房间当中是一张窄窄的床，令翠兰想起看守所里那个房间的格局。床上的被子叠得好好的。

"他们不在这里。"翠兰说。

"你不要被表面现象所迷惑。"金珠忙着打开那些衣柜和壁柜，还用手电筒去照床底下。

翠兰迷惑地站在昏暗中，突然感到有人在扯自己的衣角。低头一看，从旁边的一个大木箱里伸出了一只雪白的手臂。啊，原来是他们！这一男一女只穿了一点点贴身衣裳，男的在下，女的在上面，紧紧地贴在一块。

金珠也过来了，同翠兰一块站在木箱旁观看。

"我没有办法。"龙思乡带哭腔的声音响了起来，"金珠啊，你倒是脱离了魔窟了！要是当初……"

"不要说当初了！你这个木偶！我不许你打退堂鼓。为什么我们就不能过好日子？"她的声音缓和下来，变成了规劝，"思乡啊思乡，我们先前是如何约定的，你都忘了吗？你要挣扎，我不准你偷懒。你看看你身边这个妹妹，她有多么坚强。她的情人进了看守所，可她一点都不气馁。同她比一比吧，你该羞愧。毕竟老永还在你身边，你就说出这种话来。老永！老永！你在听吗？"

"我在听呢。"男人低沉的声音响了起来。

"她可是无价之宝。"

金珠说了这句话，就推着翠兰一块走，一会儿她俩就下了楼。

她俩又站在那巨大的月亮下面了。

"可我这心里，怎么空空落落的？"金珠轻声说道。

"这是因为你也爱老永。"翠兰说。

"也许吧。不过我们应该回城里去了。"

翠兰和金珠走路回到了城里。天已经大亮了，金珠说她要回温泉旅馆，于是在路边同翠兰告别。翠兰朝金珠望去，发现她神采奕奕，一点都不像刚熬过夜，更不像个有病的人。金珠刚一离开她，她就看见尤先生站在一家麦当劳店门口探头探脑。她招了招手，尤先生就过来了。

"你在干什么啊？"翠兰笑着问他。

"我在等你啊，翠兰女士。我这个候补队员现在可以上场了吗？"

"为什么你不去找金珠呢？"

"金珠另有目标，正在兴头上，我插不进去。"

他仍是油头粉面，连指甲都修得圆溜溜的，像女人一样。他邀请翠兰去马路对面的咖啡店。

翠兰不喝咖啡，她饿坏了，一连吃了两个蛋饼。她注意到尤先生显得心不在焉，目光散乱。莫非他在等别的女人？

"你要是没有什么事找我我就告辞了。"她站起来说。

"别，别！"他慌乱地做手势叫她坐下，"我请你来是想让你告诉我，韦伯究竟处于一种什么情况？"

"唉，别提了，糟透了！我至今想不通怎么会有那种关人的地方？更可怕的是，那种地方不给你一个踏实的感觉，你就像——就像到了太虚幻境！我觉得他已经绝望了。"

翠兰说完这句话之后，面部变得十分苍白。她的眼前模糊起来，有种溺水的感觉。她听到尤先生慌张的声音：

"翠兰！翠兰！你怎么啦……"

翠兰在桌子上伏了几秒钟，渐渐恢复了视力。

"我没关系。"她虚弱地说。

"你喝点热茶吧。"尤先生殷勤地说。

她看着他去倒茶的背影，觉得他很像温泉池里那种扁扁的鱼。这种悄无声息的男人在城市里并不多。

喝完茶，尤先生要送她回家。翠兰心里想，也许他是要上床吧。

但他并不想上床，他坐在桌旁看着她发呆。

"我早就想常来你家走走，但是你太高傲了。"他说，脸上似笑非笑的，"我们店里到了一批龙泉青瓷花瓶，我夜里待在店里楼上很害怕。"

翠兰忍不住笑了起来。

"你不要笑。"他脸红了，"我告诉你吧，我们这种工作是同幽灵打交道。像我这种人做这种工作必定是要短寿的，我很绝望。你看，我至今也没成家，我老觉得自己会突然死去。"

"你太悲观了，你看起来身体很好嘛。"

"那是从表面看。我早就生活在冥间了，我看地上的生活，就像隔着一层玻璃似的，看来看去看不懂。可我又是那种不肯罢休的人。我这种人啊，属于那种'人心不足蛇吞象'的类型。我夜里在那些空无一人的古城里游来游去，把体内的精力都耗完了。不说我了，说韦伯吧。你告诉我说韦伯的情况不好？你会不会对他的处境有误解？我从侧面了解到韦伯的性格，我看他不会把自己的处境弄糟的。"

"哈，你这话让我听了高兴！"

"我到你家来，就是要让你高兴。你是我青年时代的偶像。韦伯的情况很正常。当然，他们不会马上放他出来。可你为什么不抓紧机会？"

"什么？！"翠兰大吼一声。

她以为他是指她在看守所没同韦伯上床的事。

"我是说对他这种人，你应该刨根问底，将他的活动范围调查得清清楚楚，这样你就有了主动权。"

"原来你是这个意思啊。尤先生我问你，为什么你会对女人有这么大的兴趣？你是不是觉得我们同你们男人相比是另一种生物？"

"哈哈，我的确是这么想的，让你猜中了！女人神秘莫测。比如说龙思乡小姐，我同她相好多年，可我从来就摸不清她的意图。这就是魅力啊。当年她两眼火辣辣的，我常到纱厂门口去接她。那个时候不讲物质条件，只要在一起吃吃饭就相好了。"

尤先生一边说一边站起来准备回家了，可翠兰还希望他多讲讲关于他和龙思乡的事。

"你没有跟她好下去，真可惜。"

"有什么可惜的，我不是告诉过你我老觉得自己会突然死去吗？"

他像温泉里头的鱼一样游到外面去了。

翠兰这时才有了回家的感觉。这是她一个人的家,她又回来了。她出去多久了?一天一夜。不知怎么,昨天的那种绝望感已经消失了,一个同从前很不相同的内在的情感世界出现在她生活中。她还拿不定主意要不要深入这个世界去冒险,但有一点是肯定的,她不可能再回到从前无忧无虑的生活中去了。想想从前她是多么无知,她以为这个尤先生要占她的便宜呢!那么他,还有龙思乡和金珠,他们到底是什么样的人?再就是那个最严重的问题:韦伯是什么样的人?他同纱厂的丝小姐又是什么关系?一想到这上面,翠兰眼前就变得昏暗了。也许,那是她永远也摸不清、把握不了的一个世界。可她为什么要去想同她不太相关的事呢?此刻她咬着牙打定主意:只关注自己心里头的那点事。

翠兰进入了梦乡。梦里的一切没来由地感动着她:灰色的街道,街道两旁灰色的房屋,人行道上灰色的行人和树,天空里飞过的一群灰鸽,马路正中驶过的一辆灰色的旅行车,一个姑娘从车里探出上半身,她戴着灰色的遮阳帽……翠兰来到河堤下面的那条路,她看见了韦伯迎着她走来。韦伯问她是不是同他一块去肥皂厂?她连连点头,心中很欢快。韦伯指着河说,肥皂厂就在那底下,他每天潜水去上班。翠兰觉得那种情形十分好笑,就哈哈大笑。然后她就笑醒了,一边醒来一边说:"你真是个高超的演员!"

她看了看挂钟,时间是半夜,外面有些喧闹的声音,有几个人在齐声叫喊道:"红帆船!红帆船!生意兴隆啊!!"附近有一家叫"红帆船"的情人咖啡馆,她偶尔去过一两次,感到那里面有种暧昧的氛围，因为有不少文身的男子出出进进。她起身到窗口去看，却看见外面静悄悄的，一个人都没有。再一看，有一个人站在邮箱那里。她耐着性子等了一会儿，那喧闹声没再响起。忽然那邮箱旁的男人用手举起一个方形小匣子，大概是录音机，喧闹声就是从那里面发出来的。那人手臂上文着一些图案，身躯像铁塔一样。翠兰害怕了，赶紧关灯退回床上。她想回到先前的梦里去，但已经回不去了。她闭着眼，但窗外的吵闹声一直没停，致使她脑海里不断产生奇异的联想。她决定天亮后一定要去咖啡馆看个清楚，她记得那艘红帆船画满了整整一面墙。

尽管翠兰努力集中自己的注意力，她在工作中还是出现了一些小差错。而且是连续几天出错。车间主任要同她谈话。

她忐忑不安地坐在办公室，心里在盘算是否办理"留职停薪"后去温泉旅馆当服务员。她知道那家旅馆要招服务员。

车间主任进来了，她脸上一点责备的表情都没有，反而同翠兰东拉西扯的。翠兰十分警觉，她感到这个半老徐娘的话里暗藏着陷阱。

"我年轻时也当过保管员，我同你一样不喜欢这个工作——一点乐趣都没有的工作。唉，我特别能理解你的苦衷。"

"那么您会怎样处理我呢？"

"处理？？"主任反问道，眼珠瞪得像铜铃一样，"你不要误会，翠兰，我们大家同情你还来不及，怎么会处理你？"

"可是我工作上出了错，还是该怎么处理就怎么处理吧。"

"年轻的时候谁没犯过错？翠兰啊，我知道有些不怀好意的家伙等着看你落水，可我偏要让他们落空！现在你回去，你不要有一丁点思想包袱，你昂起头来做人！"

主任用她那肉乎乎的手捏了几下翠兰的肩头，似乎在向她传达一种色情的意味。翠兰诧异地瞪了她一眼。

主任放下她的手，若无其事地说：

"我不会扣你的分的。"

翠兰走出厂门口后，上了回家的公共汽车。她在车上一直揣摩主任话里头的意思，她感到她的生活中会要发生某种变故了。她有点不安，又有点兴奋，有点跃跃欲试。毕竟，她有点厌倦仪表厂的工作了。那每天千篇一律的程式，那些熟面孔，突然令她产生了反感。

她晚上接到主任打来的电话，要她休息两个星期，还说工资照发。翠兰怀疑自己的耳朵听错了，一连问了三遍，都得到了肯定的答复。但她心里并不踏实。

"翠兰啊，我告诉你一个秘密吧：古董店的那位先生是我的恩人呢。我知道你不爱他，可这并不能阻止他爱你啊。"主任的声音很怪。

"他根本就不爱我。"翠兰说。

"他不爱你？？你就别开玩笑了吧。"

主任挂上电话时似乎很生气。翠兰发呆地望着墙上的女电影明星。她心里很乱，不知道要如何判断眼前发生的事。看来一切都乱套了，她忽然就得到了两个星期的假期，其原因居然是尤先生的影响。并且她的顶头上司坚信这位尤先生对她怀着非同一般的感情，而上司又受过他的恩惠，为报答他不仅不处罚她翠兰，反而还给她假期。到底怎么回事？莫非这世界要发狂了？

现在她有了两个星期的自由，她应该去看韦伯，毕竟只有他才是她在这世界上的亲人。但一想到上次的尴尬，一想到又要去那种地方，她心里又犹豫不决了。现在她认为自己是爱韦伯的，可他的举动实在让她不习惯。就好像他一进看守所就变成另外一个人了似的，那么粗俗不堪，像动物一样。如果说爱一个人就要爱到底，那么她能爱这样一头动物吗？她又想到纱厂的丝小姐，韦伯在她面前也这样吗？以前越细想这事就越唾弃自己。这时有人敲门了。

是她以前的男友小贺。

"我不是来纠缠的，我是来通风报信的。"他讨好地笑了笑，"他们正在将韦伯转移到梨山那边的看守所去。我看到他们在路上，韦伯的情绪看起来很不稳定。你打电话去问吧，228153。"

翠兰放他进屋来，她无法断定他是不是在撒谎。

小贺猥猥琐琐地在桌旁坐下了。翠兰知道他是装出一副可怜的样子，但这打动不了她。

"梨山那边冷冷清清，荒原里有狼嚎。"

"你寄来的钱我收到了。"翠兰说道，"一共两万。"

"我很高兴。不过我要走了，你写一下电话号码吧：228153。"

"你别把那些乱七八糟的数字装在脑袋里，这对你的健康没有好处。是我以前和你去过的梨山吗？"

"正是那里。"

他走了,他坐过的地方留下一股荒原的气息。

那是好多年前了,翠兰和小贺常在城里游荡,逛商场,进小吃店和茶馆,与朋友在小饭馆里聚餐。她的青春快活多于焦虑。她同他的交往持续了一年。秋天快完的时候,他俩坐车去了梨山。

梨山上没有树,是一座乱石山。他们站在山下,看见山顶隐没在云雾中,小贺说山上有狼。两人都很害怕,就不上山,只是绕着那座山走。奇怪的是山的周围没有任何村落和农舍,那山就像突然从地底冒出的一样。只有西边有一大片荒原。

他们一言不发地走啊走啊,两人心里都是空空落落的。翠兰觉得那条羊肠小道倒是很有意思,不知是什么人踩出来的,规规矩矩的小道,就那么不远不近地环绕着石头山。

太阳快落山了,冷清清的秋风刮了起来,他俩手拉手地走在回家的路上。翠兰不断回头看梨山,但山峰始终隐没在云雾中。她问小贺:"怎么会有那样的一条小道?"

"我也一直在想这件事。这梨山一定是吸引了很多人到这里来。刚才我同你在这里走啊走的,我心里觉得自己到了世界的中心。我虽然是一名交通警察,可我的工作难道不是太滑稽了吗?真见鬼。"

从那以后翠兰再也没有去过梨山,她都快把那个地方忘记了。

小贺却牢牢地记着。

此刻,翠兰多么盼望有个人来同她谈谈梨山啊。她要不要拨那个电话呢?很可能小贺是在骗她。这个警察,满脑子的狡计,翠兰从来也弄不清他的心思。当年他就是因为这种性格吸引了她。后来翠兰总结出一条经验:按他所说的去做往往是最好的选择。

"喂，你们是第三看守所吗？"

"深更半夜的，打什么电话！我是值班的，你有什么事？"

"韦四强是被你们收容审查的吗？"

"是有这个人。你找他有什么事？哈，我明白了，你是翠兰！"

"你怎么知道我的名字？？"

"不光我知道，全看守所的人都知道！韦四强把你当歌唱，每天引吭高歌。为这事他被处罚了好几次了。"说话的人兴奋起来。

翠兰满脸通红地挂上了电话。她站起来，脑袋昏昏地在房里走来走去。她对韦伯恨得咬牙切齿。她从小就不是个喜欢抛头露面的人，这下可好，她成了新闻人物了。那些人当然把她看作妓女，这她倒不在乎，只是她怎么也不能习惯成为一个新闻人物。

明天用不着上班了，她又睡不着，就想到外面去溜达一下。深夜的城市像死掉了一样。那些街灯根本无法照亮它的阴暗处。突然，翠兰感到黑沉沉的阴影深处有什么东西在翻腾着。她听见那些翻腾物发出"呼，呼，呼……"的声音，她觉得那种声音有点忧郁，又很惬意，令她回忆起坐在"鸳鸯楼"同金珠谈话的那种感觉。她想，金珠是什么样的人？似乎是，她对生活与自己有一种不同的期望。那是种什么样的期望？这两个女人从纺纱厂跑出来闯天下，似乎已经历了不少沧桑。翠兰很佩服她们，但她心里知道，自己是成不了那种人的。那么她自己究竟属于哪种类型？"称之为不伦不类比较合适吧。"她大声对自己说。

有人在高楼下面的阴影中叫她"嫂子"，一共叫了三声，然后就走出来了。是一个武高武大的小伙子。

"你是谁?"

"我就是刚才接你的电话的人。"

"那么你不是在梨山?你们在设骗局骗我吗?"

翠兰愤怒地瞪着这个人,很想给他一个耳光。

"我今天休假,所以不在那边。但韦伯的确在梨山。我是小贺的好朋友,他和我讲了你同韦伯的事,他让我帮助你。"

"见你的鬼!你去死吧!"

她愤愤地往家里走,很后悔不该半夜出来。

"我的名字叫袁黑,我是第三看守所的看守。你别生气啊,我告诉你的关于韦伯的事是真的,我从不说谎。"

他不屈不挠地跟在后面。

翠兰到了宿舍,上了二楼,他也跟了上去。

"请进吧!"翠兰敞开房门说。

他却忸怩起来,说:"这合适吗?"

翠兰正要关门,他却又挤进来了。

他不肯坐下,就站在房间中央,搓着双手。他的确像个老实男孩,翠兰不知道他来这里是什么目的。

"翠兰姐,我的名字叫袁黑。"

"这你已经说过了。"

"韦伯告诉我说,你对看守所给你和他提供的幽会的场所很不满意。这件事已经反映到上面去了,以后会加以改进。"

"那么,韦伯将永久被你们收容审查了?"

"我不知道,可是你要做好长期打算。"

"他自己也很愿意待在那里面吧?"

"我没问他。你下次可以自己去问他。"他停了一停,话题一转,"翠兰姐,小贺哥是一个非常正直的人,如今他这种人已经不多了。"

"你是什么意思?要我同他续旧情?可是你又帮韦伯传递消息,这到底是怎么回事?我的脑子乱了。"

"不,不,我不是那个意思!"他很着急,即使在灯光下也看得出他的脸涨红了,"我是说,小贺哥是了不起的人,我今后要努力成为他这样的人。你看我有希望吗?"

"我判断不了。我脑子乱了。"翠兰沮丧地说。

"啊,我要回去了,再见!"

关灯以后好久,翠兰还在想着刚才的事。她同小贺哪一年分手的?她不记得了。实际上,后来她同他之间虽然已经不再有肉体关系,却像并未彻底分手一样,一年里头总要联系一两次。一般都是他主动同她联系,但她也并非不乐意,因为他总是让她感到好奇,有趣,于是想要听他说些什么。有时她将小贺想象成一只蜘蛛,没完没了地吐出那些无目的的"线索"。刚才小贺离开后,她甚至用手在走道那里捞了几下,看他有没有留下蛛网。起先她以为他是嫉妒韦伯,后来才弄明白没那回事。这说明小贺已经不爱她了,但还是关注着她的生活,不知道出于什么想法。

黎明前的思绪是最清晰的,翠兰想象自己置身于梨山下的那条羊肠小道上,于是一下子记起了这些年忘却了的那些情景——山上的乱石之间有山猫出没,远不止两三只……而且她当时还闻到了炊烟和饭香。这就是说,那座山是活的。她曾想上山看个究竟,小贺拉住了她,说:"有些现象,就是看它个二三十年也看不明白的。"他急着要回家,她就放弃了她的念头。"小贺小贺,你这老滑头。"她轻轻地念叨着,然后注意到窗玻璃渐渐发白了。

她在阳光里熟睡。

宿舍楼下,一位青年蹲在胭脂花丛中抽烟,那是看守所的袁黑。袁黑曾为情所困,几乎闹到要自杀的地步。他就是纺织厂那位丝小姐的初恋情人,他很早就被她抛弃了。如今他又爱上了四十三岁的女狱警,又面临被抛弃的局面。

小贺为了启发袁黑,设计了昨夜的事。其实小贺自己也讲不清他到底要从哪方面启发袁黑。袁黑不是过得挺好的吗?可是一喝酒,一聊天,小贺就忍不住胡吹,就对他说了那个计划。

翠兰在那些蛛丝马迹里面沉睡。

二、韦伯和丝小姐过去的情事

韦伯和丝小姐的关系是半公开的，除了韦伯的妻子，似乎周围的人都知道这种关系。说不定他妻子也知道，只是懒得去管罢了。她有她个人的麻烦。

韦伯是在纱厂做兼职工作时看见丝小姐的，一见之下神魂颠倒。一连好多天，他在厂区尾随这个姑娘。丝小姐呢，早就发现了他的尾随，并且离得远远地打量过韦伯。那段日子里，她心潮起伏，夜间失眠。后来有一天，她径直走过去对韦伯说：

"你打算出多少钱包养我？"

韦伯眨巴着眼想了一会儿，诚恳地说：

"我并非有钱人，但我会尽我的能力帮助你。"

丝小姐当即挽起他的手臂，他俩十分惹眼地走出了厂区。

去温泉旅馆做性工作者是丝小姐自己的主意。一开始韦伯还想反对，但他去她工作的车间看了几次之后就一言不发了。

韦伯拼命做兼职工作，希望早日将丝小姐解救出来。但两年之后他才渐渐地看出来，丝小姐并不那么厌恶自己的新工作，而是内心镇定，泰然处之，完全不再有在纱厂时的那种焦虑情绪了。她年轻漂亮，钱挣得不少，眼下正在筹划购买居民小区的单元房。

吸引韦伯的是丝小姐眼里那种活泼的眼风，在此之前他从未见过像她那样灵秀的女孩。他觉得她的每一个眼神都有两种以上的意思，让他这个大男人的心思缠缠绕绕的。所以他同她在一起时老拿不定主意。但丝小姐对他说话时却非常直爽，从不拐弯抹角。韦伯知道，她还有至少两个另外的男友。

一般来说，性工作者很少爱上自己的顾客，因为是金钱交易。可这个丝小姐好像是缺脑子似的，一次又一次地同她的顾客恋爱。即使别人向她指出她的错误，她仍是不以为然。

"我看不出我有什么错。"她对韦伯说，"做交易又怎么样，人生在世不就是做交易吗？要看会不会做，这才显出一个人的能耐。当然我没有能耐，但是我也不怨别人。"

她说这话时一脸都是明媚的笑容，使得韦伯感动不已。

"我最后悔的，就是没有早一点从纱厂出来。"她补充说，"我现在这个工作比那个工作好多了。你们这几个朋友帮助我买了房子后，我就可以更好地掌握自己的生意了。有人劝我歇业，有时我也想歇。但是歇了业去干什么呢？那太寂寞了。我还是维持目前的生活为好。我这个人，有一点喜欢冒险。"

有一次，丝小姐被黑社会的人欺负了，被那人打得鼻青脸肿，头发也被割掉一大把，只好全剃光，戴一顶帽子。韦伯坐在她那舒适的小两居里面看着她，脑子里不断地闪现自己同她初次相逢时的情景，宛若置身梦境之中。当然她仍然是十分美丽，但她已经历了多少沧桑啊。他突然听到她在说：

"我就是那种为情而死的人。可我为什么老是看错人？"

"你没看错人，你是遵循你的心的命令行事，只是那个人改变主意了。这种事常有。"韦伯镇定地回答她。

"你真好，韦伯，我爱你。"她的熊猫眼（暴力所致）闪闪发光。

"我也爱你，阿丝。"

那一天他俩在一块谈了很多事情。他俩发现他们有如此多的共同点，就像孪生兄妹一样。

韦伯一想到丝小姐他心里的某个部位就隐隐作痛。啊，如花的年华！啊，不见底的深渊！啊，险恶的未来！啊，永无止境的动荡和失足！啊……这些就是他对丝小姐的生活在心里发出的惊叹。他常为这种无尽的忧虑而情绪消沉。奇怪的是他很少去想丝小姐究竟爱不爱自己这个问题，也许从一开始他就决定了：这种问题没有意义。女孩太漂亮了，她的身体像热带鱼一样多情，韦伯觉得自己得到了不应得到的馈赠，他没有考虑的余地。

"阿丝，阿丝，我爱你……"他喃喃地重复。

"韦伯，我也爱你！"她喘着气回应，"要是这世上没有韦伯这样的男人，该是多么大的缺陷啊！"

韦伯不止一次看到了丝小姐眼中那静静燃烧的黑色火炬。他明白这个女孩体内的能量，也明白这种能量将导致的危险。很多人都知道她在这个小区里做暗娼，说不定哪一天她就会突然消失。

这位女子不仅长得美，而且非常能干，善于安排生活，性情热烈而体贴。韦伯不能忍受看到她遭到不幸。

有一次，韦伯在阿丝的小区里撞见了龙思乡。龙思乡冲过来挽着他的手臂，满脸都是羡慕。

"韦伯韦伯，你真有魅力啊。丝小姐这么钟情于你，你可要抓紧机会！据我了解，做她的情人没有能维持一年以上的。你和她却有好几年了。"

"我嘛，爱一天算一天，哪天不爱了我就离开她。"

"可是还有翠兰，你把她忘了？我看你和翠兰更般配。"

"也许吧。可翠兰也不见得同我能长久啊。"

"哼，你还想天长地久？你这不是胡说八道吗？"

"对不起，思乡，我又说错了话。"

龙思乡愤愤地甩开他的手臂，离他远一点。

韦伯一脸通红，觉得自己实在是混蛋一个。多少次，他打定主意不再出现在这个小区。可不知为什么，时常一接到她的电话又忍不住往这边来了。她也很寂寞啊，她这样的女子，难以找到同她对等的情人。韦伯就这样为自己开脱，一次一次往这里来。

这个小区叫"山茶花小区"，韦伯觉得这个名字像极了丝小姐的家。她不就是一朵深红的山茶花吗？他同她一起看的房，搬进来的那天，韦伯也在场。几个哥们一块喝酒，韦伯看着脸蛋绯红的丝小姐，满脑子都是山茶花。可是这种地方并不像它的名字那般宜居，没多久韦伯就发现丝小姐是被监视的。

"我早就知道的。"丝小姐坦然地微笑着说，"我这样的人，成天都是暴露在聚光灯下的。嘿,别提了。那又怎么样。"

"你真有勇气。"

"要不还能怎么样?从纱厂出来后,我觉得自己无论什么样的环境都能适应了。哪怕住到狼窝里也没关系。"

她房间里的窗帘总是拉上的,侧边留一条缝。她最喜欢站在那条缝旁偷窥外面。每当韦伯看到她站在窗户旁,就不由得连连叹气。这时丝小姐就笑起来,说他"不懂穷人的心思"。韦伯问她什么叫"穷人"?她就回答说没有隐私的人就叫穷人吧。还说穷人也可以自得其乐,她最精通这里面的奥妙。韦伯想,丝小姐真了不得,小小年纪胸中就有这样的城府。

由于做暗娼,丝小姐终于被抓去"受教育"了。韦伯听到另一名暗娼告诉他说,丝小姐面对司法人员的询问常常走神,答非所问,因此遭到多次责骂。后来便罚她去挑沙子,那是很苦的劳动。那一回,韦伯和另一个哥们花了不少钱才将她赎出来。

"他们老说我堕落,我一点都不觉得我有多么堕落。这都是偏见,是死板的千篇一律的规则。"她这样对韦伯说。

韦伯只有苦笑。他和她都知道举报者就是楼下的老头,可丝小姐一点都不记恨他,反而说那老头并不太老,一个人孤零零的,也没有女人相伴,真可怜。"当然,我倒并不希望他老举报我。我不适合坐牢,在那种地方我会产生幻觉,好像永世都出不去了似的,又好像回到了纱厂的车间似的。审问我时,我总是只听到轰轰轰的机器响。他们就以为我有意对抗,其实根本不是有意对抗。"

每当韦伯回想起她的这番话,就又一次体验到纱厂生活给她留下了什么样的记忆,同时也为她的坚强而震惊。如果不是遇见丝小姐,韦伯无法想象另一个人处在她的处境中还可以这么坦然。他感觉这个女孩的确是遇事深思熟虑,比自己老练多了。

韦伯很想同丝小姐一道重返纱厂,找到他俩初次交谈时坐过的那张长木椅。丝小姐终于答应了他,答应得很勉强。

他们选了个纱厂停工的日子溜进厂区,这里看看那里看看,感慨万千。他俩在那张长木椅上坐下来,背后是一株玉兰树。这时韦伯忽发奇想,提议两人去车间里瞧瞧,他说他看到车间的门敞开着。丝小姐犹犹豫豫地答应了。

韦伯永远要后悔的事发生了:丝小姐晕倒在机器之间,头部受了伤。他将她抱起来跑出厂区,叫了一辆出租车开到医院急诊室。他以为她快死了,因为伤口很深,是撞在机床上。

后来证明是虚惊一场。医生说伤口的确很深,但居然无大碍,又说丝小姐的体质很奇特,要是别人,可能就成了重伤了。韦伯想来想去的,不明白医生的话是什么意思。他站在观察室外面的走廊上捶胸顿足,后悔得要发狂了。

在观察室住了两天之后,医生竟说丝小姐可以出院了。这是怎么回事?那么大的创口,既没有缝合,也没有消炎,居然就……出院?韦伯想要质问,但医生摆摆手撵他们走。

"阿丝,你能行吗?"他声音颤抖地问她。

"韦伯啊,你太小看阿丝了!我是自己要撞伤的,我当然有把握自己恢复。你完全没必要担心。"

阿丝说着就掀开那床白色被子下了床。韦伯看着她头上的那个深洞,背上直冒冷汗。

她像个正常人一样弯下腰去系鞋带,然后提起自己的那个包说要回家了。韦伯连忙去搀扶她。

阿丝坐在车上,将没受伤的那一边脑袋对着韦伯,不时望着他傻笑。韦伯猜不出她为什么这么高兴。

"伤口疼吗?"

"这算什么,比这疼十倍我都能忍受。"

回到"山茶花小区"的住宅里,韦伯问阿丝为什么要故意受伤,她回答说是因为产生了幻觉,忍也忍不住。

他陪她度过了难忘的三天。没有任何人来打扰他们,他就像是她的丈夫一样。

丝小姐用纱布做成一朵大白花罩住她的伤口。她因为失血过多还很虚弱。她靠着韦伯的肩头轻轻地对他说,在纱厂的车间里时,她突然感到自己是属于那里的,永远属于那里。于是后来就发生了受伤的事。从前当班的时候,那些青年每到她快下班时就躲在车间门口的冬青树里头。她觉得那是她的黄金时代。不过她并不留恋那种生活,因为人总要成熟。那么为什么要自残?韦伯就是想破了脑袋也想不出。阿丝太古怪了。如果她认为自己永远属于那里,回去就是嘛。可她又认为自己绝对不能回去,待在纱厂只有死路一条,就像她的那个好朋友一样(那姑娘死在车间里,软绵绵地坐下去就完了)。不,她阿丝可不是那种吃回头草的马。

吃过晚饭,他俩在阳台上偎依着,看着天一点一点地黑下来。有个人在前面的花园里用望远镜对着他们看,阿丝说那是"举报者"。

"我最喜欢像这样。"阿丝在他耳边说,"这不就是世界末日吗?你瞧,他站起来了,哈,他又蹲下去了。他旁边有一株相思树。请你亲我一下,不,是这边。啊,真好!我爱那老头,你信不信?"

隔了一会儿,她又说:

"可我从未同他说过话!他老躲着我。我很想对他说,不要有任何内疚……韦伯,你明天就要去上班了,可我真舍不得你啊!现在天完全黑了,那个人又能看到什么呢?"

韦伯走在回家的路上,他不停地流泪,他脑子里一片漆黑,他觉得自己面临深渊。

他回到了家里,他妻子并不见怪。韦伯命令自己短期内不要去阿丝那里,他希望自己做到这一点。

然而他很长时间都没去她那里。他变得有点,怎么说呢?有点颓废了。他身体里的很多东西正在渐渐地死去,他成了一架工作机器。除了本职工作外,他还做各种兼职工作,包括去医院搬运尸体。搬运尸体的工作给他带来某种安慰,他怀着温和的心情想着这些停止了呼吸的肉体,小心翼翼地安排着他们。

当房门在他身后关上时,丝小姐想,这个男人是多么的通情达理啊!如果灵魂可以转世投胎的话,他们两个人会不会原先是一个人?

她拿出化妆盒打扮起来,往苍白的脸上搽上厚厚的一层粉。现在头上戴着纱布大白花的丝小姐看上去有点像日本艺妓了。

她幽幽地在房里走来走去,听见壁上的挂钟敲了九下。

有人敲门。

"谁?"

"是我,你的邻居。"

"举报者"进来了。他并不像平时看起来那么老,在柔和的灯光下,他甚至显得很精神。他的双眼像钩子一样停留在丝小姐身上。他口里含含糊糊地说着什么,丝小姐凑近去听,听见他说的是请她将脑袋上的大白花取下,他想看看那伤口。

丝小姐取下白花将脑袋往他眼前凑。

她听见老头怪叫一声就跑出去了。她冷笑一声,走过去关上了房门。她想,老头到底看见了什么呢?明天如果遇见他,一定要问个清楚。丝小姐的父亲临终前要她去找他的一个朋友,但又没告诉她联系方式。这个怪老头会不会是她爹爹的好友?

她陷入了忧郁的回忆之中。啊,那个漫天雪花的冬天!爹爹喘不过气来,妈妈坐在床边哭泣,阿丝用一根管子反复替爹爹吸痰。至今她还听得到自己惊恐的声音:"爹爹,您好点了吗?爹爹,您好点了吗?"爹爹用一个指头指着窗外,反复地说:"丝……丝……"

她始终不明白爹爹到底要什么,急得同妈妈一块抱头痛哭。

爹爹那一次并没有死,而是后来又拖了一年才去世。那真是地狱般的一年。每天傍晚,太阳一落山,发作就开始了。魔鬼总是随着黑夜激情高涨,可是爹爹是多么顽强啊!她希望他死,以减轻疼痛,可他偏不。那一年是对丝小姐最大的考验,她的柔软的心随着那些可怕的发作一点一点地变硬了。

爹爹弥留之际留给她一个笑容:他对女儿很满意。

她和母亲一道将爹爹的骨灰这里一点那里一点埋到了院子里，那院子不久就被推土机推平了。

丝小姐用手摸摸头上的伤口，伤口有点肿，但并不疼。为什么她要去撞机器？她不知道。也许，她想试试自己的身体到底是用什么材料做成的？爹爹当年已做过了这个实验。她记得她撞向那冰冷的东西时在心里默念着："我偏要，我偏要……"她后来对韦伯感到很愧疚。她在心里将自己称为"败坏别人生活的女人"。

从纱厂出来之后，她活动的空间就扩大了。她钻进城市的那些缝隙里，拼命吸取生存的营养。她天生知道哪些地方是有营养的。当然，碰壁是最好的老师。除了碰壁，没有什么其他的事让她成长得更快。她觉得她甚至渴望碰壁，所以才会撞向那机床。哈，这就是原因啊！这么说，她不是越来越聪明了吗？

丝小姐在回忆中走过了小镇那些阴沉沉的平房投下的影子。她的妈妈是世界上最为明智的妈妈，她同丝小姐在她十七岁那年分离，因为她找到了纱厂挡车工的工作。这位母亲说她要去乡下走亲戚，要去很久。

"自从嫁给你爹爹我就再没有去看过他们了。我听说他们现在都移居到了洞庭湖里，在湖里水浅的地方搭些草棚，靠养鸭为生。那究竟是一种什么样的情况？总要亲自去看看才会知道。"

她母亲说这些话的时候脸上泛着潮红，眼里透出对自由生活的憧憬。丝小姐隐隐地感到了这次分离是永别。她有点想哭，可是却傻笑起来。母亲也同她一块笑。"你可要早点来加入我啊。"妈妈说。

她走了之后再也没有同丝小姐联系过。丝小姐想，自己是多么像她啊。现在想起这些往事，丝小姐在心里感谢她的父母。她去过湖区，是偶然路过。她在那里看见了草棚，但所有的草棚都东倒西歪，里面不可能住人。看来住人的草棚是多年前的事了。有一个老渔夫告诉她说："当时这里热闹得就像搭台唱戏一样。"

丝小姐入睡前听见一个苍老的声音在前面的花园里唱情歌，很像是楼下的"举报者"。歌声热烈而高亢，伴随着丝小姐那阴沉绵长的梦。丝小姐在梦中对那个藏匿的歌手说："我住的地方冬雷滚滚，满眼都是那种斜塔。你能唱唱这种景象吗？"其实她是站在洞庭湖边了，湖风吹得她站不住脚。她又轻轻地对自己说："这么好的梦，我可不想醒来。"

她在第二天中午醒来了。

她看见她在纱厂时的情人"拓荒者"坐在窗台上。窗帘拉开了，满屋都是金色的阳光。

"我听说你受伤了，就赶来这里。你的门没锁，一推就开了，怎么回事？我看到一个老头在拨弄你的门锁，是不是他搞的鬼？"

"那老头是我的好朋友。"丝小姐沮丧地说。

"我一得到你受伤的消息，过去对你的感情就全都复活了。你还记得我俩在厂区公园里的那些时光吗？你的伤不要紧吧？"

丝小姐呆呆地望着"拓荒者"那好看的脸庞，又感到了从前的那种诱惑。然而那诱惑像隔着一层膜状物似的，此刻已无法使她动心了。他多么有活力！他是来考验自己的吗？丝小姐低下头咻咻地笑起来。

"拓荒者"扑上来，丝小姐顺手抓起桌上的剪刀刺伤了男子的手臂。

"你真厉害。"他一边往门外退去一边说,"阿丝,我更爱你了!"

"爱吧爱吧,我的门没锁,你随时可以来。"

男子离开后,邻居"举报者"从门那里伸出他的脸。

"你能不能用一个浴帽将你的伤口遮一遮?"他恳求道。

"不能。伤口需要透气。你到底看见了什么?"

"我看见了——那是深渊啊!"

他绝望地将门砰的一声关上了。

丝小姐躺在浴盆里,她静静地倾听走廊里的响动,她凭直觉判断出"拓荒者"还没走。也许,他在同那老头交谈?好久以前,正是他改变了她那窒息的生活,帮助她渡过了难关。现在她却恩将仇报。这个老头倒的确是她感兴趣的那种人,他在她的伤口里看见了深渊,他吓坏了。那么,他是不是她父亲的朋友?

丝小姐慢腾腾地穿好了衣服。在阳光里,她觉得自己的动作有点虚幻。她听见撕布条的声音,应该是他在包扎伤口——顽强的"拓荒者"。

韦伯多年前与龙思乡有过短暂的交往。那时龙思乡还是一位见了男人比较腼腆的小姑娘。也不知怎么回事,她稀里糊涂地就爱上了韦伯,并认定韦伯是那种适合做情人的男子。韦伯起初并没爱上她,可是立刻就感到了她独特的魅力。她是那种粗犷型的女子,她的活力超出常人,而且精力旺盛到了令人难以置信的程度。有好长时间,韦伯一想到她就热血沸腾。后来她就嫁人了,韦伯便自觉地疏远了她。她嫁人之后也没再来找过韦伯,所以韦伯认为她找到了自己的幸福。她从前给他留下了美好的记忆。

多年后,韦伯在温泉碰见这位旧相好时,心中的震动是非常之大的。那一天,他看见活泼的"思乡姑娘"已成了半老徐娘,满脸都是皱纹。而且她已经失去了家庭,又成了孑然一身。

"啊,韦伯韦伯,我现在配不上你了。可是我还是要去寻找我的幸福。"

她说"幸福"两个字时龇出她的龅牙,两颗门牙之间有条很宽的缝。

韦伯的心紧缩了,他用力握着她的双手。可是她突然推开韦伯哈哈大笑。

"你这个大傻帽!现在你就像我的哥哥一样,你可要帮我啊!我,还有我的好朋友金珠,我们从纱厂出来得太晚了。可是我又想,没有太晚,只有太懒,你说是不是?只要人的心不死,无论干什么都不晚。"

"说得好!说得好!"韦伯由衷地大声赞扬她。

这时他才注意到站在思乡身后的金珠——一个又黑又瘦的中年女子,看上去有点病态的女工。金珠大方地走过来挽着韦伯。两个女子一边一个,几乎是吊在韦伯身上,然后他仨一起走进接待室,往那沙发上倒去。

就是那一天,韦伯帮助这两位女子在温泉找到了与色情有关的工作。

她俩同时爱上了韦伯,不过是那种毫无色情意味的爱。

龙思乡得知韦伯与丝小姐的关系之后，一段时间内醋意大发，竭尽全力地诽谤丝小姐，搞得韦伯很不高兴。不过令韦伯迷惑的是，思乡对阿丝的攻击别具一格。比方说，她谈到阿丝有一位秘密情人，这位情人权力大得很，完全可以帮助阿丝脱离目前的境况，过上上等的生活。但阿丝本性难改，情愿当妓女，在底层苦苦挣扎。为什么呢？因为她是那种欲壑难填的女人啊。而她那位情人并不放弃她，还苦苦地等她回心转意呢。还有一次，她说阿丝有隐疾，没法生育，她因为这个缺陷便"发誓要享尽性爱的极乐"。思乡攻击阿丝的时候态度诡秘，而且显得很兴奋的样子，所以韦伯隐约地感到她那些话的多重含义。她会不会是在赞扬阿丝，怂恿他韦伯？龙思乡嘀咕这些事多了，韦伯就不再生气了。他渐渐学会了如何聆听她带来的信息。

韦伯坐在龙思乡那贴满了美男广告的小房间里对她说道：

"你是不是非常关爱阿丝？你放心好了。"

龙思乡立刻掉下了眼泪，轻轻地说：

"嘘，这话不要说出来！"

韦伯抚摸着思乡那乌鸦翅膀一样黑的头发，感慨万千。他知道她目前的这种生活同阿丝的生活一样，也是充满了艰辛和不测。他在心底不断地祈祷，祝她好运，祝她保持健康。

"韦伯，我带你去一个地方。"她耳语般地对他说。

"去哪里？"

"去地狱，你敢去吗？我说的是阿丝的母亲的小屋，离我们这里有点远，在郊区。你有这个兴趣吗？"

"我当然有这个兴趣。我从未听她提起过她母亲，她知道她住在那里吗？多么荒唐！"

"是很荒唐。但她不知道她住在那里，我却知道。"

于是他俩来到了阿丝母亲的住宅。

那是一个什么样的地方啊！低矮的土砖独屋，周围全被那些私人的猪圈包围了。坐在屋里可以听到那些猪叫个不停，仿佛是被主人饿得很凄惨。老妇人扎着农妇常扎的花头巾，样子像个乡下女人。令韦伯感到吃惊的是，大白天她也放着窗帘，将室内遮了个严严实实。一张破旧歪斜的方桌上放着一台电视机，里头正在播放黄色录像，声音开得很小。他们进去时，老妇人大概正在观看。见他俩坐下了，她也不把电视机关上。韦伯看了一会，觉得那些镜头非常刺激感官，他连忙掉转了目光。可那些呻吟还是传到他耳朵里。

"妈妈，这是阿丝的好友，我给您带来了。"龙思乡搂着她说。

"你是谁？？"她问道。

韦伯感到两只豹子眼盯住了自己，他的心怦怦直跳。

"我是肥皂厂的工人，我还兼任另外一些工作……我，我是您女儿的好朋友，我们交往的时间已经有……"

"你到底是谁？"她不耐烦地打断了韦伯，"二十八年前，是你把我送到医院里去的吗？我怎么看着你很面熟？"

"你老老实实地回答妈妈吧。"龙思乡在韦伯耳边悄悄地说。

"有可能，妈妈。"韦伯冷静下来，"我会做那种事的。我明白了，阿丝真是个有性格的女孩子。"

"你不要说这些吹捧的话，没有用的。看来你还不是一团糟，可是阿丝向来一团糟。思乡，她现在在同谁鬼混？"

"华南地区最大的烟贩子,两次进监狱的老枪。"

"哼,同这种人混,能有好下场吗?"

外面突然响起一阵令人毛骨悚然的叫声。三个人都沉默了,好半天没人开口,只有电视机里头那对情侣(两个女人)在发出淫荡的声音。屋里的氛围非常怪异。

"妈妈,"龙思乡先开口,"老猪倌出去了吗?"

"他啊,去市里面了。今天有两头猪出栏,都是约好的客户,他一早就去了。他没给猪喂食,又不准我帮他,这种人像个杀手!"

龙思乡小声告诉韦伯说,老猪倌就是阿丝母亲的男友,一个模样非常英俊的老头。"要是换了我,也要爱上他!"她突然提高了嗓门。

"不要以为猪倌这个行当不好,行行出状元。"龙思乡又补充了一句。

阿丝的母亲看着龙思乡说话,不住地点头,仿佛沉浸在回忆之中。

"那一年的冬天是多么冷啊!猪都快冻死了,可是我们没有钱。猪圈的门窗都被吹坏了,槽里结了冰,我从没见过那么大的风雪。"

她说了这几句之后就不说了,变得急躁起来。

"他怎么还在外面逛?该死的老家伙!我要杀了他!我可不是什么好惹的女人……喂,肥皂厂的小工,你看见了吧,我们家的女人不好惹!我劝你趁早收心,哼。"

思乡看到情况不对,一把将韦伯拖出来了。

他俩在那些猪圈之间拐来拐去的,韦伯用双手捂住耳朵,可还是被那些惨叫弄得一脸苍白。他感到自己就是一头被杀的猪。

龙思乡却很镇定,像没听见似的。

"你现在全明白了吗?"她问。

可韦伯一点儿也不明白。阿丝的母亲到底是个什么样的女人?为什么思乡要让他来这里?他唯一感到的是:这位老妇人性情酷烈。

"不,思乡,我不明白。"

"好!"思乡拍了一下手,说,"你不明白其实就是明白了!"

她一拍手那些猪就发疯了,叫声直冲云霄,有两头花猪居然从猪圈里冲出来了,朝着他俩冲过来。韦伯连忙将思乡推开,自己护着她。他听见阿丝的母亲在远处跳脚大骂。

那两只中了邪的猪冲过去之后又返回来冲向他俩,韦伯拖过思乡,两人紧紧地贴在土屋的墙上——土屋里面有更多的猪。

两只花猪终于不见踪影了。韦伯冷汗淋漓,对思乡说:

"我俩应该能活着回去吧?"

"你说到哪里去了,韦伯,你真不害臊!"

他看见她目光炯炯,兴奋不已。

他俩起码走了半小时才走出那些猪圈,来到大马路上。

龙思乡显出没精打采的样子,一边走一边向韦伯抱怨,说自己最近情场失意,常常觉得活不下去了。

"我倒是恨不得我是阿丝的母亲呢!"她突然叫了出来。

然后她就用力拽着韦伯的手臂,让韦伯拖着她慢慢走,她边走边诉苦。她声音含糊,韦伯听不清她的话,但听到她老在提到阿丝,这令韦伯感到很不安。

来了一辆去温泉旅馆的公共汽车,韦伯搀着她上了车,扶她坐下。她居然靠着座椅靠背睡着了。车到站时,韦伯只好抱着她下去,又抱着她走到她在温泉的小房间。站在房间的门前,她才清醒过来,从随身小包里找出钥匙。她嗔怪地质问韦伯:

"你怎么会在这里?"

"是我送你回来的啊。"

"哈,我倒忘了。可是你不能进去,因为阿丝就在我隔壁房里。她同她的新客户在那边做生意,同我的房间只隔着一层板壁,听得清清楚楚,我怕你受不了!"

"那我走了。"

"回来!我叫阿丝出来!阿丝!阿丝!"

旁边的小门吱呀一响,现出阿丝苍白的脸。她显得睡眠不足,老了好多,头上那纱布的绢花揉得很皱。

韦伯想起她脑袋上的伤口,不由得一阵哆嗦,话也说不出来了。他脑子里最大的疑问是:阿丝已经有了自己的家,为什么还要来旅馆接客?这时龙思乡将他推到一旁,口里说着:"好了,好了,见过面了,你快走吧,阿丝忙着呢!"

他只好不情愿地离开了。龙思乡将他送到旅馆门口,问他对刚才看见阿丝有何感想?他就问思乡阿丝为什么要来这里接客。

"可能是为了躲什么人吧,阿丝是很精明的,她常来这里接客呢。你别看她受了伤,好像一点都不影响她做生意。我听见她叫我了,你快回家吧,快走!"

韦伯感到自己好像被这两个女子遗弃了似的。他是个外人,进入不了她们的世界。刚才阿丝不就用那种茫然的眼光瞪着他吗?那说明她同他不是一路人。韦伯突然变得身心疲惫了。他这里那里地瞎忙,是在找什么东西呢?刚才两个女人的态度不是都说明了他是个多余的人吗?他脑子里一片空虚,步子迈得很慢——他该回家了。

但不知怎么搞的,韦伯没有回家,却坐在小酒馆里头了。

他喝的是米酒,因为他不会喝酒。大方桌的那一头也坐了一个人,那人将帽檐拉得很低,看不清他的脸。那个人喝"五粮液",大概比较有钱。两人各喝各的,各吃各的菜。

喝完两碗米酒,吃完一碟芹菜炒猪肝,韦伯的精神提起来了。看看门外已是黄昏,他想:要不要马上回家?

"家总是在那里的,艳遇错过了就没有了。"对面那人说,掀起了帽子。

他居然是古董店的尤先生。

"我知道你同思乡去猪圈了。不,你别误会,我不爱阿丝,我爱的是龙思乡这个巾帼英雄。"他又说,"这半天,我都在同那老猪倌在这里饮酒。我们彼此很信任对方。有件事我想不通,阿丝的母亲霸占了这个老猪倌,可是呢,又对他不忠,搞得这个男人非常苦恼,这到底是为什么?"

韦伯心里有点吃惊,因为这个尤先生说起话来总是像将他当作密友一样,也许这都是思乡的影响吧。

"到底为什么我也搞不清,"韦伯说,"根据我对阿丝母亲的观察,也许这就是真爱吧。老猪倌一定感到了她的爱。她是一位很特殊的妈妈,我在她家里度过了难忘的时光。"

两人又在一块说了些不着边际的话,韦伯看见月亮已经升起来了,他的心情变得分外柔和,他终于要回家了。

回到家中,看见妻子一个人在吃饭。菜做得很精致,她吃得津津有味。她问韦伯吃过了没有,韦伯说在朋友处吃过了。

韦伯洗完澡出来,妻子小袁也吃完了。

"韦伯,"她开口说,"我早就知道你另外有人了,我也是。可是我还是舍不得丢开你和这个家。"她的表情显出困惑。

"那不要丢开嘛。"韦伯紧张地回答。

"我看到那个姑娘了。奇怪的是我并不吃醋,我还羡慕她呢。你说这是怎么回事?我就是羡慕阿丝。可是在生活中我又做不到像她那个样子。当然你也做不到。不过呢,你和她在一起我觉得你们很般配。"

"你瞎说,我已经不和她在一起了。她又不属于我。"

韦伯坐在家里回想白天发生的事,懊悔的情绪向他袭来。当阿丝的母亲问他是谁的时候,为什么他就答不出呢?他像个傻瓜一样提到的那些个身份,当然是不能说明任何问题,所以老妇人就大发雷霆了,看不起他了。可说过的话就像泼出的水,收不回来了。今天是他有生以来最为后悔的一天,他感到自己的表现格外差劲,他真是无颜再见阿丝了。

半夜里,他又醒过来,他躺在黑暗中思索着。他想,他同阿丝的关系大概是他这一生中最大的失败。他这种类型的男人实在糟透了。他又想到不久前结识的翠兰,这个女人显然也比他自己有意思,有能耐。现在既然他同阿丝的关系落到了不光彩的地步,他就该吸取经验教训,好好地对待像翠兰这样的女人。最近一段时间,他常梦见同一个熟悉的地方,一个同他白天里去过的猪圈相似的场所。有时是他一个人，有时是他同翠兰一块，在那个地方转来转去的。他不知道自己是在那里找什么东西，但总之是要找一个东西。翠兰呢，仿佛知道他要找什么东西，却就是不肯帮他找，还嘲笑他，说他看不清脚下的路。莫非那东西在脚下？待他一低头，却连脚都看不见了。韦伯回忆起翠兰在梦里说的话，心里便隐隐地有种预感：也许，他的生活中的转折点到来了；也许，从今以后他会变得不那么糟糕了。然而，韦伯就是韦伯，他又能变到哪里去呢？

"我能变到哪里去呢？？"

他的声音那么大，将睡在隔壁房里的小袁都吵醒了。

"人是可以变成自己做梦都想不出来的样子的。"小袁在那边回应。

韦伯的脸在黑暗中发烧。他轻手轻脚地穿好衣，出门，走到了外面的马路上。一个男人跟在他身后不住地唠叨。

"城里到处是像我们这样的夜游神。你看看那边，在第九层楼有一扇窗亮着灯。她在等谁？当然是等我们这种人。你往哪里走？你这个冒失的家伙，要往黑地里走……跟我来！"

他一把推着韦伯往剧院旁边的小巷里去，那里面常年聚集着赌徒。

韦伯乖乖地任他拖着自己走，反正他在黑暗中什么也看不清。

他俩一块下了很多级台阶，到了平地上。韦伯听见那人说："坐下吧。"他就同他坐在同一条长椅上。有个人点亮了蜡烛，朝他俩走过来，很焦虑的样子。韦伯觉得蜡烛上方的那张脸很像他家的一个叔叔。他在韦伯面前站住，伸出一只手压在他头上。

韦伯心头的痛苦立刻减轻了。

"常回老家去看看吧,"他对韦伯说,"人不应该忘本。"

一阵风吹来,他手中的蜡烛灭了。

韦伯重又被黑暗淹没。他坐了一会儿,感到了周围的空虚,就伸手往旁边一探,却没有触到同他坐在一起的那人。韦伯想,也许这两个人都悄悄地离开了吧。他估计自己一时找不到回去的路了,就在长椅上躺下来。很快他就听到一个女人在不远处哭哭啼啼,一个嘶哑的男声在旁边安慰她。那男人反复地说着同一句话:

"阿丝,阿丝,我们远走高飞吧……"

可那女人并不是韦伯的女友阿丝。这城里有多少个阿丝?刚才那人叫他常回老家看看,当时他听了心中一惊。原先他是有一个老家的,那时他父亲还在,每年都带他回老家。父亲有一个怪癖,就是每次上火车前就用一个眼罩将他的双眼蒙上,让他装瞎子。他还威胁韦伯说,如果取下眼罩,老家就去不成了。年幼的韦伯乖乖地让双眼被蒙着,坐在车上一动不动——他实在是太想去老家了。要一直到了大伯家眼罩才准许取下来。火车要跑一天一夜,小韦伯耐不住寂寞,反复问父亲老家是在北方还是南方,每次父亲都说是在南方。可是大伯家的大院子里怎么那么冷?南方应该是很温暖的嘛。院子的围墙有两个大人那么高,院子真大,从一头走到另一头得半个小时。到处都是比韦伯还高的野草,把小径都淹没在底下。老屋是两层楼,有很多很多房间,韦伯从未数清过那些房间,因为老建筑的结构太奇特了。有一次他居然迷失在那些空房间和走廊里面。他走了又走,每当他以为找到楼梯口了,却又被陌生的走道所围困。直到黄昏,大伯娘才找到陷入绝望的韦伯,领着他到下面的厨房里去吃晚饭。他一共回去过三次,都在十岁以前。他心里有无数的疑问,关于老家的方位,院子外面的地理概况等等。父亲不耐烦回答他,而老家家里又只有大伯和大伯娘两个人,并且那院门又总是锁着的,只有大人有钥匙。尽管韦伯下定决心要搞些调查,但一次也未能如愿。大伯和大伯娘很少说话,也从不回答韦伯的问题。三个大人的乐趣是二楼阳台上的晚茶。那阳台很大,收拾得很干净,放满了藤椅子。晚风轻吹,他们喝着红茶,看那月亮一点一点地升上来。据韦伯回忆,那月亮比城里的月亮大,有洗手的铜盆那么大。那么,老家是在乡间?也不对,韦伯坐在阳台上隐隐约约可以听到远处机动车驶过的声音,还可以看到某建筑工地的探照灯。但如果说老家是位于城区,又怎么会有那种大得像皇宫般的院子?三个大人就只是喝茶,看月亮,不说话。红茶泡了一壶又一壶,他们要坐到深夜。韦伯每次都在中途睡着了。这就是对韦伯来说有无穷的魅力的老家。是不是因为在途中被蒙上了双眼老家对他才有这种魅力?韦伯清楚地记得,每次要去老家了,他就变得急不可待。他最喜欢的也是阳台上的晚茶,虽说整个晚上坐在那里不说话,心神涣散地看月亮,可留在记忆中的却是那种心潮起伏的印象。爹爹指着他对大伯说:"你瞧这小家伙,野心勃勃啊……"大伯娘便掩着口笑。韦伯至今也不知道爹爹的话是什么意思。他有什么野心?他不是成了肥皂厂的普工吗?按他的智力,他也许可以当一名总会计师,但他却没有从这方面去努力,他觉得这样也挺好。爹爹一定另有所指。

韦伯翻过来仰面躺着，看到了上面那窄窄的一条星空。星星都很暗淡，发不出光，因为城市的上空尘埃太厚了。他闻到了臭味，他记起来这个地方比猪圈还要肮脏，可他居然躺在这里！一不留神他就与赌徒们为伍了。或者他本来同这些人就是一伙的？

有一只手在抓他的肚子。那人躺在长椅下面，发出了哼哼声。

"你真奢侈，一个人就占了一张椅子。要是冬天，这就是我的专座了。"

他摇摇晃晃地站起来，伸了个懒腰。

"长发要你回老家去看看，你为什么还没去？"他说。

韦伯觉得他口齿伶俐，显然不是醉汉。

"我得去查查，才知道老家的方位。"韦伯说。

"哼，你们总是这样的，我知道你们这类人。你是公务员吧？"

"我不是公务员，我是卖凉席的。"

"那也一样。我熟悉你这种派头。这地方不是你待的，天一亮你就走吧。要听长发的话，回老家去看看。"

丝小姐从龙思乡暗示的话语里头听出来自己的母亲住在郊区的猪圈当中。夜深人静之际，她便想象着妈妈的样子，揣测她每天的活动。想着这件事，她就对妈妈今后的前途悲观起来。然而丝小姐的直觉告诉她，她母亲是属于那种压不垮的女人，并不会沉沦和颓废的。她对自己说："住在猪圈当中又怎么样呢？只要心里是明净的就没关系。"她父亲生病生了那么多年，母亲不也不弃不离地熬过来了吗？这样一想，她又高兴起来了。母亲喜欢哭,但并不是因为软弱而哭,多半倒是因寂寞而哭。多年前,深知母亲性情的丝小姐在同母亲分离后,竟然感到自己生活中的一个难题得到了解决,于是心中那块悬着的石头落了地。现在,多年之后,她得到妈妈行踪的信息了。当然,她用不着去见她,因为龙思乡暗示说,母亲并不希望见到她。间接的消息反倒能给彼此带来鼓舞。

"阿丝,你在笑,有什么好消息?"烟贩子在床上问。

"我妈妈托人带信给我了。"阿丝转过身来向着他。

"恭喜你啊!你妈妈必定很厉害吧?"

"她从来不伤害人。"

"了不起的女人啊。"

烟贩子突然很烦躁,说要去赶半夜的火车。

他穿好衣服,拿起皮包,伸手去开那张门,想了想又站住,回过头来,注视着阿丝,一个字一个字地说:

"我要离开三百个日日夜夜,你经受得起考验吗?"

他说完就出去了。

阿丝对着那张门大声说:

"三百个日日夜夜通向坟墓!"

她钻进残留着男人体温的被窝里,关掉电灯。

她想,从今以后,妈妈就会时常向她传递信息了。多少年都已经过去了啊。那时在山坡的蚕豆地里,看着那些紫蓝色的小花儿,她俩一块儿对她们自己的生活作了多少次策划啊!妈妈甚至怂恿她去参加杂技团,说是自己也可以跟着去管理器械,混口饭吃。还说母女俩一块走南闯北,相互可以有个照应。其实母亲早就看出她是那种不需要照应的女孩了。现在回想起来，妈妈一直在试探她，将她的性情分析得清清楚楚。或许就是那些蚕豆地里的长谈，不知不觉在使阿丝的性格成形？

"阿丝！阿丝！"韦伯在敲门，轻轻地。

"你进来吧，门没关！"阿丝大声应答。

他进来了，口中连连说："不要开灯！不要开灯！"

"我羞愧得要发疯了，阿丝！"

韦伯站在大柜的阴影里，想尽量缩小身躯。阿丝想象得出来他有多难过，因为他说："我不应该来的，我真不像话。"

"你身边有一张小凳子，你坐下吧。"阿丝说。

韦伯坐下了，他的心像要跳到他口里来了一样。

"你看我，因为寂寞就来找阿丝，我有多么卑鄙。我总在搅扰你的生活，刚才一下忍不住又来了。"

"你不要太自责了，韦伯，有时候，不管不顾反而好。比如像我这样。不过我也不是什么好的榜样。我的生活你是承受不了的。韦伯啊，你真是个好人，我今生今世遇到你是我最大的幸福。"

"我要走了，阿丝。你给了我力量，你总是给我力量。"

他来了又去了。阿丝摸了摸头上的伤口，伤口正在愈合，很痒。

那时候，在纱厂的那个花园旁，韦伯给她的印象是多么清新啊，如同清晨的玫瑰！她愿意用玫瑰来形容韦伯。无论是分离还是在一块，韦伯始终是她心底黑暗中的玫瑰。天都快亮了，她知道"举报者"还没睡，他在楼下用手电筒照她的窗户，他最喜欢干这种事。阿丝拢紧了被子，感受着小区里沸腾的激情。

她激动地叨念着:"'山茶花小区','山茶花小区',啊……"幸福的浪潮淹没了她。

龙思乡是第二天来到她家的。

"韦伯变得怪怪的,我担心他走极端。"阿丝沮丧地说。

"不会吧,他不是那种人。那如果他走极端的话,结果会不会是干出一番事业来呢?"龙思乡天真地瞪大了眼睛说。

"思乡!思乡!你真是我的好姐姐啊……"

阿丝激动得在思乡的脸颊上吻了一下。

"我非请你去'西阁'喝酒不可!"她又说。

半小时之后,她俩出现在"西阁"酒馆。

她们刚一坐下,尤先生就过来了。

"啊,美女!我真幸运。外面下着毛毛雨,你们带了雨伞吗?我是来给两位送伞的。像你们这样的金枝玉叶,得好好保护才行。"

他神情忧郁,苍白的脸上那一双美目不再闪亮,似乎在躲避女人们的目光。龙思乡在心里揣测:他大概又通宵失眠了。

"西阁"里面从来不点灯,只点蜡烛。灰色的墙壁上影子晃动。在酒精里头,三个人逐渐变成了一个人,相互之间都分不清你我了。不知出于什么理由,三个人都认为他们是在一个搭着葫芦瓜棚的小院里头长大的。站在瓜棚下看太阳,太阳就像停留在他们所住的瓦屋顶上一样。尤先生说:"一个声音在风中呼喊:'归来吧,小凤啊!归来吧……'"

思乡和阿丝听了尤先生的讲述都忍不住落泪了。她俩伏在桌上呜呜地哭了起来。龙思乡一边哭一边说:

089

"尤哥尤哥,我从前怎么会爱上你这样的人呢?"

"那是因为我同你有手足之情嘛。从我们小院里走出来的人,在社会中一眼就能认出来……你们还记得黑蛇吧?井边那一条。"

"当然记得!"两位女子异口同声地说,也不哭了。

她俩瞪着尤先生,等他描述。

但尤先生的嘴张了又张,怎么也吐不出词来。他脑子里一片空白。他用力拍打自己的脑袋,懊恼地顿足,又给自己倒了一杯喝干,这才涨红着一张脸,喊了出来:

"它是……它是……我忘了它是什么!"

胖胖的掌柜走过来拍拍尤先生的肩头,和蔼地说:

"它能是谁呢?当然就是那个出走的女人!"

"你怎么知道?"尤先生揪住掌柜的胸襟问道。

"是韦伯告诉我的嘛。你们这伙人的事我全清楚。"

尤先生放开他,茫然地看着昏暗的窗玻璃发起呆来。

丝小姐听见他说韦伯,心里便升腾起一阵温暖。她忍不住抓起掌柜的手吻了一下。她泪眼蒙眬地看着他说:

"我怎么看都觉得你像我爹爹!"

掌柜的听了很高兴,哼着小调,摇摇晃晃地走向柜台那边去了。

他们仨在街上摇摇晃晃地行走,相互搀扶着。也不知是谁先说出来的,说他们是去找韦伯。三个人都记得"西阁"的掌柜说的那句话:"韦伯在监狱里接受改造。"

昏暗中开来一辆农用拖拉机,司机是个粗犷的年轻人。

"你是老永派来的吗?我们要用这车!"龙思乡叉着腰说。

那人一声不响，于是他们三个人都上了车，坐在后面的拖厢上。

丝小姐一直在发抖，龙思乡凑在她耳边殷切地说：

"这是老永派来的车啊，谁会想得到？老永坐在他的蜘蛛洞里料事如神。从前在'鸳鸯楼'的时候，有好多次，我总想将我和他变成一个人，阿丝，你看我是不是很傻？你再忍一忍吧，要不了两个小时，我们就会到监狱了……不过我没有把握，也许韦伯不愿意我们去打扰他。他在接受改造，那肯定是很愉快的事，他一个人偷着乐。"

"他老是对自己不满。"阿丝紧紧捏着思乡的手，"他这样的人主动进牢房我一点也不感到奇怪。那里面有没有老鼠？"

"当然有老鼠！"尤先生说，"我明白阿丝为什么是韦伯的偶像了。韦伯真幸运！"

拖拉机并没有往郊外的监狱开。他们仨从瞌睡中惊醒时，发现他们坐的车在围着一座小山包绕圈子。那地方很荒凉，黑蒙蒙的，也不知有路没路，反正什么都看不清。但三个人都感觉到了他们在绕圈子。年轻人握着方向盘坐得笔直。

"老永啊，你真是诡计多端啊！"

龙思乡叫了出来，听不出她是愤怒还是赞赏。拖拉机突突突的吼声突然提高了，一下就淹没了龙思乡的声音。

风猛烈地吹着，丝小姐在车上缩成一团，灰沙打在她脸上，柴油的油烟呛得她要吐。她听到尤先生在她旁边说：

"我要跳下去了，我这就要跳了，你们可不要告诉韦伯啊……一，二，三！我跳了！"

丝小姐看不见他跳没跳，她只知道思乡不在旁边了，她感到自身难保，死神临近。她最后的念头是：死在去找韦伯的路上，这倒是一个很好听的原因啊。

然后拖拉机就翻到水潭里去了。

丝小姐并没有怎么挣扎，很轻易地就游上了岸。倒是湿衣服贴在身上被风一吹时，她才担心自己会因伤风而死。却有人给她递来一包衣服。她的牙咯咯地磕响着，浑身抖得像筛糠。她用了不少时间才换好衣。

"您是老永吗？"她问那人。

"还能是谁呢？这都是龙思乡想出来的主意，真是个异想天开的女人！昨天她对我说，同我结缘就是同死亡结缘。你瞧，她马上就来进行这种演习了。她天不怕地不怕。"

"您就是因为这才爱她的吗？"

"呸！别说什么爱不爱的，她是垃圾。"

"我应该怎样回家，大伯？"

"哈，我倒忘了，你是要回家的。你看见右前方那一点亮光了吗？你只管朝那里走过去就是，不要怕。"

丝小姐并没有看见右前方有什么亮光，但既然老永说有，那就是有。她开始朝想象中的右前方迈步。奇怪，她顺顺当当地走在平地上，她还听见老永在她身后说："这就对了，这就对了。"

天亮了，丝小姐穿着一身奇形怪状的衣服走回了"山茶花小区"。

她心中羞愧，只希望没有任何人看见她。

"举报者"站在她的单元的大门口,老头显然是在等她,手里拿着一个菊花花篮。他居然穿了一套皱巴巴的礼服。

她上楼时,老头跟在后面唠叨。

"你为什么要干违法的事呢?你的女友的姘头是监控对象,目前正在受到查处,因为贩卖劣质钢材的事。唉,你为什么要同他俩沆瀣一气呢?你坐在车上,以为在兜风好玩吧?他们利用你做幌子,偷运那些劣质货物。我骑电动车跟在你们后面追,怎么也追不上!"

"有意思,什么沆瀣一气啊,文绉绉的,我不也是监控对象吗?"

丝小姐开了门,请他进屋。但他不肯,非要站在门口。

"啊,丝小姐,你怎么这样评价自己呢?这很不好。我一贯认为……不瞒你说,我一贯认为,你是这个小区里最重要的人物之一。"

"可是现在我头上有了一个很大的疤,光溜溜的没头发,你看——"她揭下帽子让他看,"怎么样?你还认为我很重要吗?"

丝小姐一坐下来目光就变得呆滞起来,她看着手中那顶肮脏的草帽,回忆起夜间的事。思乡和尤先生到哪里去了呢?看来只有他们才是可以下地狱的人啊。她记不清她是怎么回家的了,好像路上有很多独轮车,总是将她挤到一边,还掉进水沟里一次。一开始他们三个人不是去找韦伯的吗?原来怎么将这忘得干干净净了呢?

"你头上这个疤一点都不影响你在小区里的地位。"

老头将花篮放在她的桌子上,退了出去。

丝小姐很感激老头,因为小区里只有他在关注自己。至于他举报了她这件事,那是可以原谅的。像她这样张扬,总有人去举报的。刚才她听到他说自己是小区最重要的人物之一,这是什么意思?丝小姐当然认为自己很重要,可她从未想过自己在社区居民当中重不重要,她同"山茶花小区"的居民没来往,只除了这个"举报者"。她将"山茶花小区"设想成一个幸福的乐园,因为她生活中的一些快乐都是在这里发生的。这个小世界既然还可以容忍她的快乐,那它也就还是相当不错了。同纱厂那个闷罐车相比,她完全可以将这里称作"幸福的乐园"了。

她走到阳台那里,看见外面出太阳了,一些光头男人正在走出小区。他们都穿着黑色西服,身体细长而薄,形态显得很不自信。丝小姐仔细注视着他们,连连叹气。她回忆起了她少年时代的那些男孩,他们同眼前的这些男子很相像。她产生了时光倒流的幻觉。从那时以来,多少事情已经发生过了啊!她对自己说:"阿丝,你可不要忘了玫瑰啊。"

她给自己做了面条,她看着面条在锅里翻滚,快乐地唱起了儿歌。那是爹爹教给她的儿歌,他临死前的一天还断断续续地唱过一遍。歌词的大意是关于一只棕熊的孤独生活,小的时候她每唱一遍都要落泪,尤其在唱到"它的皮毛"这几个字的时候。她突然意识到,自己之所以唱这首歌,是因为韦伯进了监狱。他不就是那只棕熊吗?

阿丝一边吃着面条菠菜,一边心存感激地分析着自己幸运的生活。空气中的阳光是多么亮丽啊。韦伯即使在阴暗的牢房里,也是可以享受到阳光的。他有一种特异功能,能够为自己营造美的世界，对于这一点，阿丝一贯深有体会。如今他在哪一片冷月荒漠中游荡？说到底，他不就是为了过一种更有追求的生活才去监狱的吗？也许，她从来就没能真正理解韦伯，韦伯性格中还有另外的一面。那么如今她应该做些什么来报答韦伯给她带来的温暖？她想来想去的，觉得最好是将韦伯忘记，只有这样才报答了他的一番好意。

丝小姐将韦伯埋葬在心的深渊里头，不再去想他了。

从长梦中醒来时，她会想起精力充沛，动作敏捷的烟贩子。那神出鬼没的家伙如今在哪里？他先前在这里的时候，总想带她到边境上去，他想让她领略一下出生入死的乐趣。但是阿丝不感兴趣，她认为为金钱冒险毫无意义。于是他俩往往要为这事吵起来。烟贩子指责阿丝"兴趣狭隘"之后往往摔门而出。但过不了多久他又上门了。阿丝觉得他像小孩一样天真。她想，如果一个人一门心思要去寻死，别人是挡不住他的。阿丝有点悲哀，但阿丝祝愿他在临死前享受到最高的欢乐。她反复地想象过他在卡车上被巡逻队员击中时的情形。他是那种很会为自己打算的勇敢的人，阿丝就为这对他着迷。

当龙思乡向她宣布要带她见一个人时，阿丝的心怦怦地跳起来了。都已经这么多年过去了，还有这个必要吗？

"不，不是你母亲，是另外一个人。他是我的客户，你认识他。"

于是在温泉旅馆那昏暗的茶室里，丝小姐见到了比她小两岁的、儿时的邻居。他已成了个美男子。他自称一直忘不了阿丝。

思乡一离开，男子的脸就变得模模糊糊了。阿丝感到这里头有诈。

"你真的是小齐吗?"她问他。

"你看我像不像他?"他反问道。

"我不知道。我看着有点像,但又不像。你脸上的表情太变幻不定了。我从左边看你与从右边看你,看见的完全是两个人。这里光线太暗,你到这盏灯下来吧。啊!啊!!"她发出尖叫。

她一叫,龙思乡就出现了,而那男子就跑出去了。

"他不是小齐,他是警察,是个可怕的人。"阿丝颤抖着说。

思乡笑起来,一把搂住阿丝,轻轻地说:

"也许吧,也许吧。反正他是我的客户,我是不会怕我的客户的。我们这些人,谁还怕谁?脱了衣服后我可以要他见鬼去!你要我帮你复仇吗,阿丝?但是我可以告诉你,他其实是很温柔的。"

"有可能。"阿丝说,陷入了沉思。

"在我们这行干久了就知道,一个人有很多副面孔的。"她又说。

"这就说对了,"思乡赞赏地看着她,拍拍她的肩,"是他自己要见你的。他对你心怀歉疚。他说他是你的邻居小齐,他到底是不是小齐?"

"他到底是不是小齐?"阿丝像回声一样重复这个恼人的问题。

"我看他就是小齐!他曾经告诉我他变成了一头黑豹,然后又变回来了。天啊天!外面下着暴雨,他冒雨跑出去了,真可怜。他还说那段时间他之所以变成黑豹是因为心里害怕。他成天叨念:'让我变成黑豹吧,让我变成黑豹吧',于是就变成功了。"

"怎么会这样呢?"阿丝喃喃自语。

"为什么不这样?这正是他的性格!你还没看出来啊?难怪你一点都不爱他。可他呢,一直爱你。"

在那小小的茶室里,倾听着暴雨打在柏油小道上的响声,两位女性的思绪都停留在所经历过的那些险境里。站在安全地带回味危险是很惬意的,于是两个人都迫不及待地要告诉对方那些离奇的故事。她俩在这种谈话中享受着手足之情般的温暖。后来龙思乡突然说:

"我觉得那家伙还没走。你要见他一面吗?"

阿丝又剧烈地颤抖起来,止也止不住。龙思乡出去了。

那警察又进来了,羞怯地坐在茶室的角落里。

"那一天在审讯室里头,为什么你要表演将你自己的手砍下来的戏?"

警察起先垂着头,听到阿丝的问题就抬起头来扫了她一眼。

阿丝看到他眼里的两道寒光,忍不住又抖得厉害了。

"当然是因为心里害怕。你是那种让我害怕的女子。我砍过自己好多次,我想试试自己的感觉。你看——"

他捋起裤腿,露出那些刀疤。她数了一下,一共有六道疤,一道接一道。因为受伤,他的一条腿比另一条明显细了很多。

"当时我看见你,就有了那种表演的冲动了。我很不适合于做警察工作,因为我总被你们这些卖淫女子吸引。我已经辞职了,失去了工作,我很希望你改变对我的印象。"

"那么你真的是小齐吗?你从前长得像个瘦猴。"

"我也经常问自己这个问题。既然连你都没能认出我来,可见我是难以变回来了。我昨天听思乡说起你,我心里又生出懊恼,我就对她说我一定要见到你,当面向你道歉。"

"你现在靠什么为生?"

"啊,你放心,我现在已经自食其力了。我开了一家烧饼铺。我戴一副墨镜接待顾客,生意还不错呢。我看人的目光一时半时是改不过来了,不过戴了墨镜也不碍事。"

"你不要灰心,"阿丝平静下来了,"没有什么可怕的,你在心里数:一,二,三!就会获得勇气。从前我就是这样做的。"

"谢谢阿丝,现在我心里的疙瘩解开了。你记住,宽街的烧饼铺里有你的朋友。欢迎你随时光临。"

韦伯情绪低落,好多天里头都不再与翠兰联系了。他还是常去剧院旁边的小巷,不过他总不敢深入到小巷的里面。那条幽深的、两边的房屋遮住了天空的胡同的深处令他害怕。水泥路的两边有一些缺口,缺口处有小块的空地。那天夜里,他就是待在这样一块空地上过的夜,后来是环卫工人将他撵回了上面的世界。他数了一下,从大马路上下到这个地方一共有一百多级台阶。下来后是一个类似自由市场的空坪,坪里有一些形迹可疑的小贩,一律兜售香烟,但天知道他们到底卖的什么东西。空坪的周围是几栋房屋的背面,没有任何门,只有窗户,再就是这条唯一的胡同了。

韦伯去了一次之后就为这个地方所深深吸引。他甚至想过邀翠兰一块来这里,然后在夜幕的掩盖之下,在黑地里向翠兰叙述他从前同丝小姐的关系,他内心对自己的痛恨。或者不说这些，就说他那神秘兮兮的老家，以及他的老家同翠兰的老家之间的联系。其实他自己也不知道这两个老家到底有什么关系，但他隐约地感到，只要处在小巷深处的氛围里头，谜底就会从脑海中闪现出来。当然话又说回来，他是不会去邀请翠兰来这里的，他不是打算了要同她渐渐疏远吗？

有一个戴草帽的小贩，是山西口音，他将一只手臂搭在韦伯的肩上，将劣质烟的烟雾喷到他脸上，说道：

"我们那边还有更好玩的事，你来不来？地点就在这栋楼的地下室，我们叫那地方'忘忧谷'，那里头的女人全是一流的，是些老虎！"

韦伯用力推开他，离他远一点。韦伯听见他在呻吟，是个患病的汉子，也许他快要死了吧。他抽劣质烟，却贩卖高档的"红塔山"。

小贩慢慢地跪了下去，那些香烟撒落一地。但是他并没有倒地，他跪在那里口中念念有词。韦伯走过去，将那些烟拢好，放进他的布袋中。从他含糊的声音里，韦伯听出他热切的期望。他期望什么呢？韦伯想到自己那一团乱麻似的生活，就对这个小贩产生了好奇心。这个人，待在这种阴沉的鬼窟里头，心里面却有亮丽的渴望！

"我在积攒精力和钱财。"他主动对韦伯说话了。

"为了什么？"

"当然是为了美好的生活。有时我也想，干脆进监狱吧，那样就可以更好地思考了。你觉得我这个想法怎么样？"

"这想法倒也不错。我怎么就从来没想到这上面来呢？可见我是太狭隘了。我的父亲是一个优秀的人,我一点都不像他。"

韦伯说了这话之后就突然感到,在久远的童年时光,在父亲的那栋老宅里,他经历过与此刻相似的瞬间。这么说,他韦伯是个忘本的家伙,他目前的忧郁就是因为忘本。他将父亲他们对他的启蒙丢到了脑后,庸庸碌碌混日子,根本就不思考自己的生活。

"也许明天你在这里就看不到我了。"小贩郁闷地说,"我的名字叫袁黑,我是一名看守,我很快就不做看守了,我要做犯人。你看如何?"

"有意思。"韦伯也郁闷地回答。

天忽然就阴了,冷风猛吹,是穿堂风。韦伯告别小贩回家。他走到台阶那里回头一看,小贩躺到木靠椅上去了。看来他对风啊雨啊的完全没有感觉,韦伯认为他的内心很强大。

他上了一百多级台阶,站在了大马路的人行道上。风刮个不停,要下雨了。韦伯又不想回家了。剧院的门开着,还有票,是"茶花女"在上演。他买了票进去。

他从楼上的侧门进去,摸黑坐在了后面。舞台上很暗,只有一盏顶灯照着茶花女,而她居然穿一身黑裙子。那咏叹调唱得很难听,就像乡下女人哭丧一样。韦伯心里想,这真的是茶花女吗?老是她一个人唱,一点都听不懂,别的演员老不出来。韦伯听得很不耐烦。他前排的位子上有一对情侣,男的搂着女的在说情话,说个没完。

后来茶花女终于唱完了。她一停下来舞台上就一片漆黑,剧院里也是一片漆黑,那些门窗都关得紧紧的。韦伯想出去,可他动不了，一些人在座位间跳来跳去，踩在他身上，还骂他"老不死"。就在他被这些人推来推去时，有一名大汉猛地将他举起，放到了过道上。周围的人欢呼起来，很多人都在说："他脱身了！他脱身了！哈哈……"然后有一扇极为低矮的小门在他前方出现了，观众都弯着腰从那扇门钻出去。韦伯排在后面，终于轮到他，他也钻出去了。

他站在一条从未来过的街道上，冷风吹得他连打了几个喷嚏。观众们很快就走散了，只留下他站在街边琢磨应该朝哪个方向走。他一点主意都没有，这似乎是一个办公区，没有商店，连行人都看不到一个。他正打算向左边走，却看见那黑衣茶花女从刚才的小门里钻出来了。她脸上涂着白粉，简直像个女鬼。韦伯感到一股阴风袭来。

"小伙子，我们一块走吧。"女人很自然地说，挽起他的手臂。

韦伯看见一只老妇人的皱巴巴的手。

"我唱茶花女有四十年了。你有什么感想？"

"我——我很困惑——刚才在剧院里……"

"这就对了，小伙子！这是很好的回馈，你很尊重我的劳动！"

老妇人挽着他的手臂牵引着他往马路中间走。这条路上既没有车也没有行人，她大概感到很惬意。

"我最喜欢像这样在马路上溜达——不卸妆，看上去像一个鬼。当我这样溜达时，我就可以看见我的亡夫。"

"刚才您站在台上唱，我就想，您一定有过美好的生活——说老实话，这是我现在才领悟到的。当时我还没有反应过来，我啊，我满脑子乱七八糟的念头，不耐烦听您唱。可是现在，我和您在冷风中行走，我回忆起您的精彩表演，一下子就爱上了您！那真是震撼人心的表演啊。"

韦伯说着话就感到自己要掉泪了，他悔恨地在自己前额上打了一拳。

"年轻人，你看到他了吗？"

"谁？"

"我的亡夫啊。他正在那边垃圾箱里翻东西，他很顽强，有什么吃什么。我觉得他会一直守着我。"她脸上露出可怕的笑容。

"那当然会。你们有过了那么美好的生活。你们不像我，我是无用的废物，一个空壳子。我这种人最好从世上消失。"

"请不要这样说话。自暴自弃的人不配做我的观众。"

他俩在那条空街上走过来走过去，说些关于表演的事。每隔一会儿，老妇人就问韦伯："你看到他了吗？"语调十分热切。于是韦伯就说看到了，并且同她聊一会儿有关他过去的生活。有好几次，韦伯感到自己要失声痛哭了，但他拼命忍住没哭出声来。慢慢地，他就不再自暴自弃了。老妇人让他领略到了另一种生活，他内心跃跃欲试。

"您住在哪儿，妈妈？"

"那边的十五层楼。和你散步真愉快。"

女演员朝那高楼走去，一阵风掀起她的黑裙子，韦伯看见她像大鸟一样飞了起来，双脚离了地。她落在那栋楼的大门前，门自动打开，她几乎是扑了进去，然后门又关上了。是一张大黑门，上面有两个铜环，给人以悲伤的印象。不一会儿，楼上的窗口就传出来她的咏叹调，不过韦伯一点都听不懂。有人在对他说话，他回过头来，看见了先前戴草帽的小贩。

"你知道她是谁吗？"他问。

"不知道。"

"京城有名的女高音，精神狂躁症患者。她一直住在疗养院里头。后来我们剧院的老板将她请来，改了个艺名，登台演出。"

"你怎么知道这种内幕的？"

"因为我是她前夫。"

韦伯这才仔细打量了一下小贩，他发现他确实上了年纪，少说也有七十岁了。他感到自己好像有点儿明白了小贩心中的情结。

"我看得出你俩彼此相爱。"韦伯说。

"当然，当然。精神狂躁症是一种很美妙的病。不是沦落到这个地步，我们就不会知道自己的爱情有多深。你听过她在台上唱吗？"

"我听过了。一种奇妙的表演，当时完全反应不过来，过后却感到永生难忘。你妻子是了不起的天才。"

"但天才并不适合恋爱。"

"也许吧。我深受感动。你会坚持下去的，我预感到了。难道能不爱这样的女人？她太美了。"

"是啊，我是美的崇拜者，也是牺牲品，我乐意做牺牲品。你瞧，她在十五楼，我却住在阴暗的地下室，同那些妓女住在一套房里。每天一早，我就出去卖香烟，深夜才回去。因为我们的单元房里很嘈杂，常出人命案子。我老了，不能再像他们那样活跃,我尽量待在外头。你瞧,你的好朋友接你来了。"

韦伯回头一望,看见了尤先生。原来他和老人不知不觉地走到了肥皂厂宿舍所在的那条街道。再一回头,老头不见了,也许是到公共厕所去了。

"那是一个高利贷者,"尤先生说,"他身上欠着两条人命。据说他是为了一个女人放高利贷的,他入狱后,那女的就一脚踢开了他们的婚姻。如今他已经大大地改变了。三十年前,他在这城里何等威风!"

"你很羡慕他吧?"韦伯问他。

"是啊。现在这样的人已经不多了,正像龙泉青瓷花瓶。他可是真货色。他差一点被判了死刑,拉到刑场上又被送回来了。这是我小的时候亲眼所见。那时我跟着一些人去看热闹,看到别人倒下去了,他却被大卡车拉回来了。后来居然当街释放了他。"

"多么古怪!"

"是啊,那个年头的事看不透。最看不透的还是他前妻。女人摆脱了他之后就发了疯,住在京城的高级疗养院。不知为什么,到老了却又返回她的家乡来演戏。有人说她同剧院老板勾搭。"

"你心里是不是很苦?"韦伯注意地看着他说。

"要是心里不苦,我会来这里找你吗?为什么我就没有这个人这么好的运气?我觉得他啊,生活得就像皇帝一样。"

"你没说错,尤先生。你的眼光真厉害。我是在剧院底下那小广场遇见他的,他内心镇定,思路开阔。当然他有病,可我们谁又没病?他是一个有生活目的的好汉。"

"你这就回家去吗,韦伯?有个家真好,那种事对我来说就像天堂一样不可能。我是说对我来说已经晚了，我同那些幽灵有约，我每夜必须睡到古墓里头去，而你……所有的机会都是你的。"

韦伯看着他，恍然回到了三十年前。那时在城里，在火热的天空下，总有一只小鸟在叫个不停。他面前的这个男人到底对他怀着一种什么样的期望？现在他有礼貌地摆摆手向韦伯告别了，而他刚才一直等在这里，就为同他韦伯见面，同他谈谈他心里的苦闷。韦伯凝视着他那影子一般的背影，确确实实感到他不是一般的人。他什么都知道，连茶花女的内面情感生活他都能随时在脑海里重演。韦伯也像很多人一样有过火热的青春时代，可那时候的他是一个傻瓜，一个被排斥在生活之外的人。现在他似乎变得聪明了一点儿，但仍然频于应付生活中的难题。他记得翠兰对他提过一次，说尤先生是她的远亲，掌握着她生活中的一个秘密，她极想知道那个秘密，可又不愿同这种脂粉气的男人交往。刚才他说所有的机会都是他韦伯的，而他自己已献身于一种事业，与日常生活无缘了。也许他说的是肺腑之言？

韦伯站在自家门前的老槐树下面，又一次想起了翠兰。这个女人，她的体态和她的风姿，是那么的合他的心意。为什么他就不能公然同她生活在一起？韦伯不知道，他只是感到那是很危险的，很可能完全失去她。不仅仅因为她，也因为他自己性格中的缺陷。他天生有缺陷，这是很明显的，要不他干吗躲着她？他心里有鬼嘛。

他家里冷冷清清，妻子小袁出差去了。他在外头神游了一通又回来了,他都干了些什么?墙上镜框里有已故父亲的照片,父亲镇定地看着他,似乎正要将手中的那块布蒙上他的双眼。啊,这是怎样的一位父亲啊!平时在家里,他是不动声色的。他从不同母亲谈论他的老家,也不同她一块回老家。不过他倒是一位和蔼的丈夫和父亲。他过世得太早了一点。韦伯记得他坐在一把大围椅里头,夕阳照着他,他的嘴唇动了几下,但并没发出声音来,然后他显出疲倦的表情闭上了双眼。看来他对自己的一生是很满意的。年轻的韦伯当时想,从那种深宅大院里出来的男人,恐怕连自己的生死都是可以掌握的吧。当他产生这个念头时,脑海里就出现了一个细节:大伯娘坐在屋角用一个玉石笔筒喝水,边喝边对他说:"这叫喝墨水。"也许父亲于潜移默化之中教会了他在生活中我行我素的做法,而且也给了他战胜生活中的悲哀的技巧?韦伯不知道墙上这个人是如何做到这一点的。

"我快四十八岁了。"韦伯对着墙上的父亲说。

那一位似乎咧嘴笑了一下。当然是幻觉,父亲是很少笑的。如果那时在火车上,他闹腾起来,扯掉眼罩,又会发生什么情况?父亲知道他不会,他太了解儿子了,他知道他的好奇心大于一切。他将儿子引进那座古宅,却从未让他弄清古宅里面的结构和它的方位。韦伯正是因为这一点才对他怀着深深的爱和尊敬。

外面有人在大声叹息,好像是尤先生。他不是同他告别了吗?他真难以捉摸。他打开门,尤先生一钻就进来了。

"我无处可逃。"他苦着脸说。

"我听说你同翠兰是亲戚?"韦伯注意地看着他。

"也谈不上什么亲戚。你想想看,像你我这类人,不论在哪里相遇,难道彼此会认不出对方?我同她父亲当年——不,我不同你扯这些闲话了。我问你,你对自己与她的关系是如何评估的?你不知道?该死,你应该勇往直前嘛。"

韦伯笑了起来,尤先生也哈哈大笑。笑过之后,尤先生郑重地说:

"现在我真的要回去了,我房里锁着一批宋朝的货,被黑社会盯上了,说不定今晚我的大限到了?"

"像你这样随意泄露机密的人是很危险的啊。"韦伯说。

"我当然不是随意泄露机密的人,我仅仅只和你说了。"

"那么你把我看作你的亲戚吗?"

"呸!亲戚算什么!我说韦伯啊,你是真不明白还是装的?"

"是真不明白。"

"那你就太辜负我,还有思乡和翠兰了。你糊涂下去好了,我也不想把什么全告诉你。我反正是没有希望的人了,怎么着全一样。"

这下他真的走了。韦伯跟出去,看见他拐弯,消失在马路尽头。

韦伯想着这个人讲的话,觉得自己真的是辜负了翠兰和思乡。他没能成为他有可能成为的那种勇敢的男人,比如说,像茶花女前夫那样的,或者哪怕像尤先生这样的也可以。而现在的韦伯算怎么回事?不过是一个爱占小便宜的家伙罢了,比不上思乡的一个脚指头。

他一下子变得疲倦极了,就胡乱做了一顿面条吃了,早早地上床睡了。可他睡了半小时左右就醒了。

尤先生又在外面叫他，外面天已经黑了。

他心情烦躁地打开门走出去。尤先生垂着头站在他面前，头上肿起一个很大的包。

"你瞧，干我这一行的人随时有生命危险。"

韦伯觉得他的语气很兴奋，就也随着他兴奋起来。他沉默着，很想听尤先生说说他的遭遇。他此刻非常羡慕这个古董鉴定师。

"哎，有什么可说的啊。总是这样，他们来了，推呀，打呀，挤呀的，还吐唾沫。然后呢，一切都消失了，即使空气中也没有留下他们的气味。而你陷入苦恼之中。"

"为什么会苦恼呢？"韦伯天真地问。

"因为爱，也因为割舍不了啊。"

"原来这样。原来你每天夜里盼着他们来，对吗？"

"你总算有点猜到了。我早说过你是知情人。你总是去爱别人，没事找事的那种，就像脑袋上贴着标签一样。"

"那么，你进屋来歇一歇吗？"

"不歇了。你看都快一点了。这个时辰往常都来过好几帮人了，用棍子将楼下的陈列柜打得啪啪响。"

他又一次离开。韦伯想，也许他要像这样游荡一夜的。

他上床关了灯，他的思绪进入尤先生的古董店。在那高高的厅堂里，那些玉器在黑暗中阴险地闪出幽光。当汽车的车灯扫过它们时，其中的一两件就惊跳起来，发出叮叮当当的脆响。在那样的环境中，一个人是如何将一种爱保持几十年的？韦伯感到自己有一点理解这种爱了，但离真正的理解还差得远。很可能一点都没理解，只不过是对他这个人产生了某种类似温情的情感？在韦伯遇到情感危机的这些日子里，他不是一再给他带来意外的启示吗？

妻子小袁回来了，她的火车总是半夜到站，多么奇怪！

"小袁，是你拿走了我的怀表吗？"他说话时睡着没动。

"是啊，韦伯。我出差时总喜欢精确地计算时间，我至少要带三个计时器。白天里我还不停地看太阳呢。"

小袁走到卧室门口，举起那只怀表给韦伯看。黑暗中那怀表像太阳一样光芒四射，韦伯差点从床上滚下来了。

"怀表在这里，我给你放到柜里面去了啊。"

她到隔壁房里去了。韦伯看见柜门没关严，有光芒从里头射出。他本来已经坐起来了，可想了一想，又睡下了。妻子小袁发展出了这样的新爱好，令韦伯感到惊骇：这世界在怎样地突飞猛进！

在韦伯的记忆里头，像怀表啦，别针啦，老式放大镜啦这一类东西都属于异物。但这只是他的观念，从未向小袁透露过。从前在老宅里面，大伯让他看过书房里的一面放大镜。大伯将放大镜对着那本毛边纸古书，说道："你瞧。"他朝那玻璃望过去，看见的是一只黑色的眼球，立体的眼球缓缓地转动，他被吓得说不出话来。"不要怕，习惯了就好了。放松，看右边，看过来，好！"大伯和蔼地引导着他。他大约观察了五分钟，看来看去都是那只眼球，黑白分明的晶状体，肉乎乎的。他鼓起勇气问大伯："这不是放大镜吧？""当然是放大镜！"大伯责备地说，"放大镜就是这样的。"他说完就将那东西锁进了书桌。后来他再也没听大伯提起过这事，并且就连书房也上了锁。

当韦伯回忆起放大镜的事件时,他忽然明白了"常回老家去看看"这几个字的含义。这句话是一个名叫"长发"的流浪汉在剧院旁的小巷里对他说的。父亲的老家,也就是他的老家,那个地图上找不到的地方,大概一切都从那里发源吧。近来韦伯越来越感到,他身边的每个人都在怀旧。从前的记忆里有股巨大的力量正在渗透当今的生活,侵蚀着包括他自己在内的每一个人的判断。韦伯早就听说大伯和大伯娘已经去世了。那老宅更应该早就被拆掉了。

吃早饭的时候,他问小袁:

"你去剧院听过'茶花女'吗?"

"当然。我都听过三遍了。了不起的女人!"

"可是有人说她的神经坏掉了。"

"那又怎么样,我们的神经都坏掉了。"

韦伯又一次感到小袁是绝顶聪明的女子。

"我有一年多没去剧院了,昨天去了,感觉变化很大。我也说不上变化在哪里,可我坐在那儿,所有的事都让我吃惊。"韦伯说。

小袁向韦伯做了个鬼脸,低下头去打量桌上的那只怀表。

"冷不防,它就会像太阳一样发光。"韦伯指着怀表说。

尤先生在门外叫韦伯,韦伯连忙往外走。

大概经过了一夜的苦难,尤先生看上去像一具僵尸。他脚上那双鞋子的鞋带也散了,好像随时要被绊一个大跟头一样。

"韦伯啊韦伯,为什么我一次也没追上过他们?"

他说着话就不管不顾地往前走了。

韦伯回到房里，看见小袁还在盯着怀表。

"这只表，从你父亲年轻时一直走到了此刻，这件事不太平凡吧？它有河流的气味，你父亲喜欢江湖。"小袁说。

"我没注意过他喜不喜欢江湖。他是个不动声色的人。"

"我有没有说过，我出差至少要带三只表？"

"你昨天说了。"

"那是因为出门在外时，一切都变得那么微妙了。有时就像在半空飞翔一样自由，向南，向西……我不喜欢太自由。"她边说边举起那只表，做了个要摔到地上的手势，然后又小心翼翼地将它收到柜里去了。

"茶花女在京城时，我到过她那里。"

"啊？！"韦伯惊骇地说。

"是真的。她住在疗养院里——那是个什么样的疗养院啊，满园子的颓败的古树，树干上长着怪包，怪包上又生出奇形怪状的红色枝叶。有一种我从未见过的、喙上带钩子的鸟，蹲在那些树包上用力啄，尖溜溜的声音叫个不停。茶花女穿着白纱裙坐在树林里，她看上去睡着了。我快走到她面前时突然听见她说：'有人叫我，我就醒来了。是家乡的贵客吗？'我向她做了自我介绍，她认真地倾听，紧紧地握住我的一只手。她说她在树林里等'心上人'，可是却等来了家乡的贵客。她的眼睛看向我，但并没看我，她有穿透性的视力，我感到她的视力穿透我的面部，到达了很远的地方。她说她要唱歌，然后就唱了起来。那哪里是唱，就是在胡乱尖叫。她叫了一阵后就沉默了，脸上再没有任何表情。她已经忘记我在那里了。她有种让你目瞪口呆的力量，我不知道那是什么性质的力量。我转身跑出疗养院。找了个僻静的地方痛哭了一场。这是十年前的事。"

"你看见的真是茶花女吗？"韦伯问。

"很难说。那是一张陌生面孔，很美。我觉得那就是她。否则能是谁？当然也可能不是这个茶花女，只是我把她认作她罢了。"

"这太可怕了。"

"是吗？我的胆子是很大的。"

小袁在韦伯眼前飘动起来。韦伯将眼睛揉了揉，想要确定她的双脚没离地。一会儿厨房的水槽里就响起碗筷的碰击声。

三、龙思乡女士的内心追求

龙思乡的婴儿断气后,她一头栽在医院的木板地上昏过去了。

　　两天两夜之后她才醒来。她发现自己躺在医院的急救室,手臂上插着针头,正在输液。有一个幽灵一样的男人背对着她站在门那里。

　　不知过了多久,她才认出那男人是她的丈夫小武。

　　"小武,小武,你千万不要转过身来看我。"她虚弱地说。

　　男人顺从地溜到门外去了。

　　龙思乡火化了她的儿子之后便回了娘家,挤在父母卧室旁的一间小小的堆房里住着。她仍然到纺纱厂去上班。白天夜里,她那死去的儿子像恶魔一样纠缠着她。她的双颊深陷下去,眼神像精神病人一样。那段时间,她的父母将任何可以令她想起儿子的物件都藏了起来,并且不再让他们的女婿进屋。倒不是他们嫌弃这位高高大大的女婿,而是他们深知女儿的心。女儿不肯见女婿了,因为见了女婿女儿就要想起那婴儿,随即就要发狂。成日里铁青着一张脸的女儿,神经已经全盘崩溃了。

半年之后,龙思乡做了决定,她要同小武分手,这样才可以将儿子彻底埋葬到记忆的深处。小武不愿意,僵持了一段时间,最后只好同意了。他觉得自己成了个被抢劫的倒霉蛋:老婆孩子一下子全没了。

在车间里或食堂里,谁也不敢同龙思乡对视,她的眼神吓跑了好几个人。对于同事们来说,这位少妇成了个陌生人。

然而时间可以医治无论什么样的创伤。

那一天从食堂出来,有一位无比亮丽的少女在水泥坪里踢毽子,所有围观的人全看呆了。龙思乡也在围观者当中。

十九岁的少女停下来,走到龙思乡面前拉住她的手,羞怯地说:

"思乡姐,我听说你比我踢得好得多了。"

"不,我比你差远了。"

"思乡姐真谦虚。我晚上可以到你家里来吗?"

"不,不要来。我没有自己的家,我住的地方像个狗窝。"

那天夜里,龙思乡吃完晚饭呆坐了一会儿,正想上床睡觉,丝小姐出现在她的窗前。龙思乡听见自己的心在跳。她不愿父母知道她的事,就匆匆地跑到了外面的黑暗中。丝小姐冰冷的手紧紧地握住她的手,急促地呼吸着,压低了声音说:

"啊,思乡姐,思乡姐,我走了好远好远,终于来到你面前!"

"阿丝,你在说什么?"

"我在说心里话。"

"你的手这么冷！"

"那是因为我的心脏弱，我活不长。"

"嘘，别说傻话。我看你踢毽子，就知道你心力很强。"

"那是假象，就像思乡姐一样。"

"听你这么一说，我无端地对自己产生了信心。"

"这么说，我们都会活下去。"

她俩手牵着手，在那条没有路灯的小胡同里走过来走过去，两人都感到极度的亢奋。长久不曾和人交流的龙思乡像打开了话匣子一样，奇思异想冲口而出。不知为什么，她很想抱一抱这个女孩。她将这个想法告诉阿丝，然后她们就紧紧地拥抱了。她俩拥抱时，一只猫在围墙上嚎春，很像婴儿哭。龙思乡脑海里闪过一个念头：是不是她的儿子回来了？阿丝告诉她说，她头发上戴着茉莉花呢。

第二天夜里，丝小姐又来了。龙思乡预感到她要来，早早地就跑到外面去等。女孩跑得气喘吁吁的。

"思乡姐，我明天要倒中班了，所以今天非来不可。为什么非来不可呢？因为同时有三个男人追求我，他们分别挡在我去食堂和去宿舍的路上，他们纠缠不休，但是我拿不定主意，所以来向你讨教。"

"让他们见鬼去！我门后有根铁棍可以送给你。"

"叫他们吃铁棍吗？我对他们当中的一个有点喜欢呢。"

"喜欢也要让他吃一铁棍！"

龙思乡取了铁棍给丝小姐，目送着她走远了才回到房里。

她回想刚才的一幕，不由得哈哈大笑，笑得弯下了腰。

"好了，好了！"龙思乡的母亲拍着手说，"我女儿的病完全好了，真是苍天有眼啊！好人必得好报。"

此时离思乡的儿子死去已经有一年半了，小武也同别人结了婚。龙思乡成了孤零零的一个人。她虽然爱父母，但她暗暗地下定决心：一定要从家中搬出去。当时看来这个愿望几乎是不可能实现的。纱厂没有单身宿舍，像她这样的女工想要弄一间房简直如想要登天。她还知道她的姿色在渐渐衰退，由于大龄生育，由于繁重的工作，由于那场可怕的灾难。她照照镜子，看见自己那秋黄瓜一样的脸，心里一阵阵发凉。

龙思乡不服老，她认定自己还年轻，并决心等待机会开始一种新的生活。哪里有机会呢？她唯一的技术就是做过挡车工，连家务活都做得马马虎虎，即使她要嫁人去当家庭妇女也不够格。再说她可不想为了无爱的婚姻而出卖自己。她想要的是一种有爱的生活，她对自己在两性关系方面的能力非常自信。

又过了两个月，龙思乡的身体完全复原了，她想去追求男人。

她的资源很有限，就是纱厂里那些普工，每一个她都认识，年龄相当还没结婚的就那么几个，而且老气横秋，只想成家不想恋爱。她将他们每个人掂量了一番，最后决定放弃，到厂外去另辟蹊径。

她又在她父母家周边的邻居当中尝试过两次，但都落败而归。在常人眼中龙思乡既不漂亮也不年轻，而且又穷。愿意同她相好的只有那些潦倒的汉子，有的是想找个为自己做家务的女人，有的是想找个谈话的对象以打发漫长的时光。他们都对性生活兴趣不大，能力也比较差。而龙思乡的目标是找一个在性生活方面同她相配的男人。

受了挫折之后，龙思乡开动起脑筋来。她考虑自己是不是可以去做暗娼。但暗娼不是随便可以做的，首先得有一套单独的住房，其次得有人给她介绍客户，此外还得同警察搞好关系。这些对于她来说都是越不过去的障碍。同事里面有一个名叫金珠的离了婚的女人，她同龙思乡很谈得来。金珠身体不好，患有肺病，但她特别想男人。龙思乡看出了她的渴望，有时还将自己的男友介绍给她。她们在一块时从不谈论男人，双方都明白对方的饥渴。

时间又过去了两年，在那些暗无天日的日子里，两个女人几乎都快对生活绝望了。然而就在这时，城里的色情业渐渐地兴旺起来了。开始是偷偷摸摸的，后来就越来越明目张胆。纱厂里的那些女工纷纷进入了这个行业，尤其是那些年轻又有几分姿色的。丝小姐也属于第一批下海的女工。

龙思乡与金珠几乎每个休息日都去那些色情场所逛。她们兜里没钱消费，她们只想找个工作。那些老板用鄙夷的目光在她俩身上扫来扫去，没人愿意接受她们。

"金珠啊，你觉得我们是不是老了？"龙思乡沮丧地说。

"思乡姐啊，在我眼里你比谁都更有吸引力。我们千万不能打退堂鼓。我看这个世界啊，里面还藏着很多新奇的东西呢！"

金珠说这些话时，龙思乡就赞赏地望着她的脸。她看到这张患肺病的脸上显露出一种少女般的纯洁，于是不由得想哭。

但她忍住了。她回想起近来得到的种种关于色情业的信息——一些女人患上了性病，有的还患了绝症；某个隐蔽场所又出现一具女尸；一名妓女杀死了她所痛恨的嫖客；等等等等。龙思乡和金珠心里都明白这是一个高风险的行业，按一般人的评估叫"得不偿失"的行业。可是回想她们所过的生不如死的日子，她们又还有什么东西可以让她们失去呢？在纱厂干下去无疑是一个早死的结局，但除了纺纱，她们别的事全干不了，也没有兴趣去学任何手艺——她们确信，等不到她们学会就会死去。

她俩早上一块出门，在城里转悠一会儿，马上又走进了那些色情场所。可见两个人心里想的都是同一件事，而且心情是同样的急迫。急迫尽管急迫，事情却老没有转机。她们也想过去找丝小姐帮忙，可是丝小姐成了大红人，忙得不可开交，她们连她的影子都见不到。

爱捉弄人的命运让这两个纱厂女工足足苦闷了四个月。忽然有一天，龙思乡在温泉旅馆看见了韦伯，于是意想不到的转机出现了。在韦伯和丝小姐的精心策划下，她俩终于在温泉旅馆找到了她们心仪已久的工作，脱离了那个吞噬她们青春的纺织厂。

"我比从前更爱你了，韦伯。好人应该得好报。如果有一天你得了绝症痛苦不堪，我马上会跑去照顾你。"

"你怎么打了一个这么不祥的比方呢，思乡？"

"嘿，我一激动脑子就乱了！"

龙思乡的顾客都是那些没什么钱的中老年男人。一般来说她都能做到让他们满意，但也常有不愉快的事发生。有一次，一个自不量力的戴眼镜的家伙，得了好处还反咬一口，说龙思乡是一具冷冰冰的僵尸，没有一点工作热情。他还将老板叫来说要退款。龙思乡怒不可遏，飞起一脚将那家伙踢到了门外。老板吃惊地"啊"了一声，半天合不拢嘴。

"梅花小姐（龙思乡的艺名），你学过武功吗？"

"嗯，会一点点。"

在那些日子里，金珠和思乡都在物色各处的猎物，可是却一次又一次地失望。现实生活太无趣，好男人也太少。关于好男人的标准，金珠和思乡是能做到相互心领神会的。她们有足够的耐心等待。她们不是已经等了半辈子了吗？再多等些日子又何妨？

某一天，农民企业家老永闯进了两人的生活。老永五十多岁，是个酒鬼。老永对性活动兴致很高，既朴素又花样百出。首先接待他的是金珠，他简直将这个患肺病的女人迷住了。她将他当恋人，恨不得为他而死。

"你应该有所保留。"龙思乡这样提醒金珠。

但金珠用不着龙思乡提醒，因为这个花心老头很快就移情别恋了。他的新猎物不是别人，正是龙思乡。他说龙思乡能量更大，身体也更好。

金珠被冷落了。漫漫长夜里，她咬牙切齿，酝酿着谋杀的阴谋。她打算将两个敌人一块干掉，然后自杀。但不知道是什么原因，她始终没有下手。她的手握不住那把刀，每次都将屠刀掉到了地上。日子一长，她就慢慢改变了自己的念头。她爱这个酒徒，她希望他幸福，现在他在她的好友身上得到了幸福，她自己就该"让贤"。她无师自通地学会了这样想问题。

金珠平静下来了。她虽失去了情人，可是老永给她留下了美好的回忆，够她一辈子享受的了。她知道自己活不长，正因为这个更应该知足。何况老永不是去找别人，是找她的最好的朋友思乡。当他来找思乡时，她有时还可以碰见他，而他仍将她当亲人，每次亲亲她的脸。她慢慢习惯了这种格局。

即使在热情高涨、头脑发昏之际，龙思乡也从未答应过老永让她"从良"的要求。老永的妻子早就因病去世，儿女已经单过，他可以毫无障碍地将龙思乡娶回家。但龙思乡是不想再做任何人的老婆，更不愿生孩子了。她知道如果再经历一场丧子的噩梦，她准完蛋。如果不生孩子，就没必要成家了。她不需要家庭，她只需要寻求快乐。她如果要家庭的话，小武不是比这老头更合适吗？她的预感告诉她，一旦同老永成了一家人，情趣立刻要少一大半，甚至完全消失。人是会变的，即使老永不变，她自己也会变。所以还是目前的格局最理想：老永悬着一颗心，担心她去找别的客户；她也密切关注，担心老永另寻新欢。这种事的确发生过，他们之间也吵闹过，最后却又言归于好了——因为他俩的确需要对方。

龙思乡像盛开的秋菊一样饱满滋润。秋天里，她和老永一块去山上看过红叶，他俩在红叶丛中疯狂地爱抚对方，恨不得当场死在对方怀里。

现在轮到金珠来提醒龙思乡了。但金珠没对思乡说同样的话，她知道同老永相好的女子不会听那种无意义的劝告。

"思乡，你应该同我回家。"老永说。

"你回你的家，我回我的家吧，老永。"

"你没有家。你的家是公共的家。"

"公共的家有什么不好,我就喜欢这样。"

她的拒绝使得老永眼前一片黑暗。

他们双方仍然被那种独占对方的妄想折磨着,又因为这而相互折磨。这两个精力旺盛的人时常被自己弄得精疲力竭。龙思乡渐渐有了不少新顾客,这位大嫂级的妓女在温泉旅馆名气很大。老板成日里对她笑呵呵的,甚至自己也想插一腿尝尝味道。龙思乡当然不会让他占便宜。老永因为不能将龙思乡包下来,只好时不时像丧家狗一样四处游荡。这种时候他便对她恨得咬牙切齿。他曾醉倒在老板的房里,吐得满屋子秽物。

"我要把她抢回去,我有钱,满车现钞。"他胡言乱语道。

"你的钱顶个屁用!她会以死相拼。"老板阴阴地说。

"今天她和谁在一起?"

"一个贼。时刻不忘本行的那种。哪怕在嫖妓时也要顺手牵羊捞点什么去。我很担心。"

"奇怪,我对她从没起过杀心,我这人心软。"

"你爱她。"

"见鬼,一个妓女,什么爱不爱的。"

"你上哪儿去?现在是夜里两点了!"

"我去寻死。"

他躺倒在污水沟里,第二天才被人发现送到医院。

龙思乡赶到医院病房里,他看着她羞怯地笑了笑。龙思乡从未见过他有那种表情。

"你在污水沟里干什么?"龙思乡问他。

"我和人打架了。那人掏出刀子,我敞开胸口迎上去,白刀子进红刀子出……一生就痛快这么一回。"

"你这个懦夫。你不是有钞票吗?什么样的女人找不到?"

"是啊,我真是老糊涂了。"

老永出院后不久就在"鸳鸯楼"包了一栋小别墅,和思乡短时间地在里面住了一阵。那是一个很奇怪的小区,白天里那一长排别墅周边很少看见人影,尽管如此,但你坐在房里感觉得到你生活在别人的监视之下。明亮的房间里阴气逼人,窗外传来陌生的动物的叫声。龙思乡很不习惯,觉得就像到了异国他乡一样。有好几次,她和老永从梦中醒来,她竟误认为她在与这个男人一道逃难,他俩睡在逃难的路边的简易旅社里面。她不断地催促老永快离开,老永听得都不耐烦了。

当龙思乡催促老永离开时,老永就甩开她的手,赤脚走到窗前拉开窗帘,于是房间里洒满了阳光,兽的叫声更为凄厉,龙思乡感到自己的头发一根根竖起来了。小的时候她听母亲讲过阴间的故事,这是不是那种地方?老永将她安置在这里,是对她动了杀心吗?或者相反,是她自己住在这种地方,就会对老永起杀心?

神不知鬼不觉的,有人给他们送来饭菜,他俩连楼也不用下。龙思乡是因为心里害怕下不了楼!老永呢,却是为了戒酒。他心里有一个愚蠢的念头,那就是戒了酒之后思乡就会同他一块回家了。尽管龙思乡一次次嘲笑他这个念头,他还是不肯下楼。

结果可想而知。那种囚禁的生活使得两人很快就视对方为仇人了。她是从窗台上跳下去的,跳下去后居然还可以奔跑。

龙思乡从"鸳鸯楼"逃出来之后，隔了没多久，又和老永一块去那里了。此后，他俩隔一段时间就会去一次。龙思乡想不出这里面的道理。那种建在远郊荒凉地带的小房子，对她来说竟有种怪怪的魔力，这种魔力居然又同老永有关。每当老永提议去鸳鸯楼，她心里就会产生抑制不住的渴望。她到底渴望什么？她想弄清，却怎么也弄不清。当然，她也不能同这个男人在那里久待，待久了就要起杀心，既害怕被对方杀，也害怕自己杀他。

有一回他俩又吵了起来，老永坐在那口木箱（思乡不明白房里为什么要放一口这么大的木箱，老永就告诉她说那是他为自己准备的棺材）里，将他那一对暴眼翻上去，不无感叹地对思乡说：

"思乡啊，不瞒你说，这个'鸳鸯楼'就是我出生的地方啊。那个时候这里是一座小山包，我们村里人在山脚挖了一些窑洞，也像'鸳鸯楼'一样是长长的一排。有一年，全村青壮年出外去做工，回来时发现村子已变成了平地，老人小孩都躲到邻村去了。村子被夷为平地了，我们反倒高兴，大家搭起帐篷开荒种地。谁想到会发霍乱呢？到后来都死了，全村只剩下了四个人。这就是'鸳鸯楼'的前身。"

龙思乡坐在床上听得毛骨悚然。她陷入了沉默。

风在外头一阵紧似一阵，风里头有金属碰撞的声音。灯光下，墙壁在缓缓移动；墙角的阴暗中，那两把砍刀在阴险地发光。

"老永，为什么你就不相信我呢？"龙思乡缓缓地说。

"这就是命啊，思乡。你说，你能相信我吗？"

"不能。"思乡笑了起来,"你说得对,这就是命。其实住在窑洞里要好得多,你挨着我,我挨着你,听那地心传来的动静。人就是不安分,将山夷为平地,满地乱跑,像黄鼠狼一样。"

"我想念从前的窑洞。我们家的窑洞挖得很深,每次我从大门进去后就会有种感觉,好像再也出不来了似的。夜里我们睡得很死。"

"我坐在这里想你们从前的那种生活,念头一下子就转到我从前在纱厂里的生活了。在那个大闷罐里,我也听到过地心传来的隆隆响声。"

龙思乡说话间听到有动物在外面抓房间的门,门并没打开,那动物却不知怎么就进来了。它有山羊那么大,但它又并不是山羊。它进来了就站在房间里一动不动,很倔强的样子。

"它会不会伤人?"龙思乡小声问老永。

"你说到哪里去了,这是我父亲!"老永"嘿嘿"地笑。

老永一笑,那野兽就吓坏了,一窜就窜到外面去了,弄得房门乱响了一阵。似乎是,外面走廊上有它的一群同胞,正纷纷往楼下跑。

"老永你说实话,这下面真的埋着全村的人?"

"这种事我干吗要骗人?这附近的每个人都知道。"

龙思乡就从床上下来,同老永一块睡进了大木箱。

她紧紧地抱着他,附在他耳边小声说:

"将来你死了就睡在这里面吗?"

老永没有回答。她在发抖,他也在发抖。两人都感到钻心的寒冷,越是抱得紧,越是传染到对方身上的寒冷。

先是龙思乡松开了拥抱的手臂，接着老永也松开了。

"10月13日是我的婴儿的忌日。"她说。

"我想喝茅台酒。"老永说，"要是死了就喝不成了。"

"你的右边有一瓶，是我放在那里的。"

"我早就看见了。我不能喝，我一喝就会死。你真是个阴险的老娘们。你听，满山的猴子都在叫。"

他们说着话，说累了，终于昏昏睡去。龙思乡在梦中掉在冰洞里，她看见了老永，便向他呼救。老永跳下来，不但不救她，反而拽着她一块往下沉。水里那么冷，她感到自己正在慢慢死去……

龙思乡在冰洞里睡了好久好久，也许有一个星期？其间也隐隐约约地感到老永在水下，在她的脚下面更深的处所，可是她自己出不去，所以也就顾不得他了。麻木的脑袋里偶尔会冒出一个念头："这就是死亡吗？"她想挣扎，可确实力气不够。

一把剑一样的东西猛戳过来，刺痛了她的前额。"唉哟！"她喊出来，睁开了眼。原来是阳光。

老永已经不见了，房里静悄悄的。那两把砍刀还挂在壁角，但是色泽暗淡，一点也不起眼。"谁在那里？！"她厉声喝道。

"谁啊，没有谁。"传来金珠瓮声瓮气的声音。

"啊，是你！金珠，我快死了。"

"我倒是想替你去死，可惜老永不答应。"

"对不起，金珠。不，我不应该说这种话，没什么对不起的。"

金珠从暗处走出来，将思乡从大木箱里拖出，命令她去洗澡，化妆。她说已经是黄昏了，她要同思乡，一块去附近兜风，她租了车在楼下等。

龙思乡在浴室里边洗澡边回想过去八天里发生的事，一阵一阵地不寒而栗。她问自己：难道这一切不就是她曾经朝思暮想的吗？当然是，要不她怎么会一趟一趟往这个地方跑？到了这个地方，她才真正感到了这个老永的根基有多么深。当初他对她说："我是个酒鬼，做水泥生意的。"

龙思乡化好了妆，就同金珠一块下楼到了外面。太阳正在下沉，与此同时，整个小区也好像在下沉。虽然紧紧地抓着金珠的手臂，那种死亡的恐惧并没有完全从龙思乡体内退去。

司机是一个驼背人，说话恶声恶气的。

车子一溜烟地开出了小区，龙思乡注意到那些别墅的大门口都挂着血红的灯笼。

"我觉得，我住的这栋房子就是老永的家，并不是他租下来的。他干吗鬼鬼祟祟？"龙思乡说。

"当然是他的家啊。他总不能把家安到山上去，他大概只能藏在人群里头。"金珠对这个话题一点也不吃惊。

她俩说话间车子已经来到了小山脚下。司机下了车，一眨眼就不知去向了。她们面前是黑黝黝的被铲平了的山坡。金珠将手臂在空中一挥，告诉龙思乡说，这一片布满了窑洞。她又问思乡有没有兴趣去看一个窑洞。

"洞里有人吗？"龙思乡开始发抖。

"这些洞里的确住了人，但他们都将自己封闭在洞的后部，再也出不来了。我是偶然知道这件事的。"

"难怪老永这么穷凶极恶，他是劫后余生啊。"思乡叹道。

思乡不愿在那黑乎乎的处所待，推着金珠进了出租车，自己也钻了进去，用力关好了门。她要马上回城里去。

她们等了好久那驼背司机才来，骂骂咧咧地发动了车子。

"真可惜，"金珠说，"为什么你就没有一点好奇心呢？早几天我将耳朵贴在土壁上，听到了老永和他爹爹的一段对话。据我看，他的老爹已成了干尸一类的东西。"

"你的意思是说，老永住在土窑里头？"

"是啊。'鸳鸯楼'里的人们都这样，两边住。这不是很浪漫吗？"

路上有一群动物挡住了车子，它们数量很多。龙思乡凭感觉认为它们就是先前钻到楼上来的那种动物。司机咬牙一踩油门冲了过去，四下里发出惨叫，竟然像婴儿的哭声。龙思乡昏过去了。

龙思乡睁开眼时，金珠正将一块湿毛巾放到她的额头上。她发现自己躺在"鸳鸯楼"的房间里。

"我把你背上楼来的，你看我的力气有多么大。"金珠笑吟吟地说，"你在发烧，我就要那表哥将车子开到这里来了。"

"谁是表哥？"

"那驼子啊。他是老永的表哥，生意上的伙伴，我和他相好了。"

"啊，祝贺你。"龙思乡阴郁地说。

"他是很不错的，我打算和他结婚了。反正他也有病，也活不长，我们要过好剩余的这些日子。驼哥是个好人，你不要看表面……你瞧，这是他送来的热汤，你喝一口吧。"

龙思乡喝了那碗鸡汤后感觉好多了。

"那么你打算结婚后住在这里？"

"不，我和驼哥打算住窑洞，我们选了一个最好的窑洞，装修起来，我昨天晚上本来想让你参观我的新房的。"

"和那些死人住在一起，你不害怕？"

"一开始驼哥不同意，后来我说服了他。死人又怎么样，人不都是要死的吗？我太喜欢那些窑洞了，那里面真温暖。我和他睡在里头，我们有一些甜甜蜜蜜的梦，我们梦见同村里人在一块，到处是黄灿灿的油菜花。思乡思乡，你可不要妒忌我，我隔两天就会过来陪你。"

龙思乡茫然地转动眼睛，感到前途一片暗淡。现在金珠已经找到了归宿，而她……她有些伤感，也许是因为患病的缘故吧。不过她很快调整了自己的情绪，为这个姐姐的运气而高兴起来了。她和金珠约好，明天就去她的新房。她也要在那里面体验一下，因为那里头有老永的记忆啊。

金珠要离开，龙思乡忧虑地抓住她的手臂，反复叮嘱：

"你可不要一去不复返啊，金珠！爱人再好，也比不上姐妹情这么稳定。恋爱是很危险的事。我有种预感，在你们的窑洞里头，藏着不可告人的秘密。我现在不知道那是什么，你可一定要留心。"

龙思乡说完这些就放开了金珠。

金珠发现她一直紧紧地皱着眉头。

驼背男人将她俩送到窑洞那里，就将车子掉头开走了。

两人相拥着进门后，龙思乡闻到一股浓浓的酸味，那大概是从墙上的涂料散发出来的。虽然光线很暗，龙思乡还是看得出房间是新装修的。她们先进到里面一间房，然后又进到更里面的一间房，再往里去又进到第三间房。第三间房有个门开着，可以看到更里面的第四间房，于是又走进去。龙思乡害怕起来，停住了脚步，站在那里打量光线暗淡的第四间房，分辨出了墙上微开的房门，那房门通往第五间房。

"天啊，"她轻轻地说，"你和你的驼哥要住在山肚里头吗？可山已经被铲平了。这是什么声音？"

"是穿山甲。现在已经没有山了，它们还是穿来穿去的，很疯狂的小动物。思乡，这里是沙发，你坐下吧。"

她们像往日那样相互搂着坐下来。龙思乡的目光始终没离开那第五间房。她看见一个细长的人影从那张门进来了，然后又出去（进去）了。这件事给她一种从未有过的新颖感觉。她心中的焦虑慢慢消失了。又过了一会儿，灯光灭了，只有第五间房门外的第六间房里有微弱的光透过来。

第六间房里传出隆隆的声音，像是有人在推磨。龙思乡很久没听到过这种手工磨的声音了，这声音让她缅怀久远年代的往事。她站在那里莫名其妙地感动着。金珠推了推她，要她到那间房里去看个究竟。

她们走到第六间房的门口时，那灯就黑掉了。

手工磨的声音还在响，一个男人在说话。

"金珠妹妹，你和你的客人想喝骨粉茶吗？我一会儿就好了。昨天下大雨，那些骨头全被水淋湿了。"

龙思乡感到有毛茸茸的东西在挨到她脸上来，她大叫一声，拽着金珠往回跑。她们回到最外面那间房。

131

从玻璃门向外望去，远方闪亮的星星和灯光融为一体，那真是振奋人心的景色。龙思乡记得来的时候是夜晚，可她此刻看到的却是黄昏。有人在附近用二胡拉"梁祝"，她听了后居然热泪滚滚。她仍然听得到身后手工磨的隆隆声，可是看到眼前的亮丽美景，心中的恐惧就消失了。

"思乡，我找到幸福了。"金珠说。

"我感觉到了，金珠！啊，这种好事怎么会落到我们头上？？我快乐得有点承受不住了，我想大哭！你看那天空里，那是金钱豹啊！！"

她伏在金珠的肩头啜泣起来。

"喂，喂！不要这样伤感。下雨天的时候，你就会想起我来的。这个窑洞是我的休息地，我们已经走过了多远的路程啊！如果我们一直往里走，那头还有许多房间，许多推磨人，我从来没有数清过那些房间。我有时想起往事会失眠。只要我静下来，听着磨声就能入睡，那声音就像催眠曲。这一切都是驼哥一手操办的。起先他只是我的一个客户，后来我们相互钟情，于是一切都改变了！思乡，你看那金钱豹，它正在跑进'鸳鸯楼'呢！多好的天气！我们是哪一年从纺织厂出来的，你还记得吗？我太幸福了，哪怕回忆过去那些可怕的日子心里也充满了幸福。这个宫殿一样的窑洞是驼哥用大半辈子的时间修出来的。有一回他领着我往里走，往里走，穿过一个又一个房间，他说我们已经走了四分之一，问我还要不要走下去。我像你刚才一样害怕了，我就退了出来。从那以来，我又尝试了好多次，总是只走进外围这些房间就止步了。每间房里都有地铺，地铺上铺着软和的细叶香薷草,很好睡觉。今夜你愿意在这里睡吗?"

龙思乡倾听着金珠的话,她一直在思考这个窑洞的构造。有一瞬间,她似乎心中一亮,但立刻又变得黑蒙蒙的了。她审慎地判断了一下自己的处境,然后用低沉的声音告诉金珠说,她很愿意在这里睡,可是她得回"鸳鸯楼"去找老永。她现在感觉到老永一定在那些黑房子里摸来摸去的,满心都是绝望。她既然做了老永的情人,就不应该让他失望,不然要后悔一辈子的。她很感谢金珠,因为金珠今夜让她学到了一种新的知识,这种知识使得她对她自己今后的生活有了更多的信心。

她在窑洞门口同金珠告别,然后上了驼哥的车。

她坐在后座打瞌睡,忽然听到驼哥说话。

"纺纱厂的女工一生中恐怕要在车间里走多少万公里的路程吧?我修的窑洞,它的结构同你们的车间相似,功能却大不相同。"

"驼哥,我现在明白了,金珠是真的找到了幸福。能生活在驼哥这样的人身边,她是再也不会消沉了。"

在车身的前方出现了"鸳鸯楼"。那里一片节日的辉煌。龙思乡感到自己归心似箭。驼哥将车内的灯开启了几秒钟,龙思乡看见这个男人额头上深沟一般的皱纹。他的某个表情给龙思乡一种熟悉的印象。

"驼哥,老永真是你的表弟吗?"

"不,他是我的亲弟弟。"他不动声色地回答,"我那样对金珠说,是怕她追问一些事。那种事很难为情的。"

"什么事呢?可不可以告诉我?"

"当然可以,你是个坚强的女性,也很健康。是这样:我十二岁那年，我弟弟曾将我推到一口水井里头，因为他想独占那把漂亮的砍刀。那是用来砍柴的，外村的最好的铁匠打的。我摔坏了脊椎，却没有被淹死，你说怪不怪？"

"你恨他吗？"

"不恨。大家都为他难过。好多年里头，我们生怕他扛不住喝酒喝死了。如今他同你好上了，我们都放了心。他的运气真好。"

"你的运气也不错，驼哥。"

"是啊。金珠丝毫也不认为我是个残疾人。思乡小姐，你到了，你要多加保重啊。"

龙思乡下了车，走进那栋房子，从后面上了楼，坐在那张床上。窗外亮晃晃的，到处是灯光，甚至还有几盏探照灯。她使劲想，还是想不出今天是个什么节日。她又回到这里来了，她看见面前的大木箱空空的，箱底摊放着老永的旧汗衫。此刻已是半夜，她抱着一个念头，那就是老永一定会出其不意地来到她身边。但是过了好久他还没来，她又觉得自己的念头有点好笑。她到冰箱里拿出一盒牛奶喝了，又吃了些饼干。

她在房里走来走去，看着那些落在地板上的光波。她将自己想象成森林里的一头大象，一头内心很充实，性情稳重的母象。后来她走累了，就倒在床上，设想着在光的海洋中游泳的喜悦。

第二天，老永还是没有来。龙思乡想，是不是他推测出我已经知道了他生活中的秘密，他受到了打击，就不来了？

中午时分，有一个孩童给她送来精致的中餐。她一把抓住企图溜走的小孩，她命令他说实话，不然就不放他走。

"您是问我爷爷的事吗？我爷爷到南方办业务去了，要办一个多月时间。他说如果您没离开，就天天给您送饭。"

"他是你的亲爷爷吗？"

"不是。这里的客人都由我送饭。爷爷说，你有情感问题，所以不能让那些羊进到你房里来。我把羊都赶走了，可是我不明白这是什么道理。"

龙思乡看着他一本正经的样子，觉得这孩子未免太老成了。她放了他，心神恍惚地向他挥了挥手示意他离开。他立刻像猫一样安静地消失了。

她心中对老永有点怨恨。

她下楼，到了门口。四周静悄悄的，昨夜的辉煌没有留下一点痕迹，那些彩灯都到哪里去了呢？

有一位女子从右边那间别墅里走出来，袅袅婷婷地走到龙思乡跟前。

"您是在等您的情人吗？"她扑闪着大眼睛问龙思乡。

"在这种地方还能等谁呢？"龙思乡郁闷地说。

"不久前我看见他也在这里等过您。他等您的时候，老说您快来了，一刻也不肯离开这里。那时您在哪里？"她认真地盯着龙思乡看。

龙思乡回答不出她的问题。她觉得这个女孩很讨厌，就走开去，向一辆开来的出租车招手。

她上车时听见女孩在后面喊：

"他已经回来了，您却又走了，真是见鬼！"

龙思乡回到了温泉旅馆的蜗居里。

她记不起她出去多久了，反正是很久很久了吧。

旅馆的老板在外面敲门，她将头伸出去问他有什么事。

"梅花小姐啊，你既然从事了这个行业，就没有吊死在一棵树上的理由。再说那老永的人品，用不着我多说你也是知道的。他什么东西不敢卖？就连他爹也被他卖了去还债。"

老板说话时，两眼贼溜溜地从龙思乡身上扫过。

"老板，我走上了绝路了，你看我怎么办呢？"

龙思乡眼泪汪汪地看着老板。

"是啊，你怎么办呢？"老板也变得愁闷起来，"通常我们的员工要是同客户之间有了这种事，结果总是不太好的。这事我也有责任，我应该先提醒你的。喂，我问你，你敢不敢杀人？"

"我没有尝试过。大概没问题吧。"

"那就好。大不了一死嘛，这种情况常发生的。"

老板离开她的门口，走到通往接待室的那条路上去了，龙思乡感到他的背影十分落寞，像一个无家可归的流浪汉一般。老板今天的话让龙思乡回味了好久，他当然不是说老永要杀她，那么，他也许在暗示她会杀死老永？这是个老问题了，回忆起在"鸳鸯楼"里的情景，龙思乡仿佛看见自己正站在悬崖上面。她落到了这样一个地步吗？还是老板在夸大事实？就连金珠也认为老永是一个温柔的男人，虽然他有时也暴躁。龙思乡无论如何也无法将他同他哥哥描述的那个少年联系起来。看来人不可貌相啊。那么她龙思乡，到底是什么样的人？

天亮时她做了个怪梦。梦里有个歹徒手握着刀在追杀阿丝。龙思乡好久没见到阿丝了，她很诧异：阿丝怎么成了这副模样？

不但她那秀丽的面貌变丑了，而且她的表情也十分粗俗。从龙思乡面前跑过时，她眼看就要被歹徒追上了。龙思乡冲上前，隔在歹徒和阿丝之间，那把匕首就扎进了龙思乡的胸膛。龙思乡如释重负，轻轻地说：

"这是我啊，我杀了自己了。"

她的血喷出来，黏糊糊的，那歹徒在她眼前晃动，他长得很像她的前夫小武，他眼里有恐惧的表情。

有人在谨慎地敲门，是她的客户，一个腼腆的中年装修工人。

龙思乡开了门，他进来了。

"梅花姐，我还以为你出事了呢，老板说你回老家去了。"

"老板的话不能信，他总是撒谎的。"

"梅花姐，你说说看，我在家里有老婆，但我老想着你，往这里跑，忍也忍不住。你告诉我我是不是个坏人？"

"到这种地方来的没好人。"

"我明白了。"

他俩阴郁地交合。男人的眼神很像梦中那歹徒的眼神。龙思乡的身体感到满足。她问装修工：

"你不再折磨自己了吧？"

"我把自己想成已经死了的幽灵。"

他走了之后，龙思乡还久久地躺在床上，倾听着温泉那边传来的声音。似乎是，有许许多多男人和女人在戏水，男人和女人的嗓音混杂在一起，不时响起夸张的尖叫。那是一派虚假的热烈景象。

四、韦伯的妻子小袁

好多年前，小袁就脱离了教学岗位。她从事的是一种行政与业务之间的工作。具体地说，就是以去外地出差为主要任务。

小袁是在出差的途中结识刘医生的。刘医生在巢县开着一家中医诊所，他是坐火车去京城采购中药时遇见小袁的。他们俩都订的下铺，面对面。小袁将一个怀表挂在床头，一个很小的电子钟放在茶几上，一个收音机放在枕头边，收音机上电子计时器闪闪发亮。

刘医生长得很英俊，属于那种脸上没什么表情的冷峻小生类型。小袁当然一上车就看清了这位同自己年龄相仿的男子的脸。

刘医生倒开水时碰倒了小袁的电子钟，他连声道歉，他的声音不好听。小袁皱了皱眉头。

深夜里，刘医生虽然将一张脸侧向卧铺的隔板，却还是被小袁的那些计时器搅得心神不安，他感到对面的女人身上有股邪气,在她周围形成了一个气场。刘医生那边的上铺和中铺的旅客一前一后地溜掉了。而小袁这边的上铺和中铺本来就空着。这就是说,这个隔断里只有他们两个人了。刘医生感到烦躁,坐了起来,他想换一个铺位去好好睡一觉。正在这时,熟睡的小袁翻了一个身。

"你想干什么??"小袁恶狠狠地说。

"我,我想换铺⋯⋯"刘医生结巴起来。

"你没看到已经两点钟了吗?你找死啊?会被当作流氓抓起来的!乡巴佬⋯⋯"小袁边说边敲着收音机上的计时器。

"那我就不换了。我这就躺下,您不要生气嘛。"

"谁生气了?少见多怪!"她将脸捂在毯子里暗笑。

刘医生在黑暗中斜眼瞟看小袁,他看见小袁在拨弄收音机。那部收音机很奇怪,隔一会儿就报一下时,每次都报同一个时间,二十三点。刘医生心里想,糟了,今夜别指望入睡了。为了抑制内心的烦躁,刘医生就设想自己在巢县的山间采草药。他很喜欢一种俗名叫"青木香"的草药,是非常秀气的植物,结球形果实,那果实可爱极了。因为爱那生长着的果实的形状,他便常用这味草药给病人止痛。山上有个悬崖,悬崖下边一点有个土洞,那里头长着不少青木香。刘医生舍不得多采,每次采集一点点。其实他爬上那悬崖,就为观察那些青木香。那么美丽的野生植物,也许是因为那地方很安全它们才呈现出那些妙不可言的自由姿态?刘医生的目光从小袁那边回到了他铺位上方的黑暗中,他的烦躁渐渐平静下来了。他动身去火车站之前去看过了青木香,在那悬崖边待了一下午,感到很满足。

"您是个中医吧？"

小袁突然说话了，刘医生吓了一跳。

"奇怪，您怎么知道的？"

"您的那些用具有中药味。我最讨厌中医，神神鬼鬼的，治不好病也治不死人。"

"我并不是纯粹的中医，我用西医的方法给人开中药。"

"唔，那要好得多。中草药是很神奇的，它们使人联想到性。"

"您常去中药房吗？"

"是啊。尤其是那些老字号的。我并不是去买药，我喜欢站在柜台边观察。我喜欢看药书，认识很多中草药。"

"我来坐火车之前在山上待了一下午，巢县的山上生长着世界上最好的草药。它们世世代代生长在那里，当然并不是为病人生长。可谁又能证明它们不是为病人生长的？"

"您真有意思。我也是同您一样的看法，每一样东西都有一些秘密的目的。我的意思是说，活着这件事本身令人振奋。"

刘医生注意到，当他们谈话时，那收音机就不再报时了。

"您控制着收音机的报时程序吗？"他小声问。

"我是用意念来控制的。"她的回答如同耳语。

到京城后，他们一块住在刘医生的一个妹妹家，两人很快就办完了工作上的事。小袁很想去巢县，他们就双双坐火车回到了刘医生的家。也就是说，回到了刘医生的诊所。他就住在两层楼的诊所的楼上。

他们是早上到家的，好多病人已经在等待着他。他忙到傍晚才忙完他的工作，小袁一直守在旁边观察他和那些中药。还有病人。

"您让我紧张,女士。我要拼命努力才能做到不分心。"他说。

第二天一早他们就去了巢山,在山上整整逛了一天。下山回诊所时,小袁感到两人再次见面的日子会是在遥远的未来,或许更糟:永不相见。为了避免伤感,她没有同他回诊所,而是在十字路口同他道别,直接去了火车站——那是个小小的破败的车站。

在好长好长时间里,小袁回忆起刘医生时,总是找不到真实的感觉。那三天里头真的发生了人们称之为"艳遇"的那种事吗?她保留着车票,也保留着刘医生送给她的一小块犀牛角。可是这些东西又能证明什么呢?坐在山坡上时,他对她说:

"我明白了,您就是谁也不能拥有的时光。"

她包里的收音机回答他说:

"现在是二十三点。"

他俩对望了一眼,同时哈哈大笑,笑得眼泪双流,两人都怪不好意思地别过头去看别的地方。

自从同刘医生在小县城分手之后,小袁再也没看到过他。小袁慢慢地悟出来了:刘医生是属于另外一个世界的。那个世界小袁也隐隐约约地感到过,并十分敬仰,但毕竟不是她的世界。在那个小城里,他静静地沉溺在自己的小王国里,他说他从未有过不满足,因为总能找到发泄精力的事情。还有,他的独身状况也证明了他的话。他长得很美,性格也很热烈,却居然没成家。

小袁是那种自认为品位很高的女性,她曾经爱过丈夫韦伯,他俩旗鼓相当。这位刘医生的品位是什么样的品位?小袁想不清楚,因为一想到这种问题她内心的情感的浪潮就淹没了她。也许,刘医生是"茶花女"那一类型的人,区别只在于一个狂热一个冷静?

小袁后来更爱出差了,因为旅途上的氛围很容易让她和刘医生之间的情景复活。尤其是在天下着大雨,雨打在车窗上的傍晚。多么奇怪啊,她记得她同刘医生一块坐车的那两次都是晴天。

她换了一个自动报时器,里头每隔两个小时就有女声报时:"现在是十四点整。"既然刘医生已成了无底的深渊,她就不再想同他会面了。然而她也不会再忘记他了,即使没有那犀牛角也不会。谁会忘掉心中的一个深渊呢?

小袁后来又结识了两个男人,其中一个一直同她保持肉体关系。这个同她保持肉体关系的男人,小袁虽然喜欢他,却从未同他一道坐过火车。小袁更愿意同他上床。

"我很想同你一块去一次京城,去国家大剧院听《茶花女》。你什么时候有假?在这个城市里,我快变成干鱼片了。"小袁的男朋友说。

"亚麻(男朋友的小名),我不能同你一道去京城。那是一个让人发抑郁症的地方。"小袁说话时情绪低落地看着窗外。

亚麻心里想,刚才在床上她是多么热烈啊!可是他也感觉到,她没有得到真正的满足。也许她是那种最难满足的女人?第一次上床时,他被她摆在床边的那些计时器吓坏了,好久好久不能习惯。当他好不容易适应了计时器时,他却发现她同时生活在两个空间里,有时几乎像隐身人一样难以捉摸。亚麻是个非常细心的男子,他因无法进入小袁的空间而悲哀。他和小袁有一点是共同的:两人都非常重视世俗中的享受。他最大的愿望是坐在京城大剧院的黑暗中,同小袁一块听《茶花女》。他认为只有经历过那种氛围之后,他同小袁才会在性生活中同时达到满足。他的想法很幼稚,小袁说他"过于实在"。小袁还说:"性是一个无底的黑洞,人一辈子也无法弄清它里头的内涵。"

亚麻每次离开小袁时都是忧心忡忡的。有时他也想了断同她的情缘算了,努力了好几次,却没有什么效果。

"我一坐上火车就变成了另外一个人,"她心神恍惚地对他说,"一个你认不出来了的人。这是件身不由己的事。我同你在一块时,我能把握自己,我很喜欢这种感觉。"

亚麻明白小袁说的是实话,他虽心有不甘也只好作罢。有时他又想,正是她这种难以捉摸的性格吸引了他嘛,为什么要去弄个水落石出呢?再说那也超出了他的能力啊。可见他自己是个贪心的家伙。但谁又能判断自己的灵魂呢?

小袁不久前对亚麻说:

"你给我一种小树林的感觉。我在那里面穿行,到处是毛乎乎的叶子,它们拂着我的脸,像有什么话要对我说。我于是在心里对自己说:'这就是幸福。'"

"可我觉得你不够幸福。"亚麻说。

夜深人静时,小袁就拿出那块犀牛角残片来看。那块角质物看上去没有什么特别的,刘医生为什么要将这种东西送给她?

眯缝着眼，将那块东西朝着灯光，小袁听到了热带森林中的喧闹，还有远方的惊雷。她一失手，那东西掉到了床底下。当她猫着腰，打着手电将它找出来时，它上头已爬满了蚂蚁。

她心中的深渊里头有什么东西在翻腾，一双手抖个不停。再定睛一看，那些细小的生灵们已消失得无影无踪了。她将犀牛角残片包好，从喉咙里吐出呻吟。那呻吟不像她平时的声音，像某种陌生的兽的呻吟。幻觉的发作很快就过去了。

小袁问自己：是刘医生在折磨自己吗？这种单向的、绝无希望的思念难道会持续终生？是不是这也算是一种另类的幸福？想到这里，小袁就振奋起来了。忽然，她感到自己非常幸运，非常强大，所有的抑郁情绪一下子消失殆尽。刘医生是知足的人，她也应该知足。一切都过去了，但一切又都还留在身边。当初她所追求的，却原来是这样一种理想！很多事都要事后才看得清啊！人不可能看清那一团迷雾般的未来包藏着什么东西，人却可以冷静下来抓住眼前的。

夜半时分，她听到了铃声，叮当，叮当，隔一会响一下。是从空中那巨大的计时器发出来的。她正好接收到了时间的信息，她有多么幸运。在这个城市里，像她这样的幸运儿一定不多。

小袁走到外面的老槐树下，周围看不到一个人，但她可以感觉到某些肥皂厂的工人在宿舍区散步。没有月亮，这安静的夜晚充满了激情。

她突然发现丈夫韦伯坐在树底下的石桌旁。

"啊，是你！我刚才怎么没看到你？！"她惊呼。

"我一直坐在这里。这种夜晚，用来睡觉有点可惜。"

"是啊。"小袁由衷地附和着,"我在外面出差时,偶尔也能碰上这种夜晚。可只有肥皂厂的宿舍区才是最美的。我好像只要愿意,就可以听到某个熟人的声音,他们总在这周围踱步。有时候,我还听到他们发出的细小的呻吟。"

"我给你买了一个新款式的小座钟,带日历的那种。"

"哇,你想得真周到,韦伯!"

"是很轻的小东西,而且不容易跌坏。"

他俩一块回到屋里去看韦伯买的小座钟。

韦伯一打开包装,那面钟就发出叮当、叮当的响声,很柔和,不吵人。小袁感到诧异:这声音和她先前听到的从半空中传来的声音一模一样!难道是因为有人在惦记着她,时间就也惦记着她?

他俩看着时钟,心潮起伏。

"今天是新年了。"

"啊!"

他俩回到了各自的房间。

在他们房间的窗外,那些工人们开始谈话了。小袁在黑暗中充满神往地倾听那些似曾熟悉的声音。

"是她!是她啊……"

"那'茶花女'啊,已经变成了剧院门口的石柱。"

"再走一圈吧,换一个角度。"

"我激动得喘不过气来了。往这边,那边人太多……"

小袁将脸埋在枕头里轻轻地笑着。有那么多的人在周围游来游去,这种感觉真好。也许亚麻也在他们当中,要不他能在哪里?她想睡一会儿,可沸腾的夜让她合不了眼,不是连窗玻璃都在嚓嚓作响吗?

第二天中午她就在去东北的火车上了。这一回,她的卧铺的对面是一位盲人,他让小袁叫他"蟋蟀"。他说:

"我听出来您带了好几个计时器,我能比计时器更加准确地报时。您听:句句,句句……"

他模仿蟋蟀的叫声惟妙惟肖,逗得小袁哈哈大笑。

"我向我家灶台边那只老蟋蟀学习,时间一长,我就变成了计时器。这里头隐藏着快乐。"

他的一只修长的手老在胸口摸索,那只手显得很焦虑。

"您需要帮忙吗?"小袁忍不住问道。

他没有回答。小袁听到了闷闷的鼓声,那种小鼓。

"这是我的心在跳。我总想让一个人听到我的心跳,现在成功了。我知道您听见了,我太高兴了。"

但是他的表情并不高兴,他好像在等待什么,忧郁地等待。

"现在是两点十分二十秒。"他说。

"没错。她来过了。"小袁说。

"谁?"

"和你有约会的那个东西。"

"是啊,来过了!"他笑起来,"您觉得我这个计时器如何?"

"您太辛苦了,蟋蟀老哥!您属于灶台,如果是我,我更愿意做那草丛中的隐士或流浪汉。"

天色暗下来了,火车头在鸣笛,他们已经过了沈阳。

小袁做好准备打算睡觉了,她看见"蟋蟀"仍然一动不动地坐着。上面铺位的那个青年伸出头来看了看下面,装模作样

149

地漱了漱喉咙。小袁想，这个青年一定注意到了她和盲人之间的对话。她变得有点不自在起来。但是"蟋蟀"很有尊严地坐在那里，于是小袁又有点自卑了。

她轻轻地躺下去，仿佛向着空中说道：

"我喜欢旅行，人在旅途中，就仿佛死守在一个地方一样。要是在家乡定居一个地方，反倒感到自己在漂泊。"

"小袁小袁，您的心该有多么大！""蟋蟀"由衷地叹道。

她慢慢地入睡了。蒙眬中听到那面小鼓均匀地响着，伴随着沙沙的雨声。多么惬意啊！然后她听到一声惊叫。

那惊叫声是乘务员发出来的，因为"蟋蟀"的上铺那位乘客摔在地上，已经死了。盲人还是一动不动地坐在那里，他说：

"他要我帮他解脱，我没能做到。小袁啊，我真想大哭一场！"

乘警和医生来了，尸体被抬走了，空气中弥漫着腐败的甜味。

小袁又重新躺下，她想继续追踪那小鼓的声音，但再也听不到了。

"我们家乡有一位茶花女，她的演出至今对我们大家是个不解之谜。"小袁像是对他又像是对自己说，"我最喜欢她的那种演出。我坐在那里听，总是走神。但过后呢，接连一个星期脑子里萦绕着她的歌声。她歌唱的不是我们过去的生活，也不是当代人的情感生活，而是我们大家连想都没有想到过的那种生活。"

"就像我们此刻在火车上经历的这种生活，对吧？"他说。

灯黑了，小袁看不到"蟋蟀"的脸，但她感觉到他在微笑，她心中蹿起一股暖流。小袁心里想，多么奇异的夜晚啊！可是明天一早，她和他就要各奔东西了。有些人，你用不着长期交往便知道，他们早就在你心里。小袁喜欢同陌生人打交道，她从不大惊小怪。

"您总在等待吗？"小袁问他。

"不，我喜欢主动出击。我这样的人，总被各种各样的色彩包围。当然，我从未看见过色彩，除非在想象中。"

"您能将您的手伸给我吗？"

"好。"

她从那只手上感到了小鼓的声音。

"我真舍不得放开您。"

火车还有四十分钟就到站，他说他去上厕所，然后他就消失了。

小袁这才注意到他根本没有行李。

她到达的这个城市下着雨，灰暗的街景，到处湿漉漉的，水汽弥漫的饮食店里人头攒动。她很快找到了她订下的旅馆。

"您是来出公差的吧？"接待她的老头问道。

"我是来找人的。"她说。

"哈，这可是个旅行的好理由。"

她终于坐在桌前了。窗户巨大的房间令她心情开朗。她将韦伯买给她的小座钟放到桌上，她拿钟的那只手抖个不停。她把自己的手用力贴在耳朵上，立刻听到了击鼓的声音。击鼓的声音响了又响，满房间都是，怎么回事？她站起来定了定神。哈，原来是有人敲门！那人不紧不慢地敲。

"您找谁？"小袁伸出头去问。

"我找我哥哥，"青年低着头说，"他失踪五天了，您有他的线索吗？对不起，我知道您是坐 87 次列车来的，我就跟着您来了。我哥哥是盲人，他在外面很困难。我一直在找他，我头晕，您不介意吧？"

"请您到房里来坐下慢慢说。"

"不，如果您没有线索，我就要走了。"

"您的兄弟，和家人住在一块吗？"

"他很早就离家单过了。不过他住得不远，我们总能见到他。谁想到他会离开家乡远行？而且他什么行李都没带。有人看见他住在别人家里，在某个边远的小县。这到底是怎么回事？"

"您不要太担忧。我觉得，大多数人都会喜爱您的哥哥。他是个了不起的人！比如我，就爱上了他，是的，爱上了！"

"是真的吗，女士？！啊，您减轻了我的痛苦！我也爱您，女士！我们握握手吧！"

他紧紧地握住小袁的手，他的手同他哥哥一样有力，但并没有小鼓的搏动。小袁目送他离开，心里面一下一下地刺痛。

她在这个城市来回跑，去了几个地方。每去一个地方，她就问自己：会不会遇见"蟋蟀"？那两天就像梦游似的。

在返程的火车上，她终于彻底绝望了。她躺在那里一动不动，她的思想像被巨大的冰块冻住了一样。半夜里，一个男声在收音机里说："现在是两点十分二十秒。"

小袁对丈夫韦伯说：

"我喜欢半夜里回家的那种感觉。在出租车上向外看，总觉得马路上雾蒙蒙的，路灯老眨眼。每次我都在心里问自己：我是刚刚从火车上下来的吗？这是我家乡的那条马路吗？出租车司机总是外地人，更增加了我的陌生感。然后忽然一下，你到了自己熟悉的氛围里。"

韦伯微笑着点头。他想，小袁真是太聪明了。真可惜，他自己怎么不再爱她了呢？还有，她也不再爱自己了。她说的那种感觉他也是有的，大概这就是"家"的含义？他们俩性情相似，大概都是那种要把世界上的好处占全的人。韦伯叹了一口气又想，他和小袁这样的人到头来会落个什么下场呢？韦伯就这样思来想去的，没注意到小袁已经整理好行装准备走了。

"你就走了吗？我送送你吧。"

"不，不要。我最怕别人送我，就像永别似的。我很快就回来。"

小袁这次是坐飞机去南方。

坐在她旁边的是白胡子的老头，很漂亮的白胡子。

白胡子老头正在读一本关于按摩的医书，书上尽是画满了穴位的人体。

小袁也拿出她的草药书。他们各看各的。飞机要飞两个小时。

起飞后一个小时，老头从随身小包里掏出银针，往自己的虎口穴位上扎下去，然后让银针留在穴位上，惬意地说：

"真美啊！"

"是啊，人体真美。"小袁附和道。

"也许我们是同道？"他问小袁。

"不，我只是喜欢植物而已。这些草真神奇，从前这地球上没有人的时候，它们有没有治病的功能？比如给恐龙治病？"

"我也经常想这样的问题。我是个按摩师，人体的穴位让我

153

着迷。各种动物都有穴位，可只有人体上的穴位是一些小世界。我年轻的时候有厌世的倾向，自从干上了这一行，就热爱起生活来。您瞧这根银针，您猜得出它同我的神经发生了什么样的感应吗？"

他抽出那根银针，长长地吐出一口气，脸上的表情仿佛到达了极乐世界一样。小袁心里很羡慕他。

"人体内有无穷的能量。"

他说这话时突然显出沮丧的样子。小袁想，他的潜台词也许是：没人敢去调动那些能量。

"您一定认识巢县的刘医生吧？"小袁说出这句话时扬了扬她的眉毛，竭力装出满不在乎的样子。

"当然认识，他也是我们民间医学会的。不过我不赞成他的世界观，他是个独善其身的人。我猜，您该领教过他的魅力？"

"嗯。"

"他非常有魅力，可也非常冷酷。要不然怎么能做到独善其身？"

"您说得有道理。"

"当年有一位年轻的女病人为他而死，流言满天飞。不过他行医的口碑非常好，连外省的病人都去找他。"

"他属于病人，所以就不能属于女人了。"

"也许是出于无奈吧。我总想理解他，他是个有能量的人。"

下飞机后，小袁与白胡子老头在马路上匆匆走过，钻进了一条小胡同，然后进了小酒馆。他俩喝得酩酊大醉。

"您会去告诉他的，对吧？我真丢脸！我愿意您去告诉他我这副丢脸的样子有多恶心。"小袁大喊大叫地说出这些。

"那不会有效果的,姑娘!干吗要做给他看?喝酒是人生的一大乐趣,能调动人的能量。干杯,感谢那些给我们带来种种复杂情感的人!"

"干杯!"小袁说,然后哭了起来。

关于那天在小酒馆的事,她记不清楚了。只有一个印象留在脑海中:老头的面部插满了银针,其中有一根最长的从面部扎进去,从后脑勺透出来,非常吓人。老头似乎在演讲,一个伙计凑在他面前反复说:"您这是何苦?您这是何苦呢?啊??"

后来她就被赶出来了。人家给了她一张小凳子,让她坐在街边哭泣。哭着哭着,她的酒醒了,看看周围,还是那条小胡同,小酒馆却不见了。她回想白胡子老头在飞机上对她说过的话,对自己刚才的行为感到震惊。她想,这就是她体内的能量?

她走了好久,才走出昏暗的小胡同,来到大街上。

她终于找到了她订下的旅馆,一座有灰色阳台的五层小楼。穿黑衣的服务员将她领进三楼的一个房间。

半夜里,她突然听见那盲人在报时,声音特别清晰。她内心的骚动平静下来了。她将收音机放在耳边。在许许多多新闻当中,播音员居然报道了一条巢县的新闻,是关于巢县的养蚕业的采访报道。小袁倾听着桑女们柔和的叙述,很轻松地进入了深度睡眠。其间她醒来一次,下了床,开灯,朝着对面那糊了壁纸的墙走过去,进到了墙里面,站在那里又入睡了。

第二天,小袁在旅馆吃了饭,坐上公共汽车去一所中学联系工作。在车上,她发现自己没法集中注意力思考,还有,她老觉得有人藏在暗处要袭击她。那人会是谁呢?

学校很简陋,连个围墙都没有,就散布在贫民区里。她是去学校的校办工厂购买教具的,厂房在高楼的地下室里头。

厂长办公室开着灯,小袁坐在桌前,感到自己在发抖。厂长长着一副马脸,眼睛鼻子都很像马。

"您是坐飞机来的吗?"他问她时他那双马眼直愣愣地看着那盏灯。

"是啊,我昨天到的。"

"那么您是同'银针老汉'坐同一航班来的!"他拍了一下手。

"我同他坐在一块。可是您是怎么知道的?"

她的身体猛地一下发热了,她停止了抖动。

"因为您说是昨天到的嘛!他呀,总在天上飞来飞去的,很少落地。您对他有何印象?"

"我觉得——我觉得他是那种可以信任的人。"

"没错!他就是那样的人!要不是他,我们的校办工厂早就垮掉了。他教会了我躲避灾难。"

厂长拿来样品给小袁看,他和她很快签好了合同。

厂长说要请她吃饭。她随他上楼梯,他们刚一出地面,小袁就被打倒了。她在倒下去时想:幸好包里没多少钱。

她清醒过来时已是中午。奇怪,包就在身边,里面的东西一样没少,只是脑袋疼得像要炸裂一样。她用力站起来,一瘸一拐地向那个饭铺走去。太阳当头晒着,大路上尘土飞扬。

"来了来了!"服务生一边说一边将她请进去。

里面很黑,那马脸的厂长就坐在黑暗中。

"刚才您说去厕所，去得真久啊。"他说，"这里有各种各样的黑社会团体，我很担心您。要是'银针老汉'同您住在一块就没问题。您怎么同他分开了呢？"

"我——我并不想同他分开，可是我，我喝醉了。"

"我明白了，您缺乏一点意志力。"

厂长叫了满桌的菜，埋着头吃起来。

菜很可口，小袁也吃得很满意，但她心里那种隐隐的焦虑并没有消失。她盯着厂长，希望他透露点什么，可他只管喝酒吃肉。他的目光散乱，仿佛不认识小袁了一样。

"小袁啊小袁，您该没有爱上我吧？"他突然说。

"没有没有，肖厂长您真会开玩笑！"小袁居然红了脸。

她很懊恼，心里想："我这算怎么回事？"

"那就好那就好！您不要见怪。我之所以这样说，是因为团体内常发生这种事。'银针老汉'啊，刘医生啊，我们都是一个团体的，团体的成员遍布全世界！人们说我们团体的人都有罕见的魅力，到底是怎么回事我也没弄清。我这个人最容易产生歉疚感，要是您爱上了我，我却不知不晓，事后又知道了，那就会很难受。"

"那么，您同刘医生也很熟？"

"哈，几十年的老朋友了！我听人说您同他有一腿。"

厂长说话时那张马脸变得很柔和，长长的眼睛像要溢出泪来一样。但是小袁始终捕捉不到他的目光，他对她视而不见。小袁想，这个人究竟是如何看待自己的？

"当年我，'银针老汉'，还有刘医生一块去大山里采草药，那座山真高，山顶积雪。那一天，只有刘医生一个人飞越了悬崖，我和'银针老汉'灰溜溜地回来了。真丢人。"

"飞越了悬崖？？"

"啊，那只是个比喻！从那以后我们就没再同他见过面。但是我们是一个团体的，他身怀绝技，我们总能得到他的消息。有时候，他和某个女人走得很近，但到头来他还是一个人。"

厂长说话的时候，有一个人在大门那里向小袁打手势，很焦急的样子。小袁对厂长说了声"对不起"就跑到大门那里。

小袁定睛一看，这个戴遮阳帽的男子原来是她学校的校长。

"小袁啊，你忘了你到这里干什么来的了吗？"他严肃地说。

"我是来签合同的嘛。这一位就是——"

"嘘，不要朝他看。他是个危险人物，你被打倒过一次了吧？这里是机票，十五点二十分的，你快去赶飞机。"

校长不容分说地将她推到马路上。

她昏昏沉沉地回到旅馆，拿了箱子去赶飞机。不知为什么，她心里觉得委屈，她又很想哭了。

返程的飞机上，机舱里空空落落的没几个人。小袁孤单地坐在靠窗的位子上，看着那些白云往下沉。她回忆起最后这些天发生的事，一下子明白了：她生活在一个圈子里，她所遇到的，正是她一心想要遇到的啊！皮包里的计时器在报时了，此刻她在几千米高空。啊，是他！是他！！可是怎么会是他？！小袁又活过来了。她闭上眼坐在位子上，想象自己过一会儿下飞机时的情景。

明明飞机着陆是下午四点半，可为什么四处黑咕隆咚呢？

她就着机场的灯光看看手腕上的表,却是零点三十分。小袁觉得今天一天的时间全部乱套了。出租车司机是面孔很熟的那个。

车子行驶在高速公路上。

"我载过您好几次了嘛。"他说。

"是啊。夜间坐车还是很有意思的。就好像全世界都睡着了,只有我们在地面上冲来冲去。冷不防就有狮子探出头来。"小袁说完后就叹了一口气,垂下头暗笑。

"要我说嘛,您这位女士属于那种很幸福的人啊,您的交际非常广,可以用非洲、南美洲这样的地域概念。我没说错吧?"

"您一点都没说错。但是我,我不知道自己是不是幸福。"

"您肯定是知道的,只是不用'幸福'这个词罢了。那种感觉能不知道?您瞧,都夜里一点了,您还在大地上冲来冲去,寻找狮子。在我看来,您是在抓紧每分每秒享受生活啊!"

他仰头哈哈大笑。小袁感到很不好意思。

"'茶花女'坐过您的车吗?"她问,想把话题引开。

"当然,我送过她好几次。她也习惯于半夜出游。您和她比起来就是小巫见大巫了。那时,她在车里引吭高歌。车子没有压到狮子,只是压到了很多野鸭。我想不通,半夜里怎么会有那么多的野鸭到高速路上来呢?"

"她的歌声很美。"

"我听不懂。不过我心里愿意她一直唱下去,不要停下来。"

"我也正是同您一样的感觉。等一等,您这是开到哪里去?"

"我不知道。您自己辨别一下,告诉我该往哪里开吧。"

"该死,我怎么也分辨不出来了……喂,师傅,这是我家乡的那条路吗？我们什么时候下的高速公路？"

小袁的额头上出汗了，她转向后窗，将双眼睁了又睁。这是条六股车道的大马路，前前后后都有不少车，大家的车速都很快。忽然，她哈哈一笑，在座位上往后仰去，一下子放松了神经。

"我明白了，您在享受生活。"她小声说。

她又听见计时器在包里报时。多么美！她用力吸了一口夜里凉爽的空气，她希望那个声音再报一次，但他（它）沉默了。

"女士，为什么您要怀疑自己不在故乡的土地上呢？我从不怀疑。刚才我们冲乱了前面的鸭群。这种夜里，有各种各样的遭遇。您瞧，您已经到家了。"

小袁在客厅里坐了一会儿才缓过气来，她问韦伯：

"现在是几点钟？"

"六点二十，我刚吃过。你出了什么事？你的那些计时器呢？"

"啊，它们都好好地在我的包里面。我不过是出于习惯问一下罢了。我喜欢深夜在外面旅行，可那样就会妨碍你。"

"不，一点都不妨碍。你不用客气。深夜里，在梦中听见亲人的脚步，这是一件很美好的事。"

"啊，韦伯，我爱你。"

"我也爱你，小袁。"

小袁从包里拿出那个收音机计时器放在桌上。她想，她的生活是多么紧张啊，一环紧扣一环。如果密度是幸福的标准，那么出租车司机说得对，她大概是个幸福的人。何况她还有韦伯和两个儿子。刘医生有那座生长着草药的大山，还有他的病人。

他和她是两条道上的车,偶然相碰了一下就分开了。可那就是幸福。

她调着旋钮,听见里头放出音乐,有个老年歌手在唱山歌,声音悠远而豪放。她将收音机贴在脸颊上,疲劳立刻消失了。

那天夜里她很晚才上床睡觉,因为旅途中发生的事太令她激动了。她熄灯之后看见一个稀薄的人影站在她床头,那影子不住地向她弯下身来。小袁听不到他的声音,但不知为什么,她脑子里反反复复地出现他的暗示性的话语:"应有尽有,应有尽有……"

"韦伯!韦伯!"她喊道。

"啊,小袁,你有什么事?"韦伯睡眼蒙眬地在隔壁问道。

"你最近去过陵园没有?"

"没有啊。想那种事还早呢,我们还年轻。"他完全醒了。

小袁用被子裹紧肩膀,再一次感到自己是一个幸福的人。她在黑暗中回忆"茶花女"的表演,感到自己一下子就同她沟通了,就好像那种爱情的沟通一样。她有没有可能爱上一位同性?她将这个问题想了又想,得不出肯定的结论。

窗外又是一个没有月亮的、激情的夜晚。小袁听见肥皂厂的人们在不耐烦地将那些灌木拨开,到处都是他们的窃窃私语。

五、古董店的鉴宝师

古董店的尤先生已经五十四岁了，但在熟人和朋友眼里，他还是一位青年。他的皮肤很光滑，脸上没有皱纹，生着一双有点忧郁的美目。

从前，他是那种受女孩欢迎的美少年。在学校里，老师都宠爱他。他的个人生活虽不那么一帆风顺，却也没经历过生死搏斗。他的性格是在人们的注意力之外悄悄地定型的。现在，大家都认为他是名副其实的古董鉴定师，几乎城里所有的古董都要经过他的评估。

如果一个陌生人看见尤先生，从这张脸上根本无法看出岁月的痕迹——他实在太像三十出头的年轻人了。只有同他很熟的人才能从他脸上看出那种微妙的年龄显示，比如翠兰最近就亲眼看见了他的老态。

她是偶然撞见了他。当时她因为韦伯的事心烦，就漫无目的地在街上走,不知怎么她就跨进了古董店。那大堂里摆满了鸡血石和一些名人字画、瓷器之类。老板迎出来仔细地打量翠兰,弄得她很不好意思,又有点生气。后来他说:

"女士,您终于来了,我们的那一位在楼上等您呢。"

"您是说尤先生吧?他干吗要等我?"她问。

"您上楼去就知道了。"他指了指楼梯。

楼上走廊里一点光线都没有,翠兰拿不定主意。到底哪个房间是尤先生的呢?有小动物扯着她的裤腿,大概是猫。

"进来吧。"尤先生嘶哑的声音在右边响起来了。

翠兰推门进去。他好像一直坐在床边发呆,一盏很亮的白炽灯在顶上照着他,他脸上的肉全都松松地下垂,下眼睑成了两个大泡,完全是一副老年人的样子。翠兰迷惑地想:他平时是如何将脸上的皮肉绷起来的?房里的设施简陋得出奇。除了一张木床、一张椅子,什么其他东西都没有。他的一些衣物都扔在一个壁橱里,壁橱的门半开着。平日里风度翩翩的尤先生竟然住在这种地方!

他大概伤风了,咳了几声,费力地说:

"没有过不去的河,翠兰女士。这个道理你是明白的。"

他说话时又露出翠兰见过的那种狞笑,翠兰见了有点紧张。

"我是地下宝藏的守卫者。但是这些宝贝又并不需要我的守卫,它们秩序井然地待在黑暗的处所,暗暗地嘲笑着我。翠兰啊,你是个专家,你怎样看待我目前的处境?"

"不,我不是专家,我是仪表厂的工人嘛。"翠兰说话时脑子费力地转动着,那白炽灯刺激着她。"我想,尤先生是个悲观主义者。你应该到外面去游玩,你长得很帅,女孩子们都喜欢你。你不会有过不去的河。你不像我,我很糟糕,最近我又陷入了绝境的感觉。"

"你瞧,我们在这里相互诉苦。外面是什么天气?"

"外面是晴天。你穿好衣服下楼去吧,我要走了。"

"等一等!你帮我到壁橱里看一看吧,我害怕。"

翠兰走到那巨大的壁橱旁,将柜门全部拉开,眼前的情景让她倒退了两步。一个极为漂亮的女子躺在那些衣物下面,她抬起身子,露出了奇瘦的颈脖,颈脖上有些疤痕。

"我是流浪女阿亮,我患了绝症。"她说。

"你好,阿亮。我觉得你面熟。"翠兰注视着她。

"我是你的堂兄牛逸青的邻居。我没处安身,就找到了这个地方,我觉得这里很安全,尤先生真好。"

"那是因为我爱你啊。"尤先生在那边搭腔。

"翠兰姐啊,我失去家乡了。"阿亮将一只手掌举到光线里凝视着,喃喃地说话,"你是知道的,我们那里,家乡不在地面上了。我每天在地里嗅来嗅去的,然后我就找到尤先生的楼上来了。我知道这里就是我的家。可是我害了尤先生。"

"瞎说,瞎说。"尤先生站起来,用力摇头。

翠兰回转身问尤先生:

"我能够帮得上忙吗?"

"你已经帮了我们,女士。"他说。

"我不明白。"

"你带来了外面的新鲜空气,这正是我们需要的。住在古董店的人永远是被鬼魅缠身,喘不过气来。"

翠兰吃惊地盯着那张皮肉极度松弛的脸,她觉得那些皮肉眼看就要掉下,露出里面的骷髅。她移开自己的目光,可是那张脸偏不放过她,越来越逼迫她。最后她头一晕,叫了一声,往地下一坐。

过了好一会,她才听见尤先生在小声和阿亮说话。

"要不要过河,由你决定。"他说。

"他们人数太多了。你说过河就过河,我不离开你。"

"我们过到那边,看一眼就走。你觉得这个办法怎么样?"

"我已经看见爹爹了,他用扫帚扫来扫去的,他到处试探。"

"如果你不想见家人,我们就不过河。"

"好,我们不过河。外面有人叫翠兰姐。"

是店里的老板在叫翠兰。她应声往外走。那人一把抓住她的手,拖着她下了楼。

翠兰离开后,尤先生的那张脸就开始变化。从额角那里开始,如同蚕儿蜕皮一样,那张脸一点一点地变得光滑。最后,他又恢复了青春,如同人们在外面看见他时的那个样子。

"这房里的空气有毒。"他对阿亮说,"你看我现在如何?"

"我看不见你的脸,只看见一团光。"

他俩手牵手下楼去吃饭。他们穿过店堂,走到街对面的饭馆里去了。古董店的老板站在门口,他正盯着他们的背影看,他看见尤先生的身上发出一闪一闪的电光。

尤先生要了几样清淡小菜,他俩坐下来吃饭。

"我在乡下时,他们说我命贱,会要掉进鬼窝。"阿亮说。

"他们倒也没说错。你不害怕吗,小妹?"

"我很激动。我喜欢这种生活。"

阿亮苍白的脸上忽然泛起两团红晕。

"那就好,那就好。"尤先生若有所思地说,"可是我对这种生活一点把握都没有。我连自己活过的岁数都说不清。"

"我不害怕。为什么你到了夜里就怕呢,尤哥?"

"那是因为我心跳的声音太大,比敲鼓都要响,耳朵都快震聋了。尤其在等他们来的时候。你没听到吗?"

"我没听到,我什么都听不到,夜里那么静。我为你着急,我想帮忙,可我什么也听不到,也看不见……"

"没人帮得上忙,小妹啊……"

他放下筷子,脸上出现恍惚的神情。他指着对面的白墙,要说什么却又说不出来。

老板娘过来了,老板娘见怪不怪地对阿亮说:

"尤哥又看见了那条河,我们要顺着他,因为他一生坎坷。"

她顺手从墙上摘下一朵百合花交给尤先生,她就像变戏法一样。阿亮"啊"了一声,老半天缓不过神来。

尤先生将百合插在西服兜里,走到柜台边去付账。

"我也要花。"阿亮指着那面白墙说。

"几朵?"

"两朵。"

老板娘伸手到墙上摘了两次,但她手里空空的。

"谢谢您。"阿亮谦卑地说。

"古董店里阴气重,他守了这么多年,他的气数快耗尽了,千万别离开他。尤先生属于一条道走到黑的那种人，我们在马路这边观察他，都有二十年了。你瞧，他在等你过去呢。"

阿亮挽着尤先生，两人慢慢地在街上走。阿亮的全部注意力都放在尤先生上兜里的百合花上，那朵花很新鲜。阿亮想，只有尤先生才同这种花相配。她心里变得敞亮起来。

他俩走了很久，走到了郊外的那条路上。阿亮对自己有这么大的体力感到很不解。阿亮的一个叔叔看见他们就吃惊地停在路边。一直到他俩走出了好远他还停在那里。他是她的本家叔叔，他记得这个女孩已经疯了好几年了，可刚才见到的她简直像一朵带露的荷花。他怀疑自己看错了人。

"你听，生产队敲钟了。"阿亮说。

他俩坐在路边的木椅上，阿亮将头倚在尤先生肩头。

"我明白了，尤哥，百合花是专为你开放的。我们乡下人心里有一些秘密的路线图。那天我在梅街那边的小巷里游荡，那种地方所有的小巷全是一模一样的。后来我里面有个地方亮起了一盏灯，我走啊走的就走到你店里去了。当时你在用放大镜看那个花瓶，你回转身看见了我，将我领到楼上，又下楼去继续工作。"

尤先生不说话。他知道这就是爱。他想，他是多么愚蠢啊！他的原则显得那么虚伪。难道阿亮不是随时有可能死去？

他鼓起勇气，用力说出了三个字：

"我不配。"

阿亮轻轻地抚摸着他的背，继续说：

"村里的水沟里也有路线图。我看来看去的就看熟了，牢牢记在心里。刚才那个人是我的本家叔叔,他最喜欢到水沟水塘那些地方转来转去的,我偷偷跟在后面,发现了秘密。先前我来过一次城里,城里和乡下其实没有区别,要说有什么区别,那就是这里比乡下更加寂寞一点吧。天黑以后,我一想起那些古董,我的全身就摸不到了。我不叫你,我知道你在很远很远的地方。"

他终于能够说话了,他说:

"你是我的美女,我要为你,为自己进行抵抗。下一回,请你大声叫我,我会大声回答你的。"

他俩起身回家了。

有燕子飞过,阿亮想起了妈妈。要是妈妈还活着,她自己会不会回村里去?对她来说这是一个很麻烦的问题。

回到古董店时天已经黑了。尤先生用钥匙开了门,店堂里头也是黑的,电路已坏掉,这在古董店是家常便饭。

"他们已经来了,你避一避。"尤先生说。

他一把将阿亮推开,消失在那些陈列柜之间。

阿亮全身发冷,心里有个萤火虫一亮一灭。她摸到了墙,顺着墙摸过去,又摸到了楼梯口。有一个人蹲在楼梯口那里,是古董店的老板。

"我下班后顺便过来看看。现在有三个电工在检修电路。"

"朱老板,我是不是给店里添了乱?"阿亮小声问。

"不,没有的事。再说我不怕乱。他们三个心里慌张,我是指电工。检修的难度越来越高了,那种破坏不露形迹。在这个摇摇欲坠的店里,尤先生总是独当一面。你这就上去了吗?去房里好好待着吧。尤先生是不会失败的,你要相信他。"

阿亮摸到房门,可是打不开。她在走廊里坐下了。阿亮像往常一样感到了那种异样的寂静。尽管每次事后尤先生都向她诉苦,说自己累得气喘吁吁,几乎要倒下永不再醒来,可是阿亮什么都听不到。她问过尤先生,尤先生对她说:"那是因为你处在动乱的中心啊。"

忽然,她摸到墙上有多汁的植物,数量很多,大概是花。啊,整面墙都布满了,是玫瑰。

"尤哥,挺住,挺住!"她说。

"我在这里——在你附近……"他的声音隐隐约约。

阿亮将脸贴向玫瑰,那些刺扎着她的脸颊。她想:"多么好啊,我也有花儿为我开放了。我不怕死,死的感觉一定很好。"

她又想到那三个焦虑的电工,想象他们在厅堂里像猴子一样攀缘的身影。什么人或野物在她上面扑打,玫瑰花瓣落到她脸上。她站起来,心里感到幸福。

"你是谁啊?"她喃喃地说。

"我是你的表姐。"居然是个女的,"我来城里好久了,一直在卖花。"

"原来是小梅。你的花店在哪里?"

"这是秘密。你不是也有秘密吗?你们这里空气真新鲜啊。"

阿亮听到她的声音在上面渐渐地远去了。房门在她的右手边,她轻轻一推那门就开了。她知道尤先生坐在床上。

"玫瑰。"她说。

"是啊,玫瑰加恶魔。我要抵抗到最后一刻。我要下去了,再见。"

门轻轻地关上了。房里并不那么黑，因为有月光。阿亮记起有人告诉过她，城里有些花店其实是做高利贷的。也许小梅在做高利贷吧，那可是很危险的。

白炽灯忽然就亮了，很刺眼。阿亮心里说不出的害怕。门锁得好好的，窗也关着，她怕什么呢？可她还是躲进了壁橱。

天亮的时候尤先生回来了，手里拿着残破的铜香炉。他将香炉扔在地上，一仰身倒在床上睡去了。

阿亮明明看见了香炉，可当她弯下腰去捡时，香炉却消失了。地板上什么也没有。她轻轻地笑起来，觉得很好玩。她开了门探出头去，看见走廊里和平时一样。她怀念那些玫瑰。

在一间房里面，尤先生在梦中来到了滨海大道，血色的夕阳正在沉降，人群在奔跑。尤先生也跑起来，他口里喊着一个陌生的名字，他又一次觉得自己到了生死关头。前面是海，他该不该冲到海里去呢？可是容不得多想了，人群挟带着他，他的双脚离了地，他兴奋起来，忍不住高呼："吴大卫！吴大卫……"他看见海水涌过来了，那晃晃荡荡的鸭蛋黄大概是太阳。

有好多年，年轻的尤感到自己正在发展出一种生猛的性格，没人知道他性格中的这个倾向。他周围的人们都将他看作一位文雅的、过分细心、过分挑剔、还有点女性味的鉴宝师。他时常手心发热，手指头颤抖，他的精神难以集中。从这些方面看来，他的体质并不适合他的专业工作。他的秘密在牙齿上。他有一口十分尖利的狼牙，翠兰曾于无意中观察过，并感到大大吃惊。他的这口牙是最能说明他的欲望的。

当年他与纱厂女工龙思乡的肉体关系可说是旗鼓相当的，

但后来双方终于厌倦了。天下哪有不散的宴席呢？从那以后，尤先生从内心确定了：他根本就不适合建立家庭。当然他仍然要追女人。于是除了女人外，他的剩余精力全部放到了他的专业上头。在尤先生的心里，他的工作由一些无尽头的隧道组成。他倒觉得自己天生是干这个的——进入黑暗的历史里面去探险，融入进去，改造那些历史，这种工作不亚于女人对他的吸引。于是他屡屡战胜了自身的颓废，在这个暗无天日的黑暗世界里打下了一片天地。他的白天的工作是表面的，只有夜间的游荡是实质性的。古董店的老板是知情人，他对尤先生的工作很满意。在这个城市里，只有很少人知道这个秘密：古董都是活物，是依仗阴谋的编织而存留下来的异物。奇怪的是农村姑娘阿亮似乎天生就懂得这一点。

自从与古董结缘之后，尤先生的个人生活就分为了两部分。他是那种善于协调自己身上的矛盾的人，所以他从未走到绝路上去，反倒总能"柳暗花明又一村"。年过五十岁之后，他就认定自己在女人方面是比较失败的了。所幸的是他在专业方面不断地有进展。

一个顾客对他讲了关于古城墙里头的盔甲的传说。那人是在下暴雨的时分闯到店里来的。他披着一件油绿色的雨衣，进来了也不脱下，肆无忌惮地弄得到处是水。他就站在陈列柜前面，坚持要尤先生听他说完。他的声音很小，很嘶哑，苍白的灯光照着他轮廓模糊的脸，让人看了产生一种很不安的感觉。尤先生暗想，他是从哪里钻出来的呢？

"我父亲是您的同行。"他突然说。

"啊?"

"他是个盗墓人。他一直工作到七十三岁才歇下来,算得是一个工作狂吧?不久前他死了,他给我的遗言就是那个古城墙的故事。"

尤先生看见店里的老板在眼前晃来晃去的,满脸疑云。他暗暗着急,希望这个人快点离开。

"您要不要收藏点什么东西?"他凑近这个不速之客问道。

"我要的东西你们店不可能有。我要黄金盔甲。"

他坦然地,甚至有点傲慢地看着尤先生,看得他低下头去。

"我愿意同您合作。我们在哪里见面?"尤先生说。

"小月河口,第三棵柳树,夜里一点钟。"

他匆匆地转身走了。他站过的地方有一汪水。

"你答应他了吗?"老板焦急地问尤先生。

"是的,我答应了。"

"你可要履行诺言啊!我担心你呢。"

"不会有问题的。大不了一死吧。"

关于那天夜里的事,他能记得起来的就只有那群乱飞乱跳的野鸡了。根本就没有什么古城墙。尤先生跟着那个人进入了涵洞,后来又从涵洞里出来,坐在大桥下面休息。黑压压的一大群野鸡飞来时,尤先生还以为是鹰呢。那人说了一句"不好",然后就消失了。野鸡的攻击并不可怕,但弄得他全身很脏。它们唯一的方式是用粪便攻击他,仿佛是在调戏他一般。没有多久他就成了"粪人",连眼睛都要给糊住了。"救命啊!"他喊了一声,觉得自己特别可笑,就不喊了。

他从兜里摸出手绢，捂住脸爬上大桥，这才摆脱了那些恶魔。桥上风大，鸟粪在他脸上、脖子上、手上结了一层壳，他感到冷，他伤风了。他恍然大悟——原来这就是黄金盔甲！某一方面的答案已经得到了。

洗过澡之后，他坐在老板的办公室里了。老板要他尽力回忆夜间发生过的事，他说任何一点细节都是很可贵的，是"历史的真理"。

"没有其他的了，"他沮丧地说，"野鸡唱了主角。究竟有多少只我也没看清，它们的粪便是酸的。那个人是您的亲戚吗？"

"见鬼！"老板不高兴了，"他是地下钻出来的强盗头子，左边脖子上还有刀疤，你竟说他是我的亲戚！"

"对不起。我倒不觉得他是强盗，他是很和气的。不过昨夜我一次也没有看见他的脸。在涵洞里时我真担心自己会晕过去。"

"这就是烟幕弹啊。先解除你的防备，然后突然发起攻击。"

"其实那不算什么攻击，我过于紧张了。人生在世啊，思路应该放宽一点，您说对吗？"

"你总算有点认识了。履行诺言是最重要的。尤啊，我算是你的父辈了吧？这么多年你没令我失望，这一回应该也不会。"

尤先生瞪着样子有点尴尬的老板，他听不懂老板的话，只觉得昏昏欲睡。一个顽固的问题始终萦绕在他的脑际：老板究竟是人还是猿？尽管老板背后的文件柜"哗哗"乱响，尽管老板严厉地敲着办公桌，唾沫四溅，尤先生竟然头一垂睡着了。这可是多年里头第一次。

事后他向老板道歉，老板一点也不见怪。老板说他体谅尤先生，他知道夜间的那种巡游是消耗人的精血的，先前店里有几个职员因此丧命。所以尤先生能够活着回来，他已经感到很自豪了。尤先生让他真正感到了当家做主的豪气。

"什么当家做主？"尤先生问。

"你已经成了这个城市的钢铁卫士，你还不知道啊？"

"可是我不知道，也不关心这种事。"

"好了好了，不管你关心不关心，你就是钢铁卫士。比如那些路灯，那些烟囱，总不能没人看守吧？你无意中看守了它们。"

老板摆摆手让他出去，显然不相信他对某种事的无知。

但是尤先生的无知并不是装出来的。他虽然根据经验判断出这是同"专业"有关的事，但这些夜间怪事同专业到底是一种什么关系，他并没弄清。有时他想，如果弄清了，也许反倒乏味了？古城墙，黄金盔甲，春秋时代……多么有诱惑力的词语！

现在老板对他又有了新的称呼——钢铁卫士。听起来虽别扭倒也不俗气。他算是哪一门的钢铁卫士？他糊涂起来连他所住的街道都会弄错，尤其是喝了酒的时候。当然，老板的话总是有根据的，他不注意街灯，并不等于街灯也排除他。他不是好几次撞上了灯柱吗？他不是被烟囱里冒出的浓烟迷住过眼吗？被迷住眼那一回，他短时失明，有人牵着他的手领他上了往北开的火车，他居然去北方旅了一趟行。很早就感到了老板是有大智慧的人，不过这种智慧令人恐惧。起先尤先生并不是自己想要做一个夜游人，他对与人们交往还是有兴趣的，他在人群中有某种安全感。后来不知不觉的，他就变成这样了，似乎这是古董鉴定师的宿命。

夜是他的亲密的故乡，但是黑夜里又有很多敌人。他已经习惯了抗争，一直抗争到精疲力竭。城里的人们对他那标致的黑色背影也很熟悉。如果在黎明时分，他从街头走过来，赶去上早班的人看见了他，他们就会停下来注视这个背影，说："是他。"他们说出这两个字之后，心里就有什么东西松动了。尤先生也已经习惯了人们的关注，近来他有时也会产生这样的念头：这些看上去友善的、像他的朋友的家乡人，也许正好是他夜间与之搏斗的敌人？

没有他不曾去过的地方。剧院下面的那个黑市广场上常有他的身影。茶花女回故乡演出时，他一星期里要去听她唱两场。他还经常光顾隐藏在贫民窟里的外汇交易场所，在那里做些生意。码头边的茶馆是各路英雄聚集的地方，他每个月至少要去一次。但是这些白天的活动对尤先生来说算不了什么。白天只是等待的时光。也许会遇见一个盯住他看的人，就像那个暴雨天闯进店堂的好汉一样，然后在他和那人之间就会产生一个约定——关于夜间活动的约定。

他越来越焦虑了，因为白天的时光越来越短了。听说那些烟囱要被拆除？有好几次他感到天还没完全亮起来就黑了。没有任何人同他约会，他只好坐在店门口的台阶上伸长了脖子张望。

在漫长的没有约会的日子里，尤先生经历着精神的困境。他问自己：该不该抛下自己的专业，离开这个中了魔的城市，到他舅舅所在的东部富裕地区去开一个店？舅舅已经在电话中多次向尤描述过那边的美好前景了，如今他年老体衰，一人独居，很希望尤去继承他的产业。但尤先生下不了决心，有一个声音在他心里提醒他,告诉他某种同使命有关的道理。所谓使命,也就是老板提到过的烟囱路灯一类的事。

尤先生的情绪低谷一般很快就过去了,他一贯善于调整行动的计划,他也善于另辟蹊径。他认为自己是能够把握自己的那类人。流浪女阿亮在很短的时间里便向他展示了一片新天地,他感到自己的整个身心都沐浴在她的光辉之中,阿亮还拓宽了他对专业的看法,因为有了阿亮,现在这个阴沉的城市充满了种种亮点。

夜晚比从前丰富了,他和她各自突围冒险,可双方都惦记着对方。尤先生觉得因为有了这种惦记,化险为夷对他来说变得更有把握了。有一天他的女友翠兰对他说:

"尤哥啊,你如今变得魅力四射,连我都要抵挡不住了呢!我的家乡是出美女的地方,阿亮是美女中的美女,你的运气真好啊!"

"你觉得她会死吗,翠兰?"

"很难说。不是谁都要死的吗?干吗大惊小怪?"

"你说得对,我太俗气了。"

"不是谁都有机会同真正的美女在一起的。"

他下定决心,要抓住生活中的每分每秒。有一次在河边,他凝视着河的对岸,他感到那个轮廓眼看就要凸现出来了,那是一个金盾,所出朝代不明,盾面的花纹古怪而简洁。"阿亮!阿亮!"他轻轻地呼唤着。黑色的河水渐渐地向上方突起,变成一座山,将天空都遮蔽了。阿亮不在附近,他知道她在城里的某个地方。接下去他听到了巨大的声响,是瀑布坠落那种声响。

身后有人在焦急地对他说话，要他看那座桥。桥好好地立在那里，黄色的灯连成一线，同往日并没有什么不同。他转过身来看见了矮小的老头。

"我是你的顾客啊，"他说，"我近些年才明白这个道理：干我们这行的不能操之过急。你瞧，现在才半夜两点，还早着呢。"

"桥好好的嘛。"尤先生说。

"当然。我们在，桥就在。不是已经都三十年了吗？"

"让我算一算。"尤先生脱口而出。

可他又沉默了。他究竟要计算什么？如何计算？

"你不要急，还早着呢。"那老头安慰他说，"任何忘记了的事都会想起来的。过了今夜，还有明夜。刚才我说三十年，其实啊，都已经九百二十多年了。所以不要急。我住在滨海大道132号，欢迎你来做客。"

他消失在那些建筑物当中。尤先生再次转过脸去看桥，桥还是好好的，有一辆卡车从桥上开过。看来他的身份是得到某些人的认可的，总有些专业内的人士在他周围转悠。尤先生感到他的专业的领域已经扩展成了一个无限的领域，这桩事业不但占去了他的全部时间，而且也改造了他的整个生活。

尤先生找到了滨海大道132号。然而那里既不是公寓也不是普通住宅，那是一家赌博弹子房。他进去时，那些机器前都有人，店里很热闹。老头坐在第三台机器前，正在聚精会神地操作。他一看见尤先生就哈哈大笑，笑得他心里一阵阵发冷。尤先生注意到所有的人都关了机器，站起来看着他，许多人对他怒目而视。

"感谢你深夜光临。你瞧,大家都在忙于工作,这里说话不方便,我们上楼去吧。"

他们经过狭窄的楼梯和过道,来到一个房间里。那房间窄小得转不开身,天花板奇矮,一伸手就可以触到。房里没开灯,对面大楼斜射过来的光线落在房里,朦朦胧胧的。房子不隔音,尤先生可以听见下面弹子房里的喧闹。他坐在老头给他提供的椅子上,感到自己的膝头只要一动,就抵着了对方的膝头。他也闻到了老头口中喷出的胃气。他旁边有一张小床,大概老头睡在那上面?他记起老头到他店里购买过一幅昂贵的名画,他应该是相当有钱的。他为什么要住在这么一个鸟笼子里头?

老头伸出手搭在他的肩上,推心置腹地对他说:

"我一般不开灯,我喜欢这种私密的氛围。坐在这里,你的思路可以满城漫游。你此刻感觉如何?"

尤先生瞪着小小的窗户,那里是唯一的光源。

"我有点冷。"他觉得自己的声音像在抱怨。

"这是正常反应。我向你提个问题:你为什么要破坏你们店里的电路?"

尤先生感到老头在暗笑,笑得浑身颤抖。

"您指的是哪一回?"

"3月27日,下大雨的那一回。"

"您的记忆力真是惊人!那一回我想制造事故,大概是我耐不住寂寞吧。那之前我策划了好长时间。"

尤先生机械地述说着。他心里想的是:我为什么要招供?

"你很老实。我们不说这种不愉快的事了。如果你对同行没有一种排斥的心理,你就常来我这里吧。在这种深夜时分,我们这里总是很热闹的。滨海大道132号,是这个城市的标志之一。如果我站在这条街的尽头看我们的弹子房,你就会感到十分振奋。这里的确沸腾着活力。"

"你们是一个团体吗?"尤先生说话时觉得唇干舌燥。

"不,这里是自由港口,人们来来往往。你到哪里去?你要喝水吗?你站住,外面有危险!"

但是尤先生一意孤行地出去了。他摸索着找到了楼梯口,走下了狭窄的楼梯。没人理会他,所有的人都在盯着他们面前的弹子机的屏幕。

他来到了街上。这时老头才气喘吁吁地追出来,一把抓住他的衣袖。还有一个人陪伴着老头,他也抓住尤先生的另一只衣袖,那人嚷嚷道:

"老板,要不要教训他一下?"

"不要不要!你放开他!"

那人很不高兴,将尤先生的衣袖用力一甩,嘀嘀咕咕说了些什么,然后回店里去了。尤先生回转身去打量132号。真奇怪,弹子房消失了,那地方成了一个黑黑的空缺。

"这种店啊,你要进到里面它才存在。"老头说。他似乎又在笑。

尤先生不甘心,又往132号走,一直走到缺口那里。这一次老头没有陪伴他,而是站在原地不动。

尤先生站在两栋建筑之间的空地上,听到上面传来谈话的声音。

"你要它有，它就有；因为它也想和你玩嘛。"女的说。

"幸亏我来了，要不然它就没有了。"男的说。

尤先生思忖了一会儿，心里透进了一道光。他用目光搜寻老头，老头也消失了，整个地区静悄悄的。他抬头看楼上，刚好看见一个窗口的灯灭了，大概是刚才传出谈话声的那个窗口。他从心里认定那老头就在附近，因为他眼里的事物都在向他暗示这一点。老头说他的店是一个"自由港口"，这个比喻真形象啊。既然他刚才进了这个港口，这就是说，今夜他是自由人了。那么，自由人是什么意思呢？尤先生不知不觉地将他的疑问说出了口。

"自由人就是我！你跟我来！"一个人在他身后说道。

尤先生一回头，看见了古董店的电工。他扯着尤先生的袖子将他往空地那边拖，他的动作很野蛮，像醉汉一样纠缠着尤先生。他们穿过两栋楼之间的空地后，尤先生就听见了夜莺的叫声。

"前面是公园吗？"尤先生问。

"不，前面是绞架，我想死，我们这就去吧。"

"可我一点也不想死啊。"

"那你来'自由港口'干什么？莫名其妙！！"

电工突然甩开尤先生，往面前的一丛灌木扑去。随着一阵稀里哗啦的响声，他那瘦小的身影隐没在树丛里看不见了。看来电工对他很不满。尤先生记得这个人在店里的时候是个性格谦卑，胆小怕事的人，他万万想不到他会有如此暴烈的举动。

尤先生闻到了荒原的气息。城里面怎么会有荒原的呢？然而周围并不是荒原，不远的前方仍然是滨海大道——一条同海无关的车道。路灯的灯光下，这一丛灌木显得很扎眼，像临时搬来的舞台布景一样。尤先生凑近灌木轻轻地喊：

"小吴！小吴！"

他看不见电工，但听见他在用压低了的声音回答：

"别喊，别喊！你这个讨厌的人，快离开我！快！啊，你再不走我就失败了，我的运气真不好……"

尤先生脸上发烧，羞愧地离开灌木丛，往滨海大道的人行道走去。此刻他为什么这么羞愧？他不知道原因，但这也许是种错觉吧，像以前多次有过的那样。他竭力撇开令他难堪的那种情绪，他想要回家休息了。他刚要在路口拐弯时，弹子房的老头又出现了。

"这一带都是我的地盘。你感觉如何？为什么我说这是我的地盘？我把它看作我的，它就是我的了。我倒并不是什么黑社会头子。像我和你这种人，每天夜里都出来，时间久了，我们的脚步和脚下的土地就会有种感应。你听，嗒，嗒，嗒！你也有你的地盘，我没说错吧？我知道你将整座城都看作你的，其实我也是。"

尤先生发现老头穿着皮鞋和风衣，走起路来很有气派，像那些政要人物一样，自信而傲慢，野心勃勃。

"欢迎您再次光临我们店。"尤先生说。

"我当然要去的，我们将不期而遇。"他坚定地回应他。

路灯灭了，天正在亮起来。老头一招手，上了一辆出租车。尤先生愣在原地，半天说不出话来。

"尤，你怎么同这种流氓混在一起啊！"古董店的老板说。

尤先生想，他从哪里钻出来的？看来他一直躲在附近啊。

"同谁混在一起是我的自由。"尤先生硬邦邦地说。

"啊，我明白了。当然当然，我并不反对……"

尤先生搞不清老板明白了什么，他也懒得去细想，他瞌睡沉沉。为什么老板和他谈话时他总瞌睡沉沉？

本来是走在熟悉的路上，而且天也亮了，可是不知是因为瞌睡还是因为什么原因，他看见人行道上尽是拦路的灌木丛。就连车道中间也有灌木丛。老板在他旁边唠叨着：

"为什么会有密密的树丛？就因为不怕死的人太多了啊！"

尤先生昏昏沉沉地向树丛弯下腰去，立刻就听到一个人在说话。

"我不怕寂寞，你用不着关怀我。"

啊，又是那电工，尤先生直起腰，绕开树丛，跌跌撞撞地往家里赶。

"快也罢，慢也罢，反正是过日子，过得踏实就好。"老板说。

尤先生睡眼蒙眬，高一脚低一脚地回到了店里。

一进店门他的脑子就清醒了，就像饱睡了一觉之后一样。老板并没追随他，不知到什么地方去了。老板办公室的门开着，里面坐了两个身穿黑色制服的男子，其中一个指着尤先生说：

"瞧，他回来了。"

原来这两个人身上穿的是警服。当尤先生迎上前去时，他们严肃地看着他，一动不动，也不说话。

"有情况吗？"尤先生忍不住开口了。

"当然有情况。你不是全知道了吗？是关于电工失踪一事。"

说话的是那胖子，他显得很不耐烦，满怀恶意。

"我是知道的。不过是他自己要失踪的，没人拦得住他。"

"我们并不想调查这件事，这不属我们管。我们是来询问关于流浪女的事的，外面有关于虐待的传闻。"胖子瞪了尤先生一眼。

"那是不可能的，我们是情人。"

"情人之间也会有虐待发生。难道你就不会占她的便宜？"

胖子翻了几下白眼。尤先生不打算说话了。

"你要好好反省自己。她是个真正的美女，就凭你这副嘴脸？"

胖子嘲弄地看着尤先生，然后一跺脚，不耐烦地推着他的同事出去了。尤先生听到外面警笛长鸣，身上不由得起了鸡皮疙瘩。

他回到楼上的房里，看见阿亮已经回来了，躺在壁柜里头吃东西。

"你吃什么？"

"我吃土豆，是我们村里人给的。我很想回去一趟。"

"我们这里有不少人关心你呢。"

"他们是两个好人，我差点爱上了那个瘦子，不过他还是没有你好。他们的工作很高尚，你肯定知道的，那种真正的关怀。"

"是的，我知道。他们的确给了我关怀。我这个人或许就是需要这种关怀。可为什么我这么不安？我老是怕冷。我该先睡一觉。"

他躺在床上盖上被子，胖子警察那张恶意的脸老是出现在眼前，使得他老睡不着。

"阿亮啊,你明天回去一趟吧。"

"不,我只是很想回去,可我要待在这里。"

"为了什么呢?"

"当然是为了爱。尤哥,我夜里和村里人聚会了。那里有个小夜店,店里到处是波斯菊,老鼠在地板上跑来跑去,我们一共8个人,我们在一起唱啊唱,全是那些怀旧的歌。我们在乡下时关系并不好,有一个姑娘还想将我推到井里去,昨夜她向我坦白了。她详细地向我描述了她的那个阴谋。不知为什么,我们都认为那个阴谋是一个美好的阴谋。尤哥,你睡着了吗?"

"嗯。"

"我为什么也喜欢她的阴谋呢?因为她是为我想出那个阴谋的啊。我这样的人,从前谁也不来关心我的事,可是突然,我知道了,却原来这个姑娘注意上了我,而我那时又不知道。我把事情的来龙去脉想了一想,就高兴起来了。可是从前在村里时我确实不太乐观。不知为什么,我害怕死在那里,我一心要到城里来。我在乡下很胆小,我快离开乡下那段时间,村子已不在地面上了,我成日里嗅来嗅去的,找不到村子的入口,而且我也很少遇到村里人。可是现在,你瞧,我一下子就见到这么多村里人。在城里,我反而常常碰见老乡,莫非他们早搬到城里来了?有人说地下的暗道缩短了距离,那会是什么样的情况?我想不出。尤哥,你睡着了吗?"

尤先生真的睡着了。阿亮一下子讲了这么多话,自己也觉得惊奇。要是从前一下说这么多话,她要晕过去了。可现在,她不但不头晕,还感到精神很好。莫非她的病要好了?可她的手还是像冰一样冷，心里还是隐隐地疼。

她从壁柜里爬出来穿好衣，蹑手蹑脚地走到走廊上。她看见那个电工站在那里。电工的脸白得像纸，模样十分虚弱。

"阿亮姑娘，我爱你。"

"我知道。你怎么还在这里？你不是回老家去了吗？"

"我骗了你。我没有回老家，我去寻死，又舍不得死，就回来了。"

"回来了就好，这是你应该做的。"阿亮严肃地说。

"那么我走了，我明天再来上班。"

"好。"

电工离开了好一会，阿亮还站在走廊里，她一抬头，又看见了玫瑰。玫瑰的香味刺激着她，她脑子里满是夜里狂欢的画面。这时她听到尤先生在说话。

"他是一个了不起的人，我比他差远了。"

有一夜，尤先生和阿亮都没外出，他们在房里睡得很沉，也许是多日的夜间巡游耗尽了他们的精力。

阿亮在天蒙蒙亮时先醒来了，她听到一个村里人在唱她听熟了的山歌。那人站在门外。她推了推尤先生，尤先生睡意沉沉地说：

"你去吧，跟她去吧，地下有暗道。我看见那暗道了，就在走廊尽头，他们总是从那里上来的……"

阿亮推开门，看见了小兰。小兰就是那个想将她推下井的女孩。阿亮现在对她产生了一种很亲切的感情，她称小兰为"妹妹"。小兰继续唱着,她的歌声很甜美。阿亮听着就流泪了。后来她唱完了,一声不响地看着阿亮。

"妹妹,你看我还能回去吗?"

"不能,因为村子的入口已经被封上了。你不要再怀念村子里的那些事了,死了这条心吧。你瞧你在这里多么幸福。"

阿亮挽着小兰,她俩一块走到走廊的尽头。阿亮看了又看,却没看到地上或墙上有任何暗道。她问小兰是怎么进来的,小兰说:

"当然是爬窗户啊,蜘蛛人在帮助我。"

"蜘蛛人是谁?"

"就是你们店里的电工啊。他说凡是同阿亮有关的事他都要帮忙,因为他是你的追求者。"

"那么你来是要帮我吗?"

"是啊。你不是说你有思乡病吗?"

"可是我的思乡病并不需要帮助啊。这个病是我自己要得的。刚才我听到你唱歌,我就想,这真是享受啊。这个病是我为了自己享受得上的,哈!所以我说我不需要帮助嘛。但我还是谢谢你。你对我真好!"

尤先生在房内听到了她们的对话,他觉得深受感动。他起身去门外同她们打招呼,却看见两个女孩已经下楼了。他瞟见了小兰的侧影,小兰长得又清秀又朴实,一点都不像那种怀有恶意的人。她一大早就跑到这里来为阿亮唱山歌,这可不是一般的友谊。那么这是什么样的感情?尤先生觉得自己可以进入她们的那种意境,他自己就一直在那里头。就因为这,他和阿亮才走到一起来的啊。尤先生想到这里,就觉得有点理解小兰那个阴谋了。好多年以前,他母亲不是也将他扔在一条乡间小路上吗?

老板从楼梯口那里上来了,他笑容可掬地说:

"尤,你这里真是个福地,来的全是美女。我如果是你,会对老天感恩不尽。当然你自己也非常有魅力。"

"有人想谋害阿亮。"

"是吗?阿亮是乡村的历史。有人想抹杀这个历史吗?或者是想用谋杀来将她从黑暗里推到光天化日之下?这是个深奥的问题,让我考虑一下,我要替她的切身利益考虑。她是从窗口攀缘下去的吧?"

"谁?"

"我是说小兰。她攀上攀下,像个猴子!"

"她同阿亮从楼梯下去的。"

"她真是胆大包天。她要是撞见了我,我就会将她扭送警察局。她自己也知道我不准她进来,可还是大摇大摆。尤,我很欣赏这种人。"

尤先生想,老板是来干什么的呢?他站在那里讲话,就仿佛是来看热闹的,仿佛对眼前发生的事做出某种总结。很显然,他深深地介入了阿亮、小兰,还有电工他们之间的事。阿亮投奔到他这里来后不久,就成了古董店的公众人物,这是尤先生和阿亮本人都始料不及的。尤先生对这种局面感到烦躁,总想摆脱大家的注视。但他越努力,大家越要围拢来,就连那电工都声称自己爱上了阿亮。还有这位老板,居然早就对那小兰的情况了如指掌，也许在同那姑娘玩猫捉老鼠的游戏呢。想到这里，尤先生的目光扫向走廊的尽头，他看见了暗道口，暗道口是灰白色的，像一团游移的雾，分辨不清里面的情形。在他身后，老板发出笑声。

"尤，你能确定你没看错吗？"他的声音变得玩世不恭。

尤先生朝暗道走过去，还离走廊尽头有好远，那团雾状物就缩到墙壁里面去了。尤先生抚摸那墙壁，摸到了一些带刺的植物。

"我也想移居乡下，可村子已经移到了我们墙壁上！"

老板讽刺的声音使得尤先生有点脸红。他凑近尤先生，连气都呼到了他的脸上，咬牙切齿地说：

"那种通道将我们的心分割成一块一块的。我们在那里头来来往往，日子变得很短很短……"

他突然一转身，匆匆下楼去了。

尤先生回忆起阿亮对店里人的态度，他觉得阿亮很沉着，很坦然，没有任何焦虑，就像古董店是她的家一样。这真是个奇迹，她可是个没来过城市的乡下姑娘啊。看起来，她在这里还很受欢迎呢。店里的人都对她不设防，将她看作属于这里的。而他们持这种看法的理由呢，又绝不是因为他，他早体会到了这一点，还为此感到委屈呢。

他站在走廊里沉思的时候，楼梯口那里响起了两个女孩小声争论的声音，她们的情绪都很热切。尤先生看见阿亮双手捧着那只龙泉青瓷花瓶，她的脸涨得通红。

"这是正宗的龙泉青瓷。"她说。

"什么正宗啊，如今正宗的意思就是赝品。"小兰斜眼看着花瓶说。

"你是什么意思？你说古董店卖赝品吗？"阿亮两眼闪闪发光。

"嗯。这是一件好事，正品就是赝品嘛。连村里人都知道这个道理。还有人托我从你这里带一两件赝品回去呢。"

"我觉得你有道理。让我想一想。尤哥在那里，尤哥！你能告诉我们如何鉴定这只花瓶吗？"

尤先生满怀兴致地看着她俩说：

"一大早就争论这种了不起的问题啊。小兰有道理，如今正品就是赝品。有勇气的人才敢承认这一点。我好久没听到这种观点了，这是真理。看来只有在乡下，人们才有清醒的头脑。你们拿着花瓶去欣赏吗？"

"是老板给我们玩玩的。他刚才同小兰讲和了，他说小兰对店里有种很好的影响。我真快乐，小兰就是我的主心骨！"

她们俩将花瓶放在走廊尽头的窗台上，然后站在那里聊起天来。

尤先生记起自己还没吃早饭，就告别她俩下楼去了。

懊恼之情从他心底升起。他感到小兰这个女孩眼里有种邪恶的光，她令他十分紧张。虽然只见了一面，他就领略了这个姑娘的威力。他认为她是来破坏他同阿亮之间的关系的，这种尖脸的美女往往性情促狭。尤先生猜不出老板心里打的什么鬼主意。老板一贯喜欢看他的笑话，以此来遏制他。

他在早点铺里匆匆吃了块点心又赶回家。

他推开房门，一眼看见阿亮和小兰面对面坐在壁柜里面，

她们正在谈心呢。小兰见他进来,就用一根筷子敲着花瓶,说道:

"尤哥,尤哥!你的工作真高尚啊!"

她的声音尖溜溜的,听起来是在讽刺他一样。尤先生弯下腰凑近她,盯着她的脸问道:

"这种花瓶对你来说意味着高尚吗?"

"当然啦。我觉得它里面黑沉沉的,听,鸽子在里头扑动翅膀呢!"

她将瓶口放到耳边,阿亮也凑近去听。

"我们乡下也有这种花瓶,我们将它们放在灶台上辟邪。不过我从没有见过这么旧的东西,它恐怕有几百年了吧?"小兰说,"我们那里的花瓶,是可以将鸽子装进去的。花瓶看起来小,其实里面宽广得——那种宽广的程度我们想不出来,要尤哥这样的鉴宝师才测量得出来。古时候的工匠怎么会造出这样的花瓶来?一想到这一点,我就觉得尤哥的工作确确实实高尚。"

尤先生听了她的一番话之后,心里原先对她的戒备就消除了。他又一次感到那些暗道在他生活中的影响,小兰就是在暗道里来来往往的那种人吧。她是多么快地就理解了他的工作啊。

小兰走出壁柜,对尤先生说:

"我今天还要去工作呢,我在烧烤店担任涂香料的工作。"

她走了之后,阿亮问尤先生:

"你觉得我这个新朋友怎么样?"

"我觉得她很有性格。"尤先生说。

"嗯。而且她是个美女,货真价实的。"

阿亮举起那只花瓶凑到尤先生的耳边,尤先生立刻听到了大群飞鸟的鸣叫。他的两眼闪亮起来。

"尤哥啊,我要将花瓶放回去了。"她的声音仿佛在遥远的地方响起。

那门悄无声息地关上了。尤先生的眼前开始变得模糊。

他刚到古董店工作时,老板才四十岁,年富力强。他同他坐在楼下的办公室里,桌上正好就放着这只龙泉青瓷花瓶。年轻的尤坐在那里倾听老板介绍他的事业。逐渐逐渐地,他觉察到了老板周围那巨大的磁场。在后来的日子里,他多次试图挣脱老板的影响力。他还玩过失踪的把戏,一连两个月出走不归。然而到头来,他发现自己仍在老板的网络之中。老板那种阴沉的热情吸引着他。几乎从第一天起,他的事业就成了尤自己的事业。

表面上,在这条街上他们的店冷冷清清,只是偶尔有顾客光顾。店堂甚至还显得有点神秘兮兮的。但尤先生知道,这里面涌动着无名的激情。无论是老板也好,职员也好,电工也好,那些收藏品也好,全都含有一种隐藏的东西。在半夜三更之际,他往往能听到店堂里发出的呼啸声,那呼啸声直冲云霄,成为这个城市独有的标志。他进店不久之后就开始失眠。老板仿佛是无意中说起他也失眠,并且告诉尤失眠加剧了他的头疼,有时他在剧痛中就自己开车在马路上狂奔。尤先生不会开车,他便开始步行到城里各处巡游。他就这样在夜里逐渐熟悉了城市的肺腑。越深入,他的兴趣越大,他对老板的思维也越感到惊讶。几十年就在惊讶中过去了,尤居然从未有过厌倦,关于这一点他百思不得其解。是不是每个人都生活在古老的幽灵当中,只是他们不知道而已呢？但是有很多人是生来便知道的！比如阿亮，比如小兰，她们是些心灵深邃的姑娘，她们用不着多想就能理解古董店的事业，而且一下子就融入这里头来了。

"尤，街旁的苦楝树开花了。"老板出现在门口。

"春天不是开过花了吗？现在都暮秋了啊。"

尤先生困惑地看着老板，老板就笑起来，说：

"十多年前栽下的这批树有它们自己的时间表。"

"姑娘们真是青春焕发，我们这里的阴沉氛围压不住她们的活力。刚才我看到她俩一阵风似的跑到街对面去了。阿亮到底有没有病？"

老板探究地盯着尤先生问。可是他似乎对问题的答案没有兴趣，一摆手又下楼去了。

尤先生开始整理房间，他将壁柜里的毯子放到架子上面去。他闻到从毯子里散发出来的苦楝花香味，那正是姑娘们头发的味儿。尤先生恍然之间又变成几十年前那个喜欢女孩的少年了。他弯下腰去捡那粉色的靠枕，从靠枕里滚出小小的花瓶。这只花瓶的形状同先前那只一模一样，但还不到那只的四分之一大。尤先生从未见过这只小花瓶，难道是小兰从乡下带来的？他将花瓶放到鼻孔下，果然就闻到了柴烟味。花瓶上的那些图案似乎在他眼前跳动。尤先生的手发抖了：多么美啊！

他整理完房间坐在窗台上休息，好久好久不能平静。街对面大楼里的那个气功师又开始发功了，巨大的玻璃窗被他发出的气浪震得喳喳作响，下面人行道上有两个行人惊讶地驻足观看。

"要不要跑？要不要跑？"

"瞎说！不是大地，是人。"

尤先生清楚地听到了他们的对话。白天里，他在店堂里经常听到顾客们说这同样的话，都已经听熟了。也许每个人遇到的问题全是一样的吧。如果发生地裂，要不要跑？玻璃窗里面气功师的那身影越来越薄，飘动起来，终于融化在气浪中。虽然隔了一段距离，尤先生还是感到了对面的冲力。于是他从窗台上下来，拉上了窗帘。

他来到楼下的大堂里，看见老板正在同一位顾客低声交谈。那个人是下暴雨那一次来过的，说古城墙里面有黄金盔甲的那一个。老板向尤先生招手。

"尤！你不是对这位先生有过一个小小的承诺吗？"

尤先生默默地站在那里，同他俩稍微隔开一点。他转动眼珠，想不起自己的承诺了。他的腿在发抖，他同时就闻到了熟悉的鸟粪的气味。那人身边放着一只布袋，里面有小动物在动弹。

"您能提醒我一下吗？"尤先生问老板。

像听到了口令似的，沙发上的两个人同时站了起来。那人向门外疾走，老板则回他的办公室去了。从玻璃门那里可以看见那人上了出租车，一溜烟开走了。尤先生郁闷地走进老板的办公室。

"他的事业需要一种敏感性，你还是太迟钝了。"老板说。

"是啊。像我这样的人只好留守古董店。那么，他该是武士的后代吧？我觉得他的作风很像。但他自称是盗墓人的儿子。"

"大概盗墓人就是武士吧。身份无关紧要，那种事，什么身份都可以，有天马行空的味道。年轻的时候，连我都尝试过，最后还是败下阵来。你得将脑袋提在手里走夜路，永远同休息无缘，睡觉时上面没有屋顶，逃命时哪怕是粪坑也得往里跳。"

老板说话时，尤先生感到羞愧，他想起了那个野鸡之夜，想起了满身鸟粪的滋味。他问自己：为什么他不能习惯？

"各人有各人的位置。"老板叹了口气，"尤，我们并没有聚集起巨额资产，那个计划一直往后推。我坐在这里，脑子里面出现那些事，就好像身临其境似的。"

老板站起来将双手背到后面，他那胖胖的身体摇晃着，他仿佛在维持一种困难的平衡。尤先生想，他身体里发生了什么事？

他忽然倒在地板上，发出一声闷响。他的嘴角抽搐着。

尤先生蹲下去，将手凑近他的鼻孔。

"不要……"他的声音气若游丝，"我们分头行动……"

尤先生走出办公室，将房门轻轻带关。他看见电工的身影正在上楼。尤先生追了上去。

"老板出事了。"尤先生说。

"咦？"电工皱起他的浓眉，"他是一位好父亲，对吗？"

"你不害怕吗？"

"怕什么呢？一切都程序化了。啊，多么美！尤其是昨天才现出来的那些征兆，那可是二十多年前就设计好了的。"

电工停下脚步拦在楼梯上，一副耍赖的样子。尤先生没法上楼，只好坐在楼梯上。于是电工也坐了下来。

"我们要不要报警？"尤先生轻轻地说。

"当然可以报。"电工的一只手搭上了尤先生的肩，"不过老板不喜欢这种派头。这样吧，你帮我将他抬上车。"

他走到外面，将车子开到门口，他俩将老板那沉重的身体抬上车。抬老板时，尤先生感到自己几乎要窒息了。他怎么像一头牛那么重？

"你把他送到哪里去？"

"送到剧院下面的小广场上去透透气。"电工说。

尤先生回到房里躺下来，他开始思考老板所说的时间表的问题。古董是有它自己的时间表的，他只能从一些蛛丝马迹去捕捉发展的动向。刚才老板的晕倒是一种什么样的动向？他的目光移到窗台上，盯住那只细小的花瓶。在他的视线里，某种奇异的交流发生了。他自言自语道："这就是真正的乡村，阿亮的出生地。"

"尤先生，我回来了。"电工在门口说。

"你没有去小剧院吗？"

"没有。他醒来了。"

"真是风云诡变啊。"

电工走到窗前拿起花瓶，用粗短的手指弹了弹瓶肚，将瓶嘴凑近耳朵去听。他始终紧皱眉头。

"乡下风声很紧。"他说。

"什么风声？"尤先生问。

"我不太清楚细节。你想，阿亮和小兰会是无缘无故地躲到这里来的吗？乡下是很野蛮的。"

"谢谢你。"

"你有点自作多情。"

"我是有这个毛病。你估计老板没问题吗？"

"当然。他已经回房间去了。他似乎和小兰有一腿。"

电工坐上窗台，用手里的花瓶向对面楼里的人打信号。尤先生对直望过去，看见气功师站在玻璃窗前，他身边站着两个娇小的女子。尤先生愣住了，因为那是阿亮和小兰。

"我要杀了他！！"电工凄厉地叫道。

他跑下楼去了。

尤先生看见两个女孩像蛇一样缠在气功师身上。他想要挪开自己的眼睛都不能。他轻轻地喘气，目光散乱。

一会儿工夫三个人就倒下去了，不知道是不是因为电工冲进了屋。

尤先生重新躺下，他的目光仍旧固定在小花瓶上。外面的天渐渐黑下来了，小花瓶成了一个小小的阴影，气功师家的窗户则变得黑洞洞的。他感到自己正在沉入某条暗道里，前方的出口极为狭窄。如果他将自己的身体变得像非洲鲫鱼那么扁，他就可以游过去。很显然，他不是一个可以主动寻死的人，他太犹豫不决了。他有点羡慕电工。夜间在马路上的树林里，电工就已向他演示过了他的信念。阿亮是不是看透了他？

下面马路上有两个小孩边跑边喊："尤先生！尤先生！"

老板又悄无声息地进来了。

"尤，我的心脏缓过来了。"

"我们被打垮了，老板。"

"嗯，我们总是被打垮的，这是命运啊。"

他们像医院的病人一样并排坐在床上。尤先生有一点忐忑不安。

199

"您从哪里来?"尤先生问了这话后就感到毛骨悚然。

"当年的一场赌博中,你父亲将你输给了我。不过这并不能说明任何问题,你说对吗?"

"嗯。往事已没有意义。"

老板并不想久坐,他有点不耐烦,他站起来,心神不定地出去了。

她是半夜回来的。她上了床,全身滚烫。

"阿亮,你病了吗?"

她蜷曲着,发出痛苦的呻吟。

"尤哥,我就要同小兰汇合了,就在城南的旧公馆里面。那些公馆……尤哥,你怎么就没去过那些公馆?那是些虚假的房子,外面看上去还很好,用手轻轻一推——是白蚁的工作。"

"阿亮,我们去医院吧。"

"不,我不去。我快到时辰了,这就是幸福啊。小兰在那一头等我,还有气功师。这件事变得很容易了。世上怎么会有那种房子?你将它推向南边,它呈现一种格局;你将它推向北边,它又呈现另一种格局。白蚁真了不起,就是气功师也比不上它们。我和小兰将各自钻进自己的公馆,永远永远不再醒来……"

"我错怪你了,阿亮。"

"真的吗?尤哥啊,我放心不下你。明天太阳落山的时候我就动身了。天黑之后我才可以进公馆。"

尤先生从她后面轻轻地拥抱着她,像抱着一个幽灵。后来,他的手触到了一个硬东西,是另外一只小花瓶,同窗台上的那只是一对,阿亮将它放在心窝处。"这房里花瓶真多。"尤先生喃喃地说。

"都是我招来的。我走了之后,它们还要同你住一段时间,免得你感到寂寞。我们那地方的灶台上都有这么一只。"

沉默了一会儿,她的呼吸变得均匀了,大概痛苦消失了。

尤先生隐隐约约地听到了汽笛在远处鸣叫,他想起了某个打霜的早晨,乡间小路上的冷风。

六、医生的世界观

刘医生在青年时代有过一段荒唐的放荡生活。可是即使在放荡的日子里，他也并未失去理智。他是一个难以满足的人。所以很快，他就厌倦了那种生活，建立了另外一种生活方式。这种生活表面上是围绕他的医学专业进行的，实际上却有比医学更为深广的前景。现在，他成了一个冷静的自满自足的孤独者。这倒并不是说他已能做到"坐怀不乱"了，从他和小袁的事就可以看出他还不能免俗。但他的特殊的生活的确建立起来了。他的朴素的诊所在巢县是一道小小的风景，这里的人们都到他这里来缓解身体与心灵的痛苦。而在十几年前，他自己多次痛不欲生。
　　他几乎一天到晚穿着白大褂，哪怕去山上挖草药也如此，所以常被树枝绊倒。因为他这种敬业的态度，巢县的居民都对他十分信任和尊敬。他除了同病人的联系之外，同巢县以外的世界还有些神秘的联系。一年里头至少有两次，几个陌生人会来找他。他们来了之后会在诊所附近的旅馆住下，然后同刘医生一道步行去山里。待上两天后他们就离开了。有人问过刘医生，刘医生说这几个是他的同行，来给他送医学资料的。一名多事者跟踪过他们，他说这些人很乏味，只是闷头爬山，也不说话。爬到山顶之后，他们就坐在大石头上发一会儿呆，也许是在观察那只鹰？然后他们就下山了。这个人说，这么无趣的人实在少见！但在居民们的眼里，刘医生的谈吐充满了风趣。

刘医生的医术很普通，他最擅长的治疗就是缓解疼痛，他从不给病人允诺什么。可是因为他的这种医风，巢县的居民反而宁愿来找他也不愿去大医院。"大医院有什么用？我们的病是好不了的，我们只要身体不痛就可以了。"他们都这样说。他们觉得找刘医生看病既便宜又实惠。刘医生虽然是一名西医，对中草药的研究却已经有很长时间了。他一直感到中草药里头有一个尚未开发出来的新世界，这个世界同人体一道生长，相互之间有看不见的联系。他制作的中草药汤剂十分受欢迎。

那么对于刘医生来说，中草药是什么呢？显然不光是药材，而是有更深的含义。他时常在夜里伸出手在空中乱抓，摸到那些毛茸茸的植物。它们似乎生长在一堵墙上，那墙上有很多凹进去的洞。为了体验某种草药的习性，他有时也在山里过夜——睡在草丛里，将耳朵紧贴地面。有时，他听到矮地茶在颤抖，他便兴奋起来，认为这是它在分泌某种消炎的物质。

"刘医生，请给我下重药，我想去掉骨头里面的疼痛。"年老的患者说。

"您要有耐心。吃中药类似于将植物移栽到你的体内。要让它们在您身体里扎根。这也是很疼的。您要使后面这个痛消灭前面那个痛。"

"刘医生,我还没吃药你的谈话就让我轻松多了。"

老人瞪着空中,仿佛看见了正在生长的神奇的药草。他想:"刘医生的药草正在为我生长,我的病就是它的土壤。"他又发现医生的白大褂上面缀满了各种植物的种子,那些种子正在探头探脑。

在刘医生的黑暗世界里,人和植物是交织生长在一起的。那些密密的植物常常造成人的窒息,尤其是它们的根部和它们的种子。遇到这种情况时,人就必须起飞。但人并不能真正飞离,人悬在离地面很近的空中,身上沾满了种子,既得意又痛苦,既想飞得更高又想坠落到地上。

刘医生早就隐隐约约地听到了世界大串联的事。那年早春时分,第一批人来到了巢县,他们一共有三人,都穿着黑色长衫,长衫上沾满了奇花异草的种子。他们只待了一天就离开了。刘医生目送着那三个黑影,心潮起伏。联系就是从那一回建立起来的,人与人的联系和植物之间的联系。他想,这种串联每分每秒发生着,如同风所做的工作一样。当时他站在诊所门口迎接他们,那三个人低着头默默地走进来,外面刮着风,无数小孩在风里头喊叫。刘医生的心里也有很多小孩在喊叫。他们来了又去了,也就是说,他们将刘医生的巢县同世界连接起来了。

"苏州的园林里开始种植中草药了。不过我看不出这一举动的意义。"

"药用植物总是原生的好。大地知道她应该长出些什么。"

"绝大部分稀有品种都是还未来得及被人发现就消失了。"

"不管世界如何发展,串联总是必要的。"

"应该说,在人类之前就有了那些药草,它们是为人类的出现做准备的。"

以上是那三位黑衣人的议论。他们的话让刘医生的内心敞亮起来,他就是从那一天起开始确认远方的那些信息的。那一天在巢山,他和他们一道眺望远方,他们的视野里山连着山,一直延伸到天边。回到家中之后他连夜翻看药书,居然有几种陌生植物出现在他的脑海里,他一下子就通过推算推出了它们的生长习性和地域分布。他将一种细叶草本植物称之为"楂",整夜都在为这种设想出来的植物而兴奋不已。

除了中草药,还有银针也让他充满了兴趣。于老头到他的诊所来时,头上插满了银针,样子很可怕。他昂首阔步,后面跟着两个小伙子。

他们坐在诊所里恳谈到深夜。于老头说,他是通过对银针的研究发现刘医生这个人的。要不然他在大城市,刘医生在偏远小县,相互间怎么会有这种感应?他认为银针探入体内就是探入了宇宙,哪怕隔着千山万水,距离也会在瞬间消失。多年的实践令他越来越深信这一点。他的助手向刘医生展示了一根很长的银针,有一个人那么长。见到那根针,刘医生一下子感动得热泪盈眶,他心里的某个死结被挑开了。

他们于深夜回旅馆休息去了。刘医生怀着兴奋不已的心情上楼去睡觉。他很快就入梦了，但入梦一会儿又醒来了。他听到有人在楼下诊室里叫他。楼道里没有电灯，他摸黑走下去。奇怪，他的脚落地时不是踩在瓷砖地上，而是踩在乱草上头。空气中溢出野草味儿。

"刘医生，你不要乱走，就地坐下吧。"他听到于老头在讲话。"你脱掉左脚的鞋，我来扎你的'涌泉'穴。"

刘医生将鞋脱下，他感到他的脚被粗糙的大手捉住了。一会儿工夫，一股麻人的电流从脚板心直冲脑门，他差点晕过去了。

"我将这根针留在你体内了，你照样可以活动，并不碍事。"

刘医生说不出话来，他觉得自己是坐在山里，草叶刺着他的脸颊，到处都是草。他面前的这个黑影是于老头，他正低着头在忙着什么。

"于老，您能说说您发现我的过程吗？"

刘医生声带的震动引起了他体内一阵阵的麻痛，几乎难以忍受。他支撑不住身体，倒在地上。他听见于老头的声音嗡嗡地传来。

"我是在'足三里'穴位附近找到你的。你在听吗？足三里啊！整整一个省那么宽广的地域啊！"

他一直在说些什么，他的声音渐渐远去。

刘医生一挥手，居然拍亮了一盏日光灯。他站起来，迷惑地看着自己的诊室。左脚仍然有点麻，但已经可以走路了。他举起台灯去照自己的脚板心，看见涌泉穴那里有一点深红色的血痂，用手去摸，并不感到疼。

现在是深夜两点半,大约在两点时,他进入到了于老头的银针王国,这件事有多么不可思议啊。"如果他扎你的左脚,他就在你的右边。"他对自己说出这句莫名其妙的话。刘医生竭力回忆刚刚发生的事,他总算想起了于老头关于足三里穴位所说的话。当时他说小腿上的穴位有一个省份那么宽广,他这话应该是有道理的。刚才银针从涌泉穴进入时,他不是产生了身处北极的瞬间幻觉吗?他感到这个于老头并不是从某个大城市来的,他应该是从"里面"到他这里来的,就像那三个穿黑长衫的人一样。他说起南边的大城市,只不过是为了掩盖他是从"里面"出来的这个事实罢了。"里面"是一个什么样的所在?刘医生不知道。也许同青木香之类的药草有关系吧。

刘医生听到他的药柜里发出"簌簌"的响声,大概有许多虫子在里头爬。草药是刚晒好收起的,满含阳光的清香。可以想见,那些虫子是多么热情啊!它们无孔不入,寄生于这些植物。刘医生想起当归里面的那些小肉虫,它们那种坦然的面貌——一种来自"里面"的表情。每次看到当归虫,他就仿佛听到它们那知情者的低语:"我就是当归,当归就是我。"

他上楼去时,楼梯间的那盏小灯突然亮了。一些飞虫环绕灯光绕出美丽的图案。刘医生腿一软,坐在楼梯上了。

"老刘,老刘!我快痛死了啊!"

门外那人将门擂得山响。

刘医生打开门,看到了清洁工。清洁工缩成一团倒在地上。

刘医生将中草药喂给他喝了,看着他渐渐地缓过来。他觉得这位清洁工的表情也是知情者的表情。他将他扶上了躺椅。

"我要去旧城墙里面走一走，不然死不瞑目。"他说。

"您说得很有道理。"

他的双手在抽搐，刘医生抓住他的一只手，紧紧地握着。他感到自己正在同清洁工融为一体，就像当归虫对当归的感觉一样。

"您暂时还不会死。"他对清洁工说。

"是吗？我可是活厌了啊。"

"您的女婿会到您家里来给您过生日。"

刘医生不动声色地看着他。他那只僵硬的手正在变软，生命的颜色回到他的双颊。可是剧痛又一次向他袭来。

"会有缓解的。"刘医生说。

又过了一会儿，刘医生放下了他的手。清洁工站起来了。

"您总是那么正确无误，我敬佩您，老刘。"

清洁工慢慢地走出了诊室，他的背影消失在清晨的薄雾中。

刘医生长长地吐出一口气。二十年前，他同清洁工一道在小酒馆里喝酒，清洁工为他表演了吞吃铁钉的绝技。当时清洁工对他说："我的胃里面有一座铁矿。"从那以来，刘医生一直在研究他那特异的体质。他为清洁工身体衰退的速度感到吃惊。这个从矿物中获取营养的特异的身体突然就遇到了某种阻隔，眼看着一天天萎缩下去了。想到这里，刘医生又记起了他腿里面的银针，他的脚板心在微微发热，给他一种舒服通畅的感觉。也许，这就类似于铁矿对于清洁工的身体的维护吧。刘医生心情愉快地打扫着诊室的卫生，将消毒蒸锅放到煤气炉子上。虽然夜里没怎么睡，但他精神焕发，他总是这样。

女人在刘医生的生活中曾占着很重要的位置，可是近几年来，这种位置发生了改变。这倒不是说刘医生已经失去了爱恋女人的能力，而是因为他在两性方面的爱好已经大大地冷静下来，变得有点听天由命了。在两性关系中，现在他总是从一开始就能看到结局，这对于恋爱中的男人是非常不利的。某种冷漠像毒蛇一样潜入到他里面，他感到自己生活得太清晰了。他想，像他这种一睁眼就看见一个立体世界，将正面与反面都尽收眼底的男人，无论哪位女性同他相遇恐怕都不会有什么好结果。其实他也并未打算一辈子独身，可是他对自己的秉性太了解了，所以思来想去的，至今也没有成家。

有一位漂亮的女病人，刘医生用草药治好了她的风湿痛，于是她深深地爱上了他。她的名字很美，叫丹娘，她长着一双长长的凤眼。

"我们要生儿育女，过正常人的生活。"丹娘在诊室的楼上对他说，"你可以把一部分时间献给家庭。"

刘医生觉得她说得对，但不知为什么，他的脊梁骨在一阵阵发冷。他会是一位什么样的丈夫？一位什么样的父亲？他在丹娘面前没有把握，这位热情的美女太逼人了。刘医生在深夜设想了无数的家庭生活的场景，试探性地将自己嵌进那种风景里面去，但每一次，他都被可耻地排斥出来了。他的结论是，丹娘会将他的生活搅得一团糟。

丹娘住在邻近的一个城市，她总是一大早坐火车到他这里来，第二天下午再坐火车回到她的城市。那天上午，当她来到诊所时，她看到了紧闭的大门，还有大门上贴出的休诊启事。刘医生在启事上写着他要外出一星期。丹娘手中的行李掉在地上，她如五雷轰顶。他俩早上才通过电话啊。

"姑娘，你要去赶火车吗？"白胡子老头扯了扯她的衣袖问道。

"是啊，我要去赶火车。还有最后一班。"

她不甘心，那天深夜，她拨通了刘医生的手机。

刘医生的声音又细又弱，他仿佛站在野外的风中，电话不时中断。

"丹娘，我在乡下。这里很黑，下雨了……今天不会有渡船了，我要蹚过小河去……我知道你没有等我，这很好。你问我对自己的看法？我是个懦夫，真对不起啊。"

丹娘在黑暗中挂了电话，她心里明白了这就是永别。通道已经堵塞了，从今以后她将从另外的方向去接近她的情人，而这种接近等于是永久的隔离。起先她不停地检讨自己：到底是什么地方出了错？后来她就慢慢地明白了，她这一辈子，注定了要走上刘医生的那条道路，她同刘医生的恋爱就是她出发的起点。刘医生不会再见她了，可他将她带上了这样一条不归路，整个地改变了她的生活。就她的感觉来说，她倒认为这于她是相宜的。她想起了小的时候她用霸王草占卜时的情景，那时她对自己抱着多么大的期待啊！那么现在，为什么不能仍然像那样期待自己呢？

刘医生没有去乡下，他就在诊所楼上的房间里。当时他远远地看着丹娘离开的背影，感觉到自己的心正在慢慢地变成远古的化石。他想，他用草药治好这个女人的病，却原来是要将她卷入到他的世界中来。他不知道这对她是好还是坏，反正事情就这样发生了。他脑子里又一次出现了山洞里的青木香，那寂寞美丽的小草，它们是如何进化成今天这种形态的？它们那神奇的药效，究竟同环境中的什么因素相关？夜里他接到丹娘的电话时真的产生了幻觉，就好像他正在野地里蹚过那条小河一样。那种绝望就如同深渊一样。然而因为身处深渊，他反倒镇定下来了，他性格中的某种东西开始发挥作用。

在楼上躺了四天（不是一星期）之后，他恢复了看门诊，他又成了那个幽默风趣、能够给病人解除痛苦的人。他还到几个老病人家里去出诊，给他们带去安慰，他自己的心里也感到了大大的充实。

"您同我们这些人，就等于是一个秘密团体里的成员。"

这是那个患肿瘤的老头对他说的话，他边说边用力捏刘医生的手。

"还要加上巢山的那些草药。"刘医生说。

"您说得太对了。我们是一个团体。我在半夜痛醒时，就看见同胞们在药用植物里隐藏着。他们人数很多，这里一个，那里一个，散布在天涯海角。老刘啊，认识了您，我死而无憾。我是从您这里学会正确地看待我的病的，这五年来，我过得非常充实，谢谢您。"

有一只鸟从暗处飞出来，停在刘医生的肩头。它的羽毛是黄白两色，棕色的喙，眼睛有点像丹娘。

"老刘啊，这只鸟是从山里飞出来的，它将我这里当作它的家了。它来来去去的十分自如，您瞧多么奇怪。"

"我不觉得奇怪。您同它交谈过吗?"

"我总在同它交谈。在夜间那些孤立无助的时刻,它给我带来无限的安慰。它是有家庭的,我从它的眼睛里看出来了。"

"您已经成了它的亲属。"

说话间鸟儿飞走了,空中留下它的身体的味儿,很好闻。

"老刘啊,我什么都有了。我虽然躺在这里不能远行,但我什么都看得见。很久没下雨,我担心那些地锦草,昨夜雨来了,它们变得那么欢快!"

患肿瘤的老头眼里闪着泪光,刘医生看见他脸上有山的影子掠过。

刘医生出门时心情变得异常轻松。他不是又同丹娘见过面了吗?他不再认为他的生活是有缺陷的了。很少有人能像他这样总有新的惊奇来充实他的生活,这位患病的老爹也算一个吧。

丹娘无处不在。没过几天,他又从一名小女孩脸上看到了那双美目。

她患的是蛔虫病,他为她驱了虫。她母亲带她来复诊。

"医生叔叔,"她突然开口,"不要杀死它们,留下一些,让它们在我肚子里吧。它们并没有弄痛我。"

"啊,她多么美!您生了一个多么漂亮的女儿!"刘医生对母亲说。

小女孩离开时唱着一首奇怪的儿歌,好像是歌唱一条蜥蜴的快乐生活。她反复地唱道:"蜥蜴的眼睛,蜥蜴的眼睛……"她的表情仿佛是在同蜥蜴的眼睛对视,她那么严肃。刘医生不禁想道,蜥蜴的眼睛的确是自然界里最美的眼睛,比丹娘的眼睛还要美。

看着小女孩蹦蹦跳跳地离去，刘医生更加感到自己的生活成了一部传奇。一切都是多么称心，多么好！这些病人，他们懂得他，他们与他共谋一桩事业。人在世上还会有比这更大的幸福吗？想到这里，他更加感到丹娘是老天给他送来的快乐。即使那是痛苦，那也是快乐。

黄昏时，刘医生站在诊所门口的街上，他想感受一下这个小县城的脉搏。他觉得东南风里头夹杂着很多信息，这些信息虽然杂乱，却似乎正在游移，要构成某个形状。这时一辆三轮车开到他的门口来了。

"老刘，您在等我吗？"清洁工取下草帽同他打招呼。

"那鸟儿来了吗？"

"当然来了，一共有五只，都在屋檐下那个巢里。我的腿好多了。关于旧城墙，我已经找到地图了。"

"祝您好运。"

刘医生回到诊所，关上大门，他的思维变得格外活跃。上午他收到了朋友从大城市给他寄来的名叫《医学动向》的杂志，那上面有些消息令他暗暗地激动着。当然那也并不是什么实实在在的事，只是某种预测，某种深层的观察和分析罢了。刘医生将杂志举到电灯下看了几行，闭上眼，他脑海里便出现了那张看不懂的地图。刘医生虽然不懂，还是用他的思维搜索着某个地点，并深深地陶醉在这种游戏中。有一刻，他甚至听到了狮子的叫声。"啊……啊！"他轻轻地发出惊叹声，脸上出现诡秘的微笑。

冬季来临时刘医生去了中部的一个县。他并不是去联系业务，只不过是要满足一下好奇心罢了。民间医学会在那个县办了一份气功杂志，刘医生为那份杂志投过一次稿。杂志很有名，背后似乎有一个财团支持它，编辑部门也很庞大。

刘医生的火车于中午到达。他找了个小旅馆住下，吃了中饭，然后就去杂志社了。他有种预感，就是他会在这里遇见某个老朋友——他的拜访者中的一个。

杂志社位于一条偏僻的小巷里头。油漆剥落的木门上有一块很小的牌子，上面写着：气功探秘杂志社。木门紧闭，刘医生观察了好一会，里头毫无动静。他用力敲门，最后尽全身力气推门，里面还是毫无动静。刘医生记得清清楚楚，今天是杂志社的工作日。他很沮丧，只好先回旅馆。

"胡瓜！胡瓜！"有人在他身后高声叫喊。

刘医生转身一看，是一位小个子男人在向另一个人招手，那人正从小巷的尽头走过来。被称为"胡瓜"的半老头衣衫褴褛，脸上黑黑的。

"您是找胡瓜的吧？他来了，他是杂志社社长。"小个子说。

直到这时刘医生才记起，社长的确是姓胡。

社长朝刘医生点点头，掏出钥匙将木门打开了。他做了个手势让刘医生跟他进去。他们穿过一个小小庭院，庭院里花草茂盛，但缺少修剪，一派野趣，尽管快冬天了还是绿得可爱。

编辑部是一栋两层楼的老式青砖房，有不少房间，楼下的每个房间的门都敞开着。刘医生在那些房间里头没有看到一个人。

社长室在走廊的尽头，同样敞开着房门。他俩一块走进宽大的房间。

"您请坐。"胡社长说。

刘医生在那把不太舒适的椅子上坐下了。

房间中央是一个巨大的写字台，上面胡乱地堆着报纸、杂志、信件和稿件。桌子的正中央，靠近台灯的地方，一只小猴子很严肃地坐在那里。小猴子直愣愣地看着刘医生，看得刘医生很不自在。

"不要理它，它被我宠坏了。"胡社长笑着说，"您的文章很不错，充满了理论上的进取心。"

"谢谢。您亲自读我的文章，我感到无比的荣幸。"

"哈哈！我不亲自读的话，谁来读？"

"对不起，我没想到，我以为您会交给您手下的编辑去读。"

"我手下没有编辑。"胡社长不动声色地说。

"我不明白。这里面有没有什么误会？"

"我的确没有编辑，这是我一个人的杂志。"

"我真该死！我没有冒犯您吧，社长？"

"您没有冒犯我。您能来拜访杂志社我非常高兴。我知道您不相信我一个能办杂志，但这是事实。我有一个兼职的美术设计师，仅此而已。其他的事，像校对呀，排版呀，送印刷厂呀，全部是我自己做。我看您的表情有点失望，您大概以为这里有一大群人。可是没有，上天就是这样安排的。您是团体内的人，应该知道，孤独是我们的命运。"

"真难以想象。"刘医生钦佩地站起来同社长握手。

那猴子跳起来，将刘医生的白大褂撕开了一道口子。

"啊，它妒忌了，快松手！"

刘医生坐了下来，心潮起伏。

"我倒并不觉得孤独，全世界到处都有我们的人，甚至海外也有不少。我不把自己看作是一个人，既然我有一份杂志，我就是一群人，再加上全世界各地的读者，我就成了很大一群人，哈哈！"

他在桌上那一堆信件里面胡乱翻了一阵，抽出一只很大的信封。

"哈，在这里！这是广西的一个团体。他们定期讨论我的杂志，不断地提出改进的建议和方案。那些意见都很切中要害……我非常激动。在我的想象中，那是一个人数众多的团体。可是有一天，他们像您一样来同我见面了。我这才吃惊地发现，广西的读者只有一个人。他是一名领社会救济金的孤老，他省下口粮钱来订了这份他称之为'精神食粮'的杂志。老刘，现在您明白了吧，我们的事业同人数无关。对，心灵的问题都同人数无关。我同广西的读者聊了整整一通夜，那一夜，地球在我们之间转动，大西洋的风吹到了我们脸上。"

当胡社长放下那封信时，小猴子就一把抓了过去，将信扯得稀烂，将碎片用它的腿扫到了桌子下面。

"您瞧！"社长笑了起来，"这家伙总是这么妒忌。广西的读者真会写信，天马行空，逻辑严密。可惜您没能读一读！"

胡社长建议刘医生和他一道去屋后他的井边坐坐，因为他感到编辑部的空气太沉闷了。刘医生注意到当他们走出去时，那猴子却留在写字台上。

"我想，胡社长在此地一定有不少知音吧？"刘医生忍不住发问。

"对，我有很多知音。"社长爽快地承认，"光是县城和周边的杂志订户就有两千。当然他们并不像广西的读者一样同我讨论杂志问题。他们之所以支持我，是因为对我这个人有好感。我在办杂志之前是个出色的修鞋匠，很多人找我修理过鞋子。他们记得我从前的职业，对我很敬佩，他们乐意看看一个普通人是如何舞文弄墨的。对，他们正是这样说的：舞文弄墨。这个县的人好奇心很大的，哈哈！"

说话间他俩来到了井边。那是一口极深的井，刘医生看了一眼就感到头晕，连忙缩回来。他甚至觉得有邪气从井底升起来。

他俩一边一个坐在长方形的井台上。胡社长说此处的空气好多了，他常年患头痛，所以对空气很敏感。他问刘医生有没有注意到他在县城里发的广告。他说着就从他那鼓鼓囊囊的上衣兜里掏出一张香烟盒一般大的小广告交给刘医生，说是送给他。那张彩色的小纸片上面画着一个黑色的箭头，除此外再没有别的东西。胡社长说这是美术设计师制作的。

"我每天都要张贴广告。因为我也担心杂志被人们忘记。从县城到乡下，我到处张贴。有一回，我出差到蒙古的草原，居然在那边的电线杆上看见了一张这同样的广告。我凑近去看，没错，是我的广告，大概是朋友张贴的。这就叫'海内存知己'啊。二十多年了，我的杂志保持着稳定的订数，我很自豪。"

"冒昧地问一句，订数是多少？我想一定很多吧？"

"啊，不算少。一共有两千零二十五份呢。就是说，我们县里是两千，全世界共有二十五份——包括您那一份。"

刘医生注意到胡社长说起这两个数字的时候满脸笑容。他的确非常满足。他还告诉刘医生他有两位蒙古国的读者，两位华侨。刘医生肃然起敬，等待他讲述这两位读者的故事。可是编辑部里面突然出问题了。刘医生听见一扇窗户的玻璃被打破了，碎落下来。那屋子里头发出很大的骚响。

胡社长跳起来往屋子里跑，刘医生跟在后面。到了门口，社长猛一转身，对刘医生做了一个坚决的手势，说：

"您，马上回旅馆！千万不要在附近逗留！您可以明天再来，可今天很抱歉，我不能招待您了。"

他走进编辑部，将大门从里面闩死了。一会儿工夫胡社长就在里面发出惨叫，一共叫了三声，撕心裂肺的那种。然后一切都沉寂了。

刘医生惆怅地离开了编辑部。

刘医生刚出杂志社的门不久，那个小个子男人就从后面追上来了。

他有一张饱经沧桑的黑脸，两只狡猾的小眼睛不停地眨着。刘医生注意到他的两只手特别大，像是做苦力活的人。他喘着气说道：

"胡瓜对您说了什么吗？这老狐狸，我想去做他的助手，捞个编务工作干干，他从不正面回答我！这家伙自私自利，把世上的好处占尽了！"

刘医生斜着眼望着他，问道：

"那么,您恨他吗?"

"恨?"他愣了一下,"不不,您误会了,医生!谁会恨胡瓜?他是我们县城的骄傲!比如您,就老远赶来了,要不谁会到这里来?我们这里每年都有两三拨人来找胡瓜!要知道,先前他是我的邻居,是我父亲教会了他修鞋的手艺,他不该忘恩负义嘛。"

他的小眼眨得更厉害了,就仿佛遇到了复杂的、想不清的问题似的。

"您明天还去胡瓜那里吗?您向他提一提我的问题吧,医生!我请求您了!我死去的父亲也一块请求您!"他恳切地说道。

"您很喜欢他的杂志吗?"

"嗨,您说到哪里去了!我不太懂得那种深奥理论,可那是精神寄托啊!我们老百姓做事吃饭,我们是需要一点精神寄托的。您说您到底愿不愿意帮这个忙?您想想看,我这样的人该有多么可靠——完完全全理解胡瓜的事业。从前他跟我父亲学艺的时候,我和他情同兄弟。"

刘医生的心里泛起热潮,他这些朴素的话让他感到自己又回到了青年时代。可是旅馆已经到了,他停下来,握住小个子的手,说道:

"不,我帮不了您。但是您给了我美好的印象,我真高兴。"

"哈,和您谈话我也很高兴!再见!"

刘医生在他所入住的小旅馆里吃过晚饭,然后走出旅馆,怀着隐隐的焦虑,沿着人行道散步。这个县城看上去同国内的一些他去过的县城没什么两样,既没有古风,也不新潮。那些建筑物很杂乱,所用的材料也很廉价。商店啦,私人住宅啦,娱乐厅啦，社会机构啦全混在一块，完全没有什么秩序。马路上的车不少，行人或闲人也多。刘医生看来看去的，没有看到任何令他感兴趣的景致。他思考着胡社长与他的杂志同这个县城会有什么联系，他感到这二者之间似乎是没有任何联系。但很可能他看到的只是表面的假象，正是这种平凡俗气，这种波澜不惊，底下隐藏了令人激动的意想不到的联系？

有一个小孩在人行道上滚铁环，他朝着刘医生直冲过来，刘医生连忙闪开。这时第二个小孩又带着铁环滚过来了。刘医生只好逃到一栋建筑的门口去站着。可是建筑里的一扇窗打开了，有人伸出头来大声问："您找谁？"

刘医生一下子明白过来，看来这个县城不欢迎陌生的闲人。

"我是过路的，我要去气功探秘杂志社！"他大声回答。

"那里晚上是不接待人的。"那人忠告他，然后关上了窗户。

刘医生左右环顾，看准了人行道上暂时没人就快步往旅馆走。他就像逃难一样匆匆赶回了小旅馆。

"有人在您的房间里等您呢。"老板笑眯眯地说。

"谁？"

"您的朋友，我们也认识他，所以才让他进去。"

刘医生在房间里看到了小个子男人。

"我是来告诉您的，胡瓜受了重伤，他不能接待您了。他让我代他向您表示歉意。他建议您还是早点回去。"

"啊，我很难过！他真的受了重伤？伤在什么地方？"

"伤在左眼，可能要摘除眼球。"

"我的天！我想去医院看看他。"

"千万别去打扰他,这是他嘱咐我告诉您的。您不要担心,他很乐观,我看他还有点高兴呢。他对我说,身体的创伤使得他心里的难题迎刃而解了。我们大家心里都有难题,知道那是怎么回事,您说是吗?"

"嗯。"

"医生,您对我们县城有什么印象?"

"我感到这里弥漫着一种自由的氛围。"刘医生冲口而出。

"正是如此!"他拍了一下手,激动起来,"您刚才说什么?对了,自由!我们县城是很自由的。您想想看,我们这样一个不起眼的县城,却有一家杂志社——全国闻名的杂志社,这不是一件很稀罕的事吗?这和我的老父亲有关系,他当年没看错人。我父亲是那种很精明的人,我同他没法比。"

他站起来向刘医生道别。他突然发现了刘医生白大褂上面被撕裂的口子。

"啊,这是猴王干的好事吧?我明白了,您真幸运!"

"它在胡社长的编辑部有多久了?"

"它一直在那里的,有杂志社就有它,它从不离开,它是胡瓜的命根子。胡瓜能成为堂堂的男子汉,就是因为有猴王在啊。胡瓜有次对我说,他只要喝一点酒,就会分不清自己到底是猴王还是胡社长了。"

"那么,它袭击过您吗?"

"没有,它对我不感兴趣,我这种人不上档次。"

刘医生感到自己此刻已经接近那个巨大的气功奥秘了,但很快又被推开了。他的脑海里变得一片朦胧。

"我忘了告诉您,我姓朱。我走了,再见。"

他走了,他在身后留下了谜团。

洗完澡来睡觉了,刘医生这才注意到他的房间很特别。这房间很大,但只有一个窗户,开得很高,又小。熄了灯之后,房间里就一片漆黑了。这里的夜特别静,是真正的虚无。起先刘医生以为只要睡着了就一切都感觉不到了,可他估计错了。他虽疲倦已极,但怎么也睡不着,虚无变成了有形的深渊。现在他只要在床上动一下就胆战心惊,觉得自己正在滑落下去。"啊!!"他终于叫了出来。

满屋子的灯都自动亮起来了,但还是静得可怕。

刘医生走过去打开通向走廊的门,外面什么也看不见,但他感到有个东西从他腿边窜进来了。那是猴王,猴王的眼神很惊恐。它跳上床,往被子里钻。刘医生心里泛起怜悯的浪潮,他预感到出大事了。他想了一想,决定一不做二不休,上床睡觉。

他钻进被窝时,瑟瑟发抖的猴王立刻偎到他的怀里来了。黑暗中,它发出一种奇怪的哭声,于是刘医生也变得热泪盈眶。奇怪的是刘医生在激情中很快有了睡意,并且在入睡之际感到了幸福。

他醒来时天已大亮,猴王已不在床上。他又将房里每个角落和卫生间都检查了一遍,还是没有见到它。他站在那里,隐隐地感到沮丧。他很想再去杂志社看一看,但是因为胡社长的警告,只好打消了这个念头。他转过身来,又看见姓朱的小个子站在他面前,他的神态不卑不亢。

"我担心您要找我,所以一早就赶来了。"他说。

"我还真要找您。您告诉我,猴王是怎么回事?"

"猴王?哈,它已经同胡瓜和好了。他和那猴子总那样,打打吵吵,是一对冤家。说老实话,是胡瓜要我来的。他要我看着您上火车,他不愿意您在这里停留,他就是这样说的。"

"他的眼睛怎么样?"

"在发炎,要摘除。"

"我这就去车站,您打算同我一块去吗?"

"当然。这是我的任务。"

刘医生在车厢里坐下之后,姓朱的小个子紧紧地握着他的手。

"医生,我向您保证,您给胡瓜,也给我留下了亲切的回忆。在我们今后的生活里,工作中,我们会经常想到您,谈起您……啊,这多么好!比如说,我会对胡瓜说:'就在那位白大褂被猴王撕开了的医生来的那一年——'于是胡瓜,这独眼英雄,马上心领神会。"

他将声音提得很高,周围的旅客都在竖着耳朵听,刘医生感动不已。

"再见了,朱先生!如果有需要我可以从那边给胡社长寄草药过来。"

"您千万别,这不好。胡瓜会生气的,您完全不了解他,只有我了解他,我知道他要独自承担。这是他的秘密财产。"

他下去了。刘医生目送他那小小的身影消失在月台那边时,突然觉得自己在什么地方见过这个人。啊,想起来了,那一年在巢山上,发了疯一般在悬崖裂口上跨过来跨过去,弹跳能力惊人的那个人不正是他吗?他多么会伪装啊!那么这就是说,在多年以前他同杂志社已经有了间接交往，只是那时他自己还不知道而已。他在心里念叨："胡社长，胡社长，您刮起的风今夜将从哪边吹来？"上铺的那一位伸出头来，诚恳地对他说：

"您是从革命圣地回来的吗，医生？"

"是啊。您怎么知道的？"

"听到您和那一位的谈话我就知道了。那种地方如今变得很寂寞了，可是它多么美，境界多么高。我也是从那里来，我每隔两年就要去一次。我不进去，就隔得远远地张望。这就让我满足了。其实我和您住在同一家旅馆，您没注意到。这里的黄昏赛过仙境。"

火车开动了。刘医生凝视着窗外那些高高低低的、散乱的房屋，脑子里完全停止了思维。一会儿，县城就消失在雾霭之中。

他是在清晨回到家中的。离得远远的，他看见患肿瘤的林老头在他的诊所门口张望。老头显得气色很好，两眼放光。难道是回光返照？他开了门，两人一块走进诊所。刘医生放下行李就开始打扫。

"老刘啊，昨天它真的带来了它的家属——一儿一女。我们整整交流了一夜。我太快活了，我一快活，那地方就疼起来。我想，我的时辰快到了。可是我放心不下啊。万一我死了，别人将我的窗户关死了，它同它的儿女不就进不来了吗？我想来想去，这件事只能麻烦您，其他人都靠不住。您能答应我吗？我没有儿女，我死了后这间房就留给它和它的儿女。您看这事可行吗，老刘？"

刘医生想了一想，郑重地回答说：

"我看这事是可行的。"

"太好了！您通过这趟旅行更加精神焕发了。我猜您同他见过面了。"

"谁？"刘医生吃了一惊，"您说的是谁？"

"我说的是'他'，您当然是去他那里。我年轻时也去过。他就是梦中的理想啊。现在我对您更加有信心了。"

他拿了一些止痛的药就离开了。刘医生一边消毒一边回想老头所说的奇迹，再将他说的奇迹同他自己昨天的奇遇一联想，那幅隐隐约约的画面又出现在他脑海里，画面里头有一些跋涉者，被大树遮挡着。

第二天，到了下班的时候，刘医生惦记着患肿瘤病的林老头，于是背起药箱往他所住的小街走去。越临近他的住处，刘医生的心里越紧张，也不知为什么。

啊，那栋两层的木楼已经不存在了，那里空空荡荡的，什么也没有留下。刘医生腿一软，坐到了地上，心中十分悲痛。怎么会发生这样的事？难道有一个阴谋？一辆汽车鸣着喇叭在旁边停下了，出租车司机老古走了出来。

"刘医生啊，"他说，"您怎么坐在地上呢？您大可不必这么悲伤，其实啊，林老头是死在山里了，我给他送的终。他临死前打定主意叫我请人帮他拆房子，我是他的远房亲戚，推不托，就执行了他的命令。当然他是老糊涂了，他说他不要让自己在这个世上留一点痕迹，他的心里是有怨毒的。但他这一着倒使我们这些人将他牢牢记在心里了。他无声无息地死在山里，当时有些鸟在远远的地方叫，都不拢来。我看他考虑得挺周到的嘛。我一下就将他拉到了火葬场,然后他就被装进了那个小坛子。这个空缺就是他的家,这里马上又要盖新房了,房管所的人来看过了。大家都称赞他。刘医生,您上车吧,我将您送回去。"

刘医生坐在后座上,听老古唠叨,他是个多话的人。

"我看他这一生一点都不亏,死也死得有意义。当时我问他为什么要去山里,他回答说他老觉得自己是一只鸟,必须死在山里。所以他一到山里就特别安静了。夜里有雾水,打湿了他的头发和脸,他说:'飞啊,飞啊……'"

诊所门口站了不少人,都在谈论林老头,一律流露出羡慕的口气。刘医生从车里一出来,他们就围上来。

"您给了他什么样的草药啊?我也想有尊严地死。"

"您可要一视同仁啊,刘医生!"

"您是最让我们放心的医生……"

刘医生被他们拥戴着进了诊所。

七、韦伯在监狱

韦伯要服刑三个月。宣判后,妻子小袁来看过他一次。

韦伯看见在隔离窗的那一边,小袁显得容光焕发,比平时年轻了好多。看来,她正沉浸在一段美好的感情之中,韦伯为她感到高兴。

"韦伯啊,三个月一眨眼工夫就过去了。"小袁说。

她冲韦伯挤了挤眼,因为旁边有看守。

韦伯点了点头。他明白小袁的意思,他和她之间一贯是相互鼓励的。

小袁不喜欢伤感,她认为既然韦伯选择了进监狱,就是选择了他所心仪的生活。

韦伯的工作是挑沙子。每天吃过早饭,他就和其他囚犯一块去河边,他们要将运沙船运来的沙子挑到卡车上去。开始那几天，韦伯感到像进了地狱一样，因为他很久没搞过这种体力劳动了，而且他已年近五十。

第三天，当他咬牙熬过白天的酷刑般的苦役，夜里躺到囚室的铺上去的时候，突然有一股幸福的暖流在他的心里翻腾起来。他将被子蒙住头，聚精会神地倾听自己的心跳。他想象他的相好翠兰的情形。在外面的某个遥远的地方，翠兰那孔雀一般的倩影正在大树间徘徊，她不时停下来将她那俊俏的脸贴到树干上面。韦伯猜不透她这个举动的含义，因为他从未见过她有这样的举动。

睡意向韦伯袭来，可是肩上火辣辣的疼痛又使得他睡不着。韦伯心里感谢这疼痛，因为它使他的思维活跃，又产生了更多美好的联想。

他同翠兰的相遇当然不纯粹是偶然的。躺在囚室里，韦伯才清晰地意识到了：这个女人是他命里的福星。他在心里对自己说："韦伯，你这家伙可真走运啊。"自从他去过翠兰的老家之后，他心里老觉得那个荒凉的乡村同他自己的老家有某种联系。当然，这两个地方相隔很远，那些景物也完全不一样，但这两个地方都给他一种"老家"的感觉。他心目中的老家就是这两个地方的样子。他去拜访翠兰的老家只是因为尤先生的一句话。当时尤先生对他说："翠兰女士的背景可不一般，要知道她的家族是居住在樟树乡啊！"他听了很不解，就反问道："樟树乡又怎么啦？"尤先生心事重重地回答说："一言难尽，一言难尽啊！"

于是他就去了樟树乡。

他对樟树乡的感觉同尤先生的感觉一样，也是"一言难尽"。

他就是在樟树乡改变对翠兰的态度的。这种改变也很奇怪，他不知道为什么要改变。当然，彻底的改变是他选择进监狱这件事。也就是说，进监狱是因为他改变了对翠兰的态度。

韦伯就在美好的幸福感里头思来想去的，一直到夜很深了才舒舒服服地睡着了。一连六天他都没注意到同室的另外三个囚犯是什么人。仿佛因为身体的受苦，他的情绪反而出奇地高昂，从第三天起，每天到了夜里，同翠兰的那些往事就历历在目，像放电影一样。虽然不再肌肤相亲，这种想象中的漫游却给韦伯带来了某种与从前完全不同的精神满足。因为这，现在他每天都在盼望夜里躺到铺上入睡前的那两三个小时的到来。他想，选择进监狱真是选对了。

这是第七天夜里，他听完训话，洗完澡正准备躺下。身后有人对他说话，是睡在门口的那个斜眼。

"韦伯，你这个花柳病人，该砍头的黑帮，你竟敢不将你的同道放在眼里！我注意你好几天了，你让我失望。"

"啊，对不起，我没想到。你还知道我的小名，这我没料到。你是因为什么进来的？有多久了？"韦伯谦卑地笑着说。

"你真不害臊，问这种虚伪的问题，你还不如用这个问题来问你自己呢！你是因为什么进来的，我就是因为那同样的什么进来的。监狱是教育人的好地方，我知道这一点太晚了，要不我现在也不是这副模样了。以后你叫我老章吧。"

韦伯心里想，真糟糕，夜里的快乐要被这家伙冲掉了。

"韦伯，我想同你谈谈你的案子，你不反对吧？"

"谢谢你对我的关心，但我不想谈，我有失眠的毛病，夜间不能谈话。"

"是真的吗?"老章凑上前来看着他,眼神很怪。

他碰了碰韦伯,韦伯看见了他手中那把锋利的小刀。

"不,老章。我的意思是说我不愿说谎。监狱里的风气不好。"

"谁说监狱里的风气不好??"他的声音变得很凶恶。

"我不是那个意思,我是说囚室里窗户小,空气龌龊。"

"你这该死的说谎者!"老章笑起来,将小刀收好放进口袋里。

他拍拍韦伯的肩,示意他坐在铺上,然后宣布说:

"你既然进来了,根据囚室的规矩,你就得敞开心扉。你必须把你的案子向我们大家公开。"

韦伯这才注意到另外那两个人已经伸长脖子观看他好一会了。韦伯有点尴尬,同时又感到一种新鲜的刺激。

"我是因为对我的相好牛翠兰产生了爱情才进监狱来的。我发现我要同她拉开距离才能好好地爱她,不然就老是纠缠一些乌七八糟的问题。于是有一天,我故意犯了一点罪,这就进来了。"

"好!"三个人齐声称赞韦伯。

"我说完了。那么老章,你是犯的什么罪?"

"我没有犯罪,是我的生活逼迫我拿着一把手枪冲到牢里来了。我没开枪。我思想阴暗,我老婆和我在一起没法活,那时我想,只能去监狱了。还好,他们缴了我的枪,收下了我。从那以来我就明白了,人要干什么总是干得成的。"

老章说这些话时,目光就变得非常和蔼,甚至透出几丝迷离。他完全变了个人,有点像书生了。他接着说道:

"我的确思想阴暗。以前我不把我老婆当回事,可是后来,我发现她找了个情人。我每次看见她同那人在一起，就会起杀心。当我起杀心时，我怕得要命，全身都在抖。我就想，与其去杀别人，还不如杀自己。我拿着刀比比画画的，每次都弄得自己晕了过去。我明白过来，我杀不了自己。看来我只有进监狱这条路了。于是发生了冲击监狱的事件。那些人客气地将我请进来了。我老婆到时就来探视。我问自己还爱不爱她，答案是不爱。但是她爱我，她要等我。我听到她说她爱我，就对她产生了深深的同情，先前我很少同情别人。我可不能让她等到我，我是个魔鬼，会杀人的，越怕越想杀。所以我决定一直待在这里了。每当刑期快满，我又犯一点法，又获得加刑。我已经待了九年了，还要待下去，这都是我老婆对我的良好影响啊。"老章拖长声音说出那个"啊"字。

"所以韦伯，我听了你的案子后很欣赏你，你没想过要杀你的相好吗？"

他们三个人都围拢来，盯着韦伯的眼睛，很紧张的样子。

"没有。我不敢杀人，也不敢杀自己。我见血就晕倒。"

"原来是这样。"三个人异口同声地说，相视一笑。

"我是老路，走路的路。"平头男子说，"韦伯，你对老章的案子有什么看法吗？"

"暂时还没有。我觉得他是个性情激烈的人，我佩服他的智慧。持枪冲击监狱，这不是每个人都做得到的。像我这样的比较窝囊，所以只能得到三个月刑期。至于他的案子，也许就同我的案子一样，只有当事人清楚里头的奥妙。"

"好啊，韦伯！！"三个人欢呼着拍起手来。

他们惊动了看守，看守阴沉着一副脸走进来，将韦伯铐上手铐，示意他走出囚室，还在他屁股上踢了一脚。韦伯听到他们在背后窃笑。

看守将韦伯带到楼梯那里，将他的双手铐在楼梯的铁扶手上面。

看守骂骂咧咧地走了。韦伯的身体处在一个很难受的位置上，他没法思恋他的相好翠兰了。一会儿他的手就麻木了，身上的骨头疼得像被虫子咬啮着，比刚开始挑沙子的那两天还要苦。大约两个小时在苦熬中过去了，他很想晕过去，可他偏偏清醒得很，连他囚室里的小声谈话都听得见。那三个家伙显然没睡，似乎是在谈论他。这是为什么？为什么他们要让他丢人现眼还遭受肉体折磨？难道他没有对他们"敞开心扉"吗？韦伯想不清当天夜里发生的事，他脑子里一片混乱。他开始出汗，身上的囚衣慢慢湿透了，贴在背上很冷。

他渐渐进入一种疯狂的状态，一个念头老缠着他，这就是：让这该死的手铐割断他的双手吧，他情愿不要双手也不愿以这个可耻的姿态死在楼梯上！他于半昏沉中深吸一口气，将双手猛地一拽……

他感觉到自己的双手失去了，可他获得了自由。他于是上楼，朝自己那亮着微弱灯光的囚室冲进去。他预感他这副血糊糊的模样一定会吓坏那三个人。

当他的目光落在双手上时，他却看见它们好好的，手铐还铐在手上。原来是一副假手铐，是看守虚张声势吓唬他的！

"好啊！！"他们又吆喝起来。

三个人都从自己的铺上坐起来了，都紧张地看着韦伯。

"你想干什么？"剃平头的老路声音颤抖地问。

"我想杀人。"

"赶快睡觉吧，还有两个小时。"老章的声音从门边响了起来。

他随即关上门，熄了灯。

韦伯也在自己铺上躺下了。虽然手铐还留在手上，但他居然一闭眼就入梦了。他的睡眠很深。

第二天，是那名看守用警棍将他捅醒的。其他三个人都走了，他们是故意不把他叫醒的。

看守将他手上的手铐收了去，然后吼道：

"还不赶快去河边！"

"可是我还没吃早饭呢。"韦伯说。

"你还敢顶嘴，该死的！"

他说着就用那警棍朝韦伯一顿乱扑。韦伯抱头跑出门去。

他跑到了河边，参与挑沙子的大队伍。

一开始他还行。有一刻老章走在他前面，对他说：

"我见到你的相好了，她来探视，你却没起床。她可是绝世美女啊！"

"你太夸奖她了，她说什么没有啊？"

"我听到她对管理员说监狱的好话，还说恨不得自己也进来！"

韦伯在心里琢磨老章告诉他的新情况。琢磨来琢磨去的，竟然感到自己的心离翠兰近了。她真是个好女人啊，她从一开始就懂感情，可他自己为什么那么蠢？他又想到自己因为贪睡，

239

居然没能同她见上面，让她白跑一趟。他这个人真是不像话，不知翠兰怎么会看上他。

挑了七八趟沙子，韦伯饿得难以忍受，倒下去了。他索性蜷起身子，闭上双眼。有人将饮料的吸管塞进了他嘴里，他听到边上一个人说："是霍乱吧？"

他喝了饮料之后就睁开了眼，这才发现其他所有的人都离得远远的，只除了一个人。这个人是他囚室里的，姓路的平头男子。他手里有一把枪！

"我是在执行任务。"他说，"你患了霍乱，不准乱走，待在原地不要动。"

"好，我不动。"

"我患了霍乱吗？为什么我不拉肚子？"

"你当然会拉肚子，你还着急啊！天底下竟有这种怪事！"

这个老路大声嚷嚷起来，但周边一个人也没有，没人听到他叫。

"老路，我心里难受，同我讲讲你的案子吧。"韦伯哀求他说。

"不要凑拢来，我怕你传染！你再拢来我就开枪，我可以这样做。"

韦伯只好死了心坐在沙地上。他看见地上那瓶他没喝完的橘汁饮料，饮料旁还扔了一截香肠，有苍蝇绕着香肠飞。韦伯一下子变得胆大包天，抓了那截香肠就往口里塞，三口两口就吃完了。然后他又将那瓶里的饮料也喝光了。这一下，他的手也不颤抖了，脑子也清醒了好多。

"瞧瞧这副贪婪样子。"老路的声音传来。

"得了霍乱，大不了一死，我还怕什么？"

"反正我俩坐在这里也无聊，我就给你讲讲我的案子吧。"

老路仿佛是因为韦伯刚才的举动受了感动，就朝他坐拢来了。说话间他甚至扯了扯他的衣袖，手枪也扔到了一边。

"你听着，韦伯。我啊，我是因为活得不耐烦了才进监狱的啊。最近我老是问自己：大家都不好过，为什么我一个人偏偏这么不耐烦？我要是耐烦一点，到现在还不是同大多数人一样天天去上班，养家糊口。当然我倒不是说进监狱就有什么不好，我在这里头待了好多年头了，完全没有什么不好。我的意思是说，外面也没什么不好，也可以待得下去。可我那个时候为什么就觉得一天都待不下去了呢？这些日子以来我常常想这个问题——我还可以出去生活吗？我觉得我已经想出了办法，可以出去生活了。不过呢，我又觉得里面也不错，不是有老章这样聪明的家伙同我生活在一起吗？韦伯，你有什么看法？"

"可是你还没告诉我你的案子是怎么回事呢。"

"我已经告诉你了，你没认真听。"

他显得有点不高兴，可是忍不住又说起来了。

"我那个时候活得不耐烦了，又拿不定主意要不要改变，焦虑得发了狂，到处乱闯，就闯到这里面来了。现在看起来这一闯还闯对了地方，你说是不是？从那以来，我的见识增长了很多，因为这里面有老章这样聪明的家伙在嘛。说心里话，我也舍不得离开这里，因为上头已经开始重用我了。你看，这是上面发给我的手枪，是一把真枪，这可不是一般的信任吧？"

他突然举起枪，朝天开了两枪。

韦伯的脸变得纸一样白,全身的血液仿佛凝结了。

"别,别!我要好好服从你!"他结结巴巴地说。

"你瞧,你又变得怕死了。江山易改,本性难移啊!现在你给我站起来,转过身去好让我开枪。我最不喜欢看死囚的脸。"

韦伯看了一眼天空,蓝天里有一只巨鹰在飞,不知要飞到哪里去,看上去就好像停在那一点上了似的。他慢慢地站起来,转过身去,突然就狂奔起来了。他死命地跑,停也停不下来,差不多要窒息了。疯狂中他看见了一张人脸,然后又看见一个黑东西,再后来他就可耻地摔在地上了。

那张脸仍然是老路的脸,那黑东西是老路的长外套,他用外套将韦伯扑倒在地了。韦伯这才羞愧地记起来,老路一直穿着一件黑色长外套,警察冬天穿的那种。

"我在哪里?"韦伯傻乎乎地问道。

"你兜了一个大圈,你的体力蛮不错嘛。你快起来,前面就是食堂,大家都在等你去吃饭呢。"

"我没有霍乱了吗?"

"你跑得比狗还快,有个屁霍乱!你还不快走我又要开枪了!"

韦伯已经挑了十几天的沙子了,他慢慢地有点适应了这种生活,居然还有点沾沾自喜起来。他觉得自己还是有点能耐的。这些天,他同老章和老路已经熟起来了,唯独这个表情怪怪的小严,韦伯始终没同他谈过心。他似乎不喜欢同任何人谈心。可是当他看着韦伯时,韦伯觉得他有很多话要对自己说。而当韦伯张嘴要说点什么时,他又做出漠不相干的神情走开了。韦伯觉得小严是他们三人中最难交往的一个。

有一天发生了决堤，老章和老路被叫去抢险了。不知为什么，他们让韦伯和小严在囚室里休息一天。韦伯想，也许是不信任他们，担心到了堤上他们要逃跑？韦伯感到委屈，因为他是不会逃走的，他忧虑的是三个月之后要不要出狱这件事。他偶尔想到这事就烦。挑沙子不但锻炼了体力，睡眠也大大改善了。韦伯忽然记起，他是因为失眠的折磨才设法进监狱的。他是个意志薄弱的人。

整个上午，小严一声不吭地躺在铺上。韦伯也躺在自己铺上，他利用这难得的休闲时光幻想着自己同翠兰在一起时的情景。他感到又惬意又放松。为什么他在监狱之外从未有过这种美好的感觉？韦伯不时斜眼看看对面铺上的小严。小严的双手枕在脑后，显得很安静，往日脸上那种不怀好意的表情也消失了。韦伯估计他不会超过三十二岁，是个正当年的小伙子。但他的身体显得不太好，有点憔悴。

韦伯吃完中饭回来，发现小严不见了。这就意味着他必须去报告看守，这是个规矩。囚室门一推就开了，韦伯到了看守室，看见又是那个铐他的杨看守在值班。韦伯向他做了报告，他似乎很吃惊。

"他的情绪怎么样？"杨看守问。

"和平时一样。"

"你这白痴。他既然打算逃跑，当然要装得和平时一样。你给我滚回囚室去，你要好好反省！"

他从口袋里拿出一个绿色的口哨，吹出刺破耳膜的尖叫声。

韦伯捂着两耳躲进他的囚室里去了。

不一会儿他就听见外面闹腾起来了。大队人马从窗前跑过，还有人朝天开枪，其间又夹杂了女人凄厉的哭声。到底是怎么回事？韦伯坐立不安了。他为小严担心，毕竟他同小严在一室中共住了十几天。

韦伯鼓起勇气打开门来到走廊上，他看见隔壁和对面囚室里的几个男人也出来了，他们正在商量什么事，见到韦伯就一齐闭了嘴。

"出了什么事啊？"韦伯问他们。

"追捕逃犯。这可是百年难遇的好机会啊，出去看看热闹！"那家伙边说边同另外几个人一块向外奔去。

韦伯抑制不住好奇心，就也跑到了外面。

外面的风景变得很深奥起来：刚才那几个男人的身影消失之后，屋前的操场上就再没有任何人了。四周很寂静，一点也不像发生过什么事的样子。韦伯回忆起刚才的情形，心中暗暗吃惊。为什么杨看守门都不锁，让囚犯随便乱跑？这不是严重的玩忽职守吗？如果刚才那几个人趁机越狱了，接下去会发生什么事？韦伯决定还是回囚室去待着，免得自己遭殃。

他进入囚室的大门时，暗处钻出的一个人撞得他眼冒金星。啊，居然是杨看守！韦伯心里后悔不迭。

"我算完了。"杨看守精疲力竭地往地上坐去。

"他逃走了吗？"韦伯问。

"他怎么会逃走？当然不会。可是我们却找不到他……不要问我，让我仔细想一想。"他的声音变得像耳语。

突然，他又提高了嗓门很严肃地问韦伯：

"你老实回答我，你有没有看见那钻戒？"

"什么钻戒？我不明白。"

"他有一枚昂贵的钻戒，时时刻刻带在身边。我听过他的案情，知道那是他为他女友准备的。天下少有的痴情啊！只有我知道他的这个秘密，所以我总在暗地里帮他留心着。啊，我真该死！我怎么向你这样的罪犯透露这样的机密！你听着，我一定要找到他，哪怕他钻地几十丈！"

他仿佛一下子恢复了气力，站起来愤愤地回看守室去了。

那些囚室的门全敞开着，室内空空的。韦伯觉得自己没必要老老实实待在囚室里，但他也不想远离，免得惹祸。所以他就在走廊里走来走去，不时又到大门那里观察一下。就这样，一直到傍晚外面都是静悄悄的。而杨看守呢，待在他的看守室里沉思默想，脸上不时出现沉痛的表情。韦伯从走廊的斜对面看见了他那副样子，韦伯心里想，杨看守觉得自己对不起小严吗？他觉得小严对女友的感情超越了他的罪行吗？这是一名多么不可思议的看守啊。

没人监视的情况下，韦伯大摇大摆地去食堂吃了饭回来。

这时面色苍白的杨看守已经站在囚室的大门口了。

"你愿意同我一块去吗？"他问道。

"你是说去抓小严？"韦伯冲口而出。

"嗯。"

他俩一前一后快步穿过操场，钻进了那栋灰色办公楼的地下室。

"他们在地下二层最里面的杂物堆房里。"杨看守在黑暗中说。

他们进了杂物堆房,那里面亮着灯,但没有人。杨看守弯着腰在地上找了好久,终于找到了钻戒。他将钻戒戴在中指上,有点羞涩地说:

"我还没有结婚呢。囚室里的日子死气沉沉,我没有心思结婚。"

韦伯问杨看守小严在哪里,他回答说:

"还能在哪里,当然是在囚室里。我们来晚了,他同女友刚才还在这里。"

韦伯对他的自信感到很吃惊,这个人怎么如此理解小严?

"那么他的女友也去囚室了吗?"

"当然不会。你没看见我捡到了戒指吗?他们满足了肉体的欲望,然后闹翻了,姑娘跑掉了。十三号(即小严)只有在监狱里才能与姑娘维持爱情。我要把戒指尽快交还给这家伙,免得他对生活丧失信心。"

"你好像对看守这个工作很厌烦?"

"瞎说。你是个罪犯,怎么能够判断我?我有我自得其乐的兴趣。"

他们出了地下室。穿过操场时四周仍然静悄悄的。杨看守撇下韦伯,说要去看守长那里报告,让韦伯回囚室。

他一进房间就看见他们三个人都回来了。小严脸上仍是那种怪怪的表情。

"小严,我和杨看守刚才找你去了,他捡到了你的戒指。"韦伯说。

"奸贼!"小严勃然大怒,"两个奸贼!"

他用双手蒙住脸痛哭起来。

老章和老路将韦伯拉到一旁,老章压低了嗓音骂韦伯说:

"你想搞什么鬼?你们将他逼得这样紧,这不是要他死吗?本来他就已经无路可走了,你们还要逼他。我倒没看出你的心这么狠,我看你自己应该去死!谁请你来这里乱搅和的?啊?"

韦伯的头昏昏的,他怎么也认识不到自己的错。他想,也许杨看守不该捡回那枚戒指,也许那枚戒指是小严希望永远忘记的东西?想到杨看守的一系列举动,韦伯感到小严的爱情令人毛骨悚然。那究竟是什么样的爱情?

韦伯又失眠了。小严的事对他刺激很大,他感到他的人生变得昏暗起来了。本来他以为进了监狱,他的情绪就会平静下来,看来这个判断还是个错误。现在韦伯看不到出路了。这个小严真的会走上死路吗?韦伯在床上翻来滚去的,越着急越睡不着。后来,他刚要入梦,哨子就吹响了。他只好起床。

第二天,杨看守盼咐韦伯同老章老路去抢险。韦伯看见小严坐在他的铺上,似乎在瑟瑟发抖。

他们三个人加入了抬沙包的工作。韦伯因为一夜没睡,双脚发软,全身冒冷汗。他估计自己很快就会趴下。果然,第三轮沙包还没抬到堤边他就倒下了。他想:"我真丢脸。"然后他就晕过去了。

他醒来时已经躺在那座桥的桥墩下面了。他听见老章的声音。

"你这家伙怎么回事,动不动就绝望,像个软蛋!"

"我在这里睡了多久了？"

"从上午睡到下午！要不是我把你藏起来，他们就要请你坐'老虎凳'了。"

"我真该死！小严怎么样了？他不是比我更绝望吗？"

"他才不绝望呢，那是苦肉计！我上午得到内部消息，说他要被留用了。就是说，他服刑期马上要满了，他会被留下当看守！这不是一劳永逸了吗？凭什么他一个人有这么好的运气，韦伯？就凭他铤而走险？啊？像我这样的老实人，不走极端的人，就不留用我，就要逼我挖空心思让自己加刑，多么不公平！韦伯，你有什么想法？"

"我非常钦佩你，老章。"

"钦佩有什么用呢？我想达到的目的总是达不到，你大概也看出来了，我悬在半空。她又来了，给我下了最后通牒——我必须在年底前出狱，否则她就要自残。她的威胁弄得我快崩溃了。"

老章的目光注视着远方的烟囱，那里有一群鸟在绕着烟囱兜圈子，忽高忽低的。韦伯想，老章的思维也在飞。

"你想过回老家去吗？"韦伯将脑子里的念头说了出来。

老章笑了出来，一巴掌拍在韦伯的肩上，说：

"你这黑帮，真黑到头了！我的五脏六腑都要被你刨出来晒太阳了！不瞒你说，我从十五岁起就在寻找我的老家。没人告诉我它在哪里，我只能根据一些模糊的线索去找。好多年过去了，我收效甚微。直到——直到我入狱，事情才慢慢有了转机。其间有一些不好的、残酷的细节，我不愿意再去回忆它们了。总之，我挣扎出来了。那一天，我在工地上同一名囚犯打架，打得头破血流，我跌跌撞撞到小河边去洗，怀疑自己受了重伤。就在那个瞬间，我在清澈的小河里看见了老家的轮廓，那就是我们如今的监狱的轮廓。那些建筑透出一股古朴的味道，完全不像我们的监狱这么破烂。我怎么会知道那是老家？因为我的父母，还有我爷爷他们正坐在那大门口抽旱烟！老家的形象持续了至少有十秒钟才渐渐消失。我的父母因为身心方面的病都死得早，这也是我要寻找老家的原因吧。可找来找去的，老家却是监狱。这大概是我当年提着手枪冲进来的原因？"

韦伯感到老章很不耐烦说这件事的细节，他的思绪似乎浸透在另外一种氛围里头——一种可怕又令人向往的氛围。韦伯变得不安起来，他的体力有所恢复，他很想回囚室去好好休息一下。可是老章的手一直按在他肩头上不让他动，于是韦伯判断，他还有内幕要向他透露。

"整个监狱只有一个人知道内幕，他就是看守长。看守长已经八十五岁了，我知道他们不会让他退休的。他家里有一些过去年代的照片，我在一张发黄的照片上看见了父母。我父母露出吃惊的表情站在他们家门口——就是操场那边那青砖瓦房，现在已成了公共厕所。看守长告诉我说，我父亲在监狱里埋了一样东西。但他不肯告诉我是埋在哪里。这些年，我总在那些角落里找来找去，还掘地三尺——掘地三尺那一回，给我加了三年刑。"

"你能带我去看守长家里吗？"韦伯问。

"不行。他只接待心怀坦荡的犯人。他是那个年代的人，旧式的世界观。直到我入狱五年了他才肯接待我的，他怎么会接待你？他有哮喘病，他发病的时候就变得软弱了。有一回他发病，我在他家照料他，他告诉我说，我闯监狱时用的那把手枪就是他提供的。我听了他的话后回忆起来，当时确实有个光头青年怂恿我去闯监狱。这就表明九年来，我一直走在正路上。你说对不对，韦伯？哈，我向你倾诉了这一大通，心里好受多了。你要去吃饭吗？你要不要我扶你？看来你恢复了，你先回去吧。"

老章上了大桥，一会儿就跑得没影了。韦伯回到监狱里。

吃完饭他就到了囚室。囚室里只有小严一个人。

"我听说你要交好运了。"韦伯说。

"你那是过时的旧消息了。有人顶替了我。上面说我意志薄弱，还要加强训练。他们指的是戒指的事。看来我还得忍受我的女朋友。"

小严说这些话时脸上又出现那种怪怪的表情。韦伯现在明白了，那是极度痛苦的表情。韦伯问他说：

"她近期还会来探监吗？"

"嗯。她一来，看守们就让她自由走动，于是这个可怕的女人就找我来了。本来上一回，我已经死了心，扔了戒指，可你们不放过我。当然这也怪我自己，我无法抵御她对我的诱惑。"

"她一定是一位美女吧？"

"她是个魔女，吸血蝙蝠。我没能经受住考验。"

他俩谈话时杨看守出现在门口，小严立刻垂下头颤抖起来了。他站不住，往自己的铺上坐下去。他用发抖的手掀开枕头，韦伯看见了那枚戒指。杨看守的脸上出现一丝微笑，他做了个手势招呼韦伯过去。

韦伯和杨看守一道来到看守室。杨看守沉默着，接连抽了两根烟。

"您叫我来，是想要我帮忙吗？"韦伯问。

"你夜里别睡得太沉，这就是我给你的任务。囚室里已经发生过一起命案了，那是我的失职。真丢脸啊！"

"我认为他不会。"

"你怎敢做这样的担保？不要以为你比他年纪大，就懂得他。"他说到这里翻眼看着天花板，仿佛他的思绪在那上面飘动，"眼看着一个生命消失是一件恐怖的事，从那之后我再没有睡过一个好觉……我的工作不能有丝毫的闪失。你怎么样？翠兰理解你的处境吗？"

"我觉得她应该理解，她有很大的潜力……不过我也许估计错了，因为上一次，她没有等我就走了。我对她完全没把握。"

"有把握才怪！"杨看守突然兴奋地提高了声音，"有把握你就不会来监狱里挑沙子了。这个世界按它严谨的规律在运转！"

他将烟头扔在地上用脚踩灭，对什么事打定了主意似的。

"韦伯你回囚室去，不要睡得太沉。不是有句俗话'有情人终成眷属'吗？我应该有充分的信心才对。"

到了走廊里韦伯才记起刚才杨看守没有叫他"85号"却叫他"韦伯"。多么难以理解的怪事啊！他还称他的女朋友为"翠兰"，就像称呼老朋友。

囚室里面，那三个人都已经躺下了，他们熄了灯。韦伯轻轻地进去，轻轻地上了床。他感觉到他们都没有入睡，都在等一件事发生。现在韦伯已经习惯于这种氛围了，他甚至盼望发生点什么。但他却在好奇的期待中睡着了,睡得很沉。杨看守的嘱咐对他没起作用。

早上,他们四个人是同时被哨声吹醒的。

河里的水位还没有退,他们还得继续抬沙袋。韦伯看见他的三个囚友显得很有干劲的样子,可他自己却打不起精神。他老在想那件事:为什么翠兰来探望他却又不等他?是不是有人对她说了他的坏话?

到了中午,他们的盒饭送到工地上来了,他们就站在那里吃。小严走过来,兴致勃勃,脸上泛红,一扫过去的颓废之气。他说:

"韦伯,这种重体力劳动真过瘾啊!我要好好改造,争取下一个看守名额。"

韦伯用目光寻找老章,一会儿就看见他了。他正搂着一个胖大的女囚,两人往桥墩那里走去。老路端着盒饭笑盈盈地过来了,他也顺着韦伯的目光看过去。

"哈哈!他们真会抓紧时间作案!不过不要紧的,这种事在这里不过是杯水风波!老章是我所见过的最能把握自己的人,他同看守长有私交。韦伯,你现在知道抢险是怎么回事了吧?抢险就意味着艳遇啊!"

"为什么只有老章一个人有艳遇呢?"韦伯问。

"可不嘛——"老路拖长了声音说,"因为落到了他头上嘛。你不觉得老章这个人同艳遇有缘吗?你真迟钝。"

他推了推韦伯,要韦伯看他衣袋里露出的手枪柄。他凑近韦伯悄声说:

"如果小严夜里闹事,我一枪就崩了他。"

韦伯害怕地看了小严一眼,记起杨看守昨天晚上交给他的任务。小严瞟着老路,他也看见了手枪,但他似乎一点也不在乎。他放下手中的饭盒,走过来一把搂着老路,嚷嚷道:

"我们为什么老等不来我们的运气?你说说看?运气来了又去了,可我们还在傻等,像那些桥墩一样。很快,洪水就会淹没它们!"

老路厌恶地甩开他的手臂,跳开去,拔出手枪开了一枪。

小严赞赏地拍起手来,他对韦伯说:

"你瞧他多么有男子汉气概!他这种暴烈的人不该待在监狱里!"

"那么什么样的人应该待在监狱里呢?"韦伯问。

"像我们这样的,半死不活的,永远拿不定主意的。我们才应该待在这里。我看老路待在这里并不是为了他自己,大半倒是为了我们。"

韦伯皱着眉头思忖了一会儿,说:

"你的话很有道理。可是你不怕他吗?"

"我倒是希望他为我解脱,他偏不。进了监狱,就别指望会有什么解脱了。你看老章多么会适应环境。"

韦伯吃惊地张了张嘴,一个字都说不出来。

这时那个胖胖的刘看守过来了,他叫韦伯去探视室,说是上面为他安排了一次特殊探视——出于人道主义。

"你快去换衣吧,牛翠兰在等你呢。"

"不用换,我没有别的衣服。"

韦伯心中暗想，大概这里的每一个人都认识翠兰了。怎么会这样的呢？

可是探视室里空空的，刘看守叫韦伯等着，自己走掉了。

韦伯无聊地打量着小小的房间。房里仅有一把木椅。这是个没有窗户的房间。和门相对的墙上居然挂着一幅油画，画的是一个人，但又像是一只兽。韦伯看了几眼就不安起来，连忙掉转了目光。门开着，一个高个子看守在外面走廊上来来回回地走。韦伯起先坐着不动，但发现那看守经过时惊讶地打量他，便觉尴尬，就站了起来。他既不想看见那幅画，又不想看见看守，就对着右边的白墙站立。站久了腿又酸起来，只好又挪动椅子背对着门口坐下。尽管背对着门还是感觉得到落在背上的视线，心里头烦躁难忍。有人在讲话，是那看守，他停在门口了，他在同另外一个人聊天。

"今年收成怎么样？"

"糟透了。不过黄豆倒收了不少。不是你想收获什么就能收获什么的。"

韦伯将椅子转过来，那两张脸同时显出吃了一惊的样子。

韦伯看见了翠兰的四叔，那个乡下人。

"啊，原来你在这里！"四叔笑起来，露出黄牙，"是翠兰要我替她来的。她要我把你的信息带给她。比如说你瘦了没有啊，情绪好不好啊。"

"翠兰在哪里？"韦伯感到自己的心在跳。

"到处都在，又哪里都不在。就连我，如今想同她会面都要靠运气了。我是在歌剧院门口碰见她的，她同那老太婆一块出来，我吓得两腿发抖。她们啊，就像两个女鬼！"

"是茶花女吗？"

"对，正是茶花女。然后翠兰就请求我替她探监……韦伯，你怎么成了这个样子了？这和翠兰的估计太不一样了！"

"翠兰是怎么估计我的呢？"

"这我不能告诉你，反正不一样，反正是些好听的话。可是你却是一副败落的神情，胡子也好久没刮。你怎么变得自暴自弃了啊。"

"他这个样子不算太差。"那个看守插话说，"你对他的期望太高了。住在监狱里，最忌讳的就是对一个人的期望太高。"

"这位老兄说得有道理。"四叔点了点头，"照我看来，你瘦倒是没怎么瘦，只是从前你脸上的那股正气不见了，现在你的目光有点邪乎。你这是怎么搞的？我来这里之前遇见了小贺，就是翠兰的前男友，他和翠兰最近来往密切。当然，他们不是伴侣关系了，翠兰同他来往是为了请教他。你进了监狱就等于是给她出了个大难题，她要是没人请教的话根本挺不过来，你说是吗？"

"我想，人人都有烦心事吧。翠兰过得怎么样？"韦伯说着便垂下了眼睛。

"她的生活很精彩！她比从前开朗多了，在城里很活跃。我们这些亲戚都说她是'迟开的玫瑰'。是韦伯给了她好影响！"

"那么四叔，您还是住在乡下吗？"

"不，我已经搬到城里来了。我这个侄女需要我啊。你瞧，我不是替她来探视你了吗？她如今成了个大忙人，到处做善事。"

"做善事?"韦伯吃了一惊。

"就是听人倾诉嘛。凡是熟人里头在爱情上遇到麻烦的,就来找翠兰。她早就不上班了,忙不过来。在听人倾诉时,有一个小伙子还爱上了她。韦伯真有福气,有这么出色的女朋友。"

四叔带来的信息对韦伯震动很大。

他夜里没法入睡,在床上翻来翻去的。他弄出的噪音惹怒了老路。

老路拔出手枪,对准韦伯开了一枪。韦伯的小腿火辣辣的,心里一阵绝望。"啊……啊……"他叫出了声。

"再叫,我就打死你!你会悄悄地死掉,我们把你埋了。"

韦伯用毯子盖住受伤的小腿,一声不吭地躺在那里。怎么回事呢?他的神志还清醒,除了小腿,身上其他的部分也好像没有任何问题。在黑暗中,他鼓起勇气用手去摸受伤的小腿。还好,居然没有流血,也不怎么疼,只是火辣辣的。

小严拿着一支手电筒悄悄地过来了。手电光照在伤口上,照见那颗子弹,子弹全部嵌在肉里面。除了那个小小的洞,周围的皮肤干干净净的。这种景象给了韦伯一种怪异的感觉,他还觉得恶心。

"不会有妨碍的,习惯了就好了。"小严小声说。

韦伯记起那声剧烈的枪响,百思不得其解。

后来,那三个人都打起了鼾,只有韦伯无比亢奋。难道这子弹里头装的是兴奋剂?他所进的到底是一座什么样的监狱?他现在越来越能适应这里头的氛围了,但他依旧还是认为自己是个外人。他将周围的人挨个想了一遍:小严啊,老路啊,老章啊,杨看守啊，探视室门口的那个看守啊，等等。毫无疑问，他们大家都对监狱里头这种氛围心领神会。他们每个人都有些奇思异想和古怪经历，他韦伯也有奇思异想和古怪经历，可他为什么就不能对监狱里的氛围心领神会呢？韦伯为自己的迟钝而焦虑。他记起了从前在老家那些房间穿行时的感觉。当时他在一个陈列柜里找到一盒鞭炮，打算吃完饭再来拿走。可等他吃完饭返回去，却怎么也找不到那个房间了。那时他也像这样焦虑。

他努力要沉入睡乡，数着数字，眼看要成功了。

一阵尖锐的哨声像要扎破他的耳膜，连脑袋都一跳一跳的。他只好随大家起床了。又是新的一天。

八、民警小贺的单相思

三十六岁的民警小贺早就成了家,有了一个儿子,可是他怎么也忘不了他的初恋。他的初恋对象就是仪表厂的女工牛翠兰。

在小贺的记忆中,牛翠兰是他今生遇到过的最美丽的女子,从外貌到内心都是那么美。但是在他俩相处过的短短的时光里,小贺从未告诉过翠兰这一点。——他是个羞怯的青年,性格有点曲里拐弯。他同翠兰的恋爱就像一个梦,她很快就梦醒了,而他,却似乎要终生被那梦纠缠。当然,他绝不会去纠缠翠兰,他永远不会做令她厌恶的事。他所做的,都是一些会令她感到快乐的游戏。比如有一回,他给翠兰寄去五元钱,还附言说是给她过生日的。翠兰收到这个小钱之后十分快乐,给他回了一封恶狠狠地骂人的信,命令他将两万元寄到她的银行卡上,作为她的"青春损失费"。还威胁要叫黑社会的人来揍他。信是通过他俩的好友转交的。后来,小贺将她的回信给韦伯看了。因为他既想让韦伯与翠兰的关系延续，又想让他俩的关系断掉，这种矛盾的心理使他做下了那件古里古怪的事。小贺从来弄不清自己的真实意图。

多年里头，只要一闲下来，他就在关心着翠兰的行踪，希望自己同她保持一种间接的联系。他时常感到，能够与翠兰同居一个城市，是一件很幸运的事。虽然由于他自己的有意躲避，他和她分手之后很少见面，可是在下着毛毛细雨的春天里，小贺有时会忽发奇想地走出门，走到仪表厂所在的那条街上，希望同梦中的情人相遇。当然这种事一次也没发生过。

当小贺无意中得知翠兰和肥皂厂的工人韦伯的恋情时，他便兴奋起来了。他想方设法地去接近韦伯，他心中的爱情转化为一种奇怪的义务感，这股义务感居然以不可阻挡的势力控制了他的大脑，使得他在韦伯面前做出了那种莫名其妙的恶劣表现。同韦伯见面之后，他的精神就垮掉了。整整一个星期，他躺在床上做怪梦，将那次朋友家的聚会的细节在脑子里翻来覆去地想。一个星期之后，他终于悟到了自己的奇怪举动的真实含义，那就是，他做了一件高尚的事。至于当时将翠兰写给他的信拿给情敌看这件事的高尚之处在哪里，那大概只有他自己明白。小贺不在乎这一点。

在小贺的内心深处，那个初恋之梦的象征就是那座梨山。多少年过去了，他并没有重返那个地方，只除了在梦中。那座很高的乱石山，他和翠兰两个人都从未上去过，只是在底下打量它。这些年里小贺慢慢地觉悟到了，却原来他当时选择去梨山作为同翠兰分手的纪念，是因为那座令人害怕的荒山太像他的内心了。莫非人只有在热恋之中才会偶然地接近自己内心的深渊？但关于那座荒山里面的内容，小贺依然一知半解。他是个执着的人，他忘不了曾经靠近过的梨山。

原先他以为平静的家庭生活会将他内心某些东西慢慢磨损掉。成家之后的最初几年，他的性情也确实在向着那方面发展。然而这几年他又发现，"那种东西"依然如旧，就像他妈妈对他的粗鲁的预言："狗改不了吃屎。"

那么，他究竟应不应该去促进韦伯与翠兰的恋情？这个问题的答案对他来说就像梨山一样深奥。他所做的，都是他情不自禁地要做的，而且有股介于正直和邪恶之间的激情促使他在翠兰和韦伯之间周旋下去。他的警察职业使得他对于邪恶比较敏感。

韦伯突然就进了监狱，这是小贺始料未及的。不过他以职业的敏感很快就弄清了他这种举动的性质（他知道他是主动进去的）。这个转折导致小贺内心那压抑的激情以更大的力度翻腾起来。他不清楚他要做什么，但他每时每刻觉得自己要做点什么。他从未向人透露过他心里的事，连他的好友袁黑也是凭着他的观察猜出他的念头来的。这种孤独的热情使他的念头变得匪夷所思，近来，他常常被自己弄得胆战心惊。

自从韦伯进监狱之后，小贺同翠兰见过好几次面了。他注意到，翠兰现在变得越来越镇静了。似乎是，她已经打定了主意。小贺看出来，翠兰对韦伯的爱是真爱，她从未像那样爱过自己。小贺对自己说："我对翠兰的爱也像翠兰对韦伯的爱那样深。"他感到很自豪。

"警察们围拢来时，我同韦伯正在谈论茶花女。公园里那棵大桂花树上的繁花飘香，草地上出现了很多白嫩的蘑菇。韦伯站起来，抖掉衣服上的草籽，眼睛看着桂花树，说：'我走了，你多保重。'"

以上这段话小贺都能背下来了，翠兰每次同他见面都要说一遍。她说的时候，小贺就羡慕地听着，听完之后就回想起他的梨山，山上那些荒凉的石头。他知道他的梨山上长不出桂花树来，但当时翠兰绝不是无动于衷的。

"我觉得，"他对她说，"你一定要不断地将你在外面的生活的信息传递给他。监狱是可以改变一个人的。"

"啊，小贺！要是没有你的友情，我的生活说不定一团糟了。"

"让生活一团糟吧，那是韦伯希望见到的。"

"你肯定？"

"我肯定。"

小贺在回家的路上头脑昏昏地想着他对翠兰说过的那些话。现在翠兰是多么依赖他的判断力啊。不过她也许只是为了给他一个好印象，让他更多地往她那里跑，才装出依赖他的样子？可是小贺心里并不自信，他说出那些话，只是依据他心里一种朦胧的预感。他刚才说，"监狱是可以改变一个人的"。他觉得翠兰立刻就心领神会了。这是因为她自己也在努力改变自己吗？

让四叔代替翠兰去探监是小贺和翠兰的共同谋划。小贺开始时是出于对韦伯的恶意而想到这个诡计的。他俩坐在一家茶馆里策划阴谋时，翠兰脸上那种一往情深的表情打动了小贺，小贺的情绪变得混乱起来，思路也丧失了逻辑。于是事情发生了转折，去探监的阴谋变成了翠兰一个人的阴谋。她于一瞬间生出很多灵感，想出了捉弄韦伯的好点子。

"这都是由于爱，你说对吗？"她说。

"我太惭愧了，翠兰。"

"你不必惭愧。我们不是正在向生活学习吗？"

"你说得对，我也在学习。"

他俩对视了几秒钟，心领神会地笑了起来。小贺禁不住在心里感叹：生活多么美啊。他自己到底做了什么而配有这样的奖励？

"你的想法，总是给我极大的启发。"她诚恳地说，"我觉得你什么都懂，无论遇到什么都能对付。"

"其实什么都懂的人是你，翠兰。"

小贺从翠兰的眼神里看到了自己，那是另外一个自己。这种情况多年以前也曾发生过，那时他多么年轻！他认为自己是一株从根子上坏掉了的病树，可是因为有翠兰在，他的腐烂不仅不妨碍他，还给他带来好运气。就比如刚才，他的馊主意不是一下子就变成了高尚的事吗？四叔的确是最合适的人选，他是翠兰老家坟场里钻出来的幽灵，最适合替翠兰传递爱情。

小贺来茶馆时心中那种模糊的重负被翠兰卸掉了。现在真相大白了，他虽微微有点沮丧，但更多的是轻松。一切竟是如此简单。

"小贺哥，你从哪里来？"袁黑苦着一副脸问他。

"从茶馆来。刚刚会见了一位老朋友。"

"我没有老朋友，我的生活很苦。"

"我不就是你的老朋友？你真傻！"

"倒也是。我们喝一杯去吧。"

小贺和袁黑喝酒之际,忧愁又升上了他的心头。

在那个阴暗的酒馆里,在他俩的对面,一男一女背对着他们坐在那里,好像正在哭泣。小贺与袁黑立刻就体验到了他们那无法解脱的悲苦。

"我们要不要哭?"袁黑轻轻地说,黑着一副脸。

"我哭不出来。"

酒来了,他俩无声地干杯,一人喝了两小杯。

小贺的神经渐渐地松弛开来,他看到了对面那一对伴侣的动作,他们正在聚精会神地接吻。

"袁黑啊袁黑,请你回答我一个问题:看守所后面的那棵大樟树还在吗?你要对我说实话。"

"它还在,我昨天还看见了。我说的是实话。"

"这就好。一年又一年,它还在。我的担忧是不是太过分了呢,袁黑?我早上从家里出发,来到交通岗亭指挥车辆,可我脑子里总是出现一些异象。比如在马路的尽头,一名小儿在车辆之间爬行。"

"这种事总是有的。那棵树昨天下午两点时的确还在。"

"谢谢你,袁黑,我们握一下手吧,我心里太没底了。"

袁黑感到他的手冷冰冰的。

"我光说我一个人的事了。她怎么样?"小贺说,眼里透出阴沉。

"她离我越来越远了,我要把自己锻炼成一名长跑运动员。"

"你会做到的,毫无疑问。她完美无缺。干杯。"

"真的吗?真的吗?"袁黑边说边捉住小贺的手臂。

"当然是真的。上回在立交桥上你同她分手后,我远远地看见她站在桥上,她一直在那里望着你的背影,有好久好久。就她那方面来说,即算你们分开了,那也是因为爱。"

"小贺哥,你的眼光真犀利!为什么我就不会这样来思考呢?"

"我的问题在另外的方面。比如我在厨房里洗菜,突然会慌张起来。我问自己:凌晨三点钟时,楼下的这根灯杆,对面那个漆成绿色的铸铁邮筒,它们都还会在原地吗?所有的事都很蹊跷!"

当小贺大声说出这些话时,对面的情侣已经分开了,他俩面朝着这边,目不转睛地看着小贺。

"您是在解答我们的疑问吗,民警叔叔?"男青年说,"您说出了我们的心病。您把那种情况一说出来,我们心里就有了把握。谢谢您!"

他和那位娇小的女孩一块过来同小贺握手,两个人都眼看着小贺的眼睛,仿佛要从他眼里找什么东西。然后两人就离开了。

"小贺哥,你瞧你多么受欢迎!"袁黑说。

"这是两个绝望的年轻人!"酒店老板的儿子说。

酒店老板的儿子在外省工作,是回来休假的。他大约四十多岁,刚才一直坐在靠窗户的桌旁。他用赞赏的目光看着小贺。

袁黑变得振作起来了,眼睛里出现两颗小星星。他激动地说:

"小贺哥,你说出来了,这有多么好!我一直佩服你,你心里有那些意想不到的念头!来,干杯!"

"二位愿意夜里去河上吗?"酒店老板的儿子问。

"真是个好主意!"两人齐声回答。

他俩刚一说完这句话,外面的天就黑下来了。一阵乱风吹进店堂,令小贺和袁黑非常不安起来。

酒店老板的儿子站在门口,招来一辆出租车,三个人钻了进去。

"你们放心,那种渔船非常可靠,不是公园里的娱乐船,是实实在在的用来谋生的玩意儿。谁听说过河里的渔船翻了?从来没有。我来掌舵,你们俩在前面划。民警叔叔不是放心不下那些桥墩吗?这下可以将它们看个清清楚楚!这点风算不了什么,只要心里有定力……"

在车里,老板的儿子说个不停,另外两人既期待又迷惑。

车开得飞快,然后猛地一下在河边刹住了。河风很大,吹得人几乎站不稳。小贺看见在朦胧的光线中,袁黑用两手捂住耳朵,一副受了惊吓的样子。一个黑影朝他们走过来。他凑近老板的儿子问道:

"就三个人吗?"

"就三个人。"

"打定主意了吗?"

"嗯。"

渔夫走过去将锚收起来。他们三个跳进船舱。

也不知怎么搞的,那渔船很快就到了江心。小贺和袁黑都是第一次划船,酒店老板的儿子掌着舵,在船尾指挥他俩。他俩胡乱地划着,内心的恐慌高涨起来。

"袁黑……袁黑……"老板儿子的声音仿佛从遥远的荒原传来。

"小贺哥,我们是不是要倒霉了??"袁黑大声叫喊。

小贺没有回答,因为这种猛烈的动荡给他带来一阵阵清晰的刺激,他紧张得要窒息了,先前在酒馆里的虚幻感消失得无影无踪。

浪头打过来,船里进水了。袁黑的鞋湿了,他脑子里一闪念:难道这就完蛋了?他还完全没有准备。

船在江心旋转,进水越来越厉害。小贺和袁黑看不见酒店老板的儿子了,不过他应该还在掌舵。这种夜晚,河里几乎什么都看不见。袁黑发狂了,他声嘶力竭地喊道:

"小贺哥,一,二,三!一,二,三!!"

他就那样一直喊,不知喊了多久,渔船突然就平衡了。他俩无师自通地学会了划船。他们的脚踩在水里,两个人都在发抖。奇怪,这样用力,为什么身上一点都不发热?小贺看见了桥墩那巨大的黑影。他伸出一只手去摸了摸,感觉到那粗糙的水泥带着暖意,令他回忆起家乡冬天的地炉。

"我舍不得死啊!"袁黑的带哭的声音响了起来,"我还要继续同她约会呢!小贺哥,你听到了没有啊?"

"我听到了,袁黑!哪里会死呢?我们过了桥墩了,我刚才摸到了,它的确在那里!在这样的夜里,谁会想到??"

风小了,他俩以很好的节奏划着,渔船的行进慢慢成了直线。但他们看不到岸,也看不到任何其他标志,他们只能相信自己手里的木桨,还有船尾的掌舵人。"划吧划吧,天总是要亮的。"小贺想道。

"小贺哥,如果撞上机帆船,我们就到河里去了。"

"嘘,别分散了精力。这种时候,要像机器人一样忠于职守。回去之后我要让自己牢牢记住:夜半的江心,所有的事物仍留在原地。袁黑,你不觉得我们的生活过得很像样吗?哈!"

"是很像样。"袁黑低声应道。

"我们上岸后,要回酒店好好干一杯。"

为了战胜瞌睡,他俩尽量边划边说话。袁黑谈他的成熟的情人,那位女狱警;小贺谈他的梨山,还谈过去年代城里的那些风俗。虽然胳膊酸痛得像要断掉似的,小贺的思维还是反常地活跃。他恍然回到了那个年代。那时城里柏油路上的斑马线还是用碎瓷片拼贴的,翠兰所工作的工厂后面有家炒货店,卖五香花生米。小贺每次同翠兰约会,都要买一包花生米。

"小贺哥你快看,那不是山吗?我看……"

袁黑的话还没说完渔船就撞上了什么东西,发出一声巨响。

却原来是靠岸了。清晨的城市出现在他俩眼前,两人都感到这城市非常陌生,那些景物从未见过。

他俩同时记起了酒店老板的儿子,这次活动的倡议者。往船尾一看,那里空空的,根本没有他的影子。袁黑跳到后舱去搜索了一遍,也没有。

"他捉弄了我们。"袁黑气愤地说,"他水性很好,早就回家了,这个流氓!后舱进水很厉害,船老大要生气的,我们快跑吧!"

他们将锚胡乱扔在岸边,快步离开了。

袁黑说他心中很快活,一定要去酒店喝一杯。

"小贺哥,我将来一定要成为你这样的人。"他信誓旦旦地说。

他们又回到了熟悉的氛围中。那些车啊，赶早班的匆匆行人啊，包子铺里涌动的中学生啊，街边卖豆浆的小贩啊，让他们感到生活气息扑面而来。虽然身上湿淋淋的，两人心中都涌起热浪。

酒店老板的儿子笑眯眯地坐在原来的地方，他高声向父亲喊道：

"黄酒两斤！猪心，花生米！"

袁黑冷笑着，端起酒杯同小贺干杯。

小贺同他干完杯，却又走到老板儿子那边，举着杯说：

"黄先生，让我敬你一杯！"

袁黑于是也变得眉开眼笑了。

"干杯，干杯！你俩是当今社会的勇士，都做出了惊人的选择。你们让我想起了从前我在野生动物保护区工作时的那些事。我同一头野猪在山上共度良宵，多么美妙的夜晚。你们对生活的选择确实惊人！"

袁黑暗想，他是怎么知道小贺和他的选择的？

小贺和翠兰见面的秘密地点是地下室的咖啡吧。那里面一共只有五张圆桌，每张桌子都有黑色的天鹅绒屏风挡着。

"小贺啊，我完了。"翠兰一边坐下一边说。

她盯着咖啡杯的双眼发了直，嘴唇颤抖着。

"不要急，你说说看。"

"他对四叔说：'您老人家既然来了，我还犹豫什么呢？我要把这牢底坐穿！'我没想到事情会变成这样。"

"事情变成了哪样？一切都正常嘛。韦伯在鼓励自己。"

"可我总觉得他已经变心了。"

"你有这种感觉很好，你们会天长地久。"

翠兰抬起头来，看见黑色的天鹅绒上面出现一张狰狞的脸。

"啊！"她惊叫起来。

原来是服务生来送点心，他的制服和那屏风用的是同一种黑天鹅绒。他突然一笑，露出两颗獠牙。

"这种毛毛雨天，外面不太安全。二位还要点什么？"

翠兰眼前一片朦胧，但她听到了服务生说的话。

"要一颗獠牙，你能狠心敲下来给我们吗？"小贺说。

翠兰听见小贺说话的声音，她的手背感觉到毛茸茸的爪子的接触。

"去！去！！"翠兰拼尽力气叫道，她看不清这个年轻人。

"喊出来就好了。"小贺镇定地说，"我如今住在花生地旁边，那里野兔很多，我睡在床上听见它们在跑，月光很美。韦伯在里面，心境大概不错，这家伙真机灵。有很多人为他传递消息，刚才那小青年就是一个……"

翠兰用力睁开眼，虚弱地说：

"有人躲在屏风后面，他们为什么要躲？"

"出于天性吧。有的人就喜欢捉迷藏。"

"啊，好可怕！"

"翠兰，我送你回去吧，不要去管别人的看法了。要不我们上剧院？"

"不，我自己走！我先走，你待一会儿。"

她离开了。

服务生从屏风后面走出来，愁眉苦脸地对小贺说：

"她走了。外面不安全，您听这警笛——"

"不要为她担心，她的独立性很强，完全不像她表面看上去那个样子。你们这里真好，别出心裁的装饰。你们老板是谁？"

"我去叫她来。"

女老板出来了，是一位丰腴的妇人。

"您的女友真美啊。"她由衷地说，"我们的小郑被她迷住了。"

"她的男朋友在监狱里。"小贺说。

"上次你们来我就猜到了。那男朋友待在他该待的地方了。您没有进去，我很高兴。可是您看上去多么空虚啊！为什么？"

"就因为那男朋友在监狱里啊。我伸出手，摸不到自己的头……您认为那是他该待的地方吗？"小贺扯了扯自己的耳朵。

"这是个惊人的故事，也很美满。看来小郑没机会了。小郑！"

"我的机会是从此消失，隐居起来。"小郑说着做了个鬼脸。

女老板让小贺随她去里屋看一样东西。

阴暗的房间里开着一盏红色的灯，让人感到恐怖。

女老板盯着小贺的眼睛，一个字一个字地问：

"您究竟是想帮他，还是想杀他？"

"二者都想。"小贺说，转开了脸。

"您很诚实，小贺。我要对您说：好小伙子，去听茶花女的歌剧吧，那会使您很快打定主意的。"

小贺没有去剧院，他沿着江边走，耳边萦绕着茶花女的歌声。他想，这位老板是多么善解人意的女人啊，是她让他沉浸

273

在美的想象之中。这城市里的人本来是一个一个的，完全孤独的，茶花女的歌声却使他们之间产生了感应。这样一个看上去很冷漠的城市，怎么会有一个热情似火的茶花女？小贺在江边的石凳上坐下来，河风吹拂着他的脸。

"你们把我的船舱完全破坏了。"那渔民站在他面前说。

"对不起。我能赔偿您吗？"小贺羞愧地低下了头。

"不用赔偿。我很乐意救人一命。"

"谢谢您。"

渔民走下河去，他是生活在船上的。他的船稳稳地停在那里，像一条驯良的鲸鱼。

九、情感教育

小贺坐过的河边的石凳，现在是阿丝和袁黑坐在上面。他俩看起来是一对般配的伴侣，可他们多年前就已经分手了。

"阿丝，真奇怪啊，我们同在一个城市，我怎么一次都没遇见过你？我还以为你像美人鱼一样潜伏在河底呢。"

"这可能是因为我过的是夜生活，白天出来的时间不多吧。"

"看来你的日子过得很有劲头。如今你的男朋友是谁，可以告诉我吗？"

"当然可以。他是一名烟贩子，生活动荡。我不知道他是否真爱我，也许他更爱走私的生活。"

"阿丝这么美，他还会不爱？"

"他会。这正是他的迷人之处。"

"我明白了。"

"你比过去更有智慧了，是女人使你变成这样的。她怎么样？

一定很有魅力吧？袁黑运气真好。"

"她的确有魅力，可她老要甩掉我。我已经患了神经衰弱。"

"独立的女人是最美的，你们男人对这一点有共识。"

"阿丝将人生吃得很透。"

袁黑和小贺那天晚上见过的渔民朝他们走来，袁黑对阿丝说："你瞧，我们命里的法官过来了。"

可是渔民看了他俩一眼，又回转身下到河边，上了自己的船。

"那不是真正的渔船，是一艘海盗船改造过来的。"阿丝说。

"阿丝怎么知道的？"

"我认识那个老头。有十多年了，他一直守在河边。他非常勇敢，而且经验丰富。他过去是驾驶海轮的。袁黑，我要走了，我看见我的老顾客在街角等我，他向我招了三次手了。"

"哎呀，阿丝！我们刚见面就要分手了。我以后去哪里找你？"

"随你的便。'山茶花小区'，温泉旅馆，我一般在这两个地方。"

河风吹着，她在风中像一只蝴蝶。

袁黑垂头丧气地往那渔船走去。他上了跳板，走进舱里。船老大坐在黑暗的舱内搓麻绳。

"她走了吗？这个女孩是非常靠得住的，你怎么放走她了呢？"

"您弄错了。我十年前就同她分手了。"

"你是个傻瓜。"

"你说得对。我现在又卷入了另一桩傻事。"

"那么，你现在变聪明了。"

"老伯伯，您说说看，女人究竟是怎么回事？"

"不要问这种问题。如果你累了就躺下吧，这里有被子。"

袁黑躺下了。一躺下眼睛就睁不开了，他还感觉得到船的摆动。

不知过了多久，他还没有入梦。他感觉到老头点燃了煤油灯。后来他又听到老头在同舱外的女人说话，老头的声音特别好听，像男低音歌手一样，句子之间有起伏。袁黑想捕捉那女人的声音，却怎么也捕捉不到，他只听到几个不完整的词。袁黑下定决心战胜瞌睡，猛地坐了起来。他看见老头正在将晚饭端上小桌子，他连忙过去帮忙。

"老伯伯，我刚才听见有女人说话。"

"是阿丝。阿丝遇到了麻烦。我想，她对付得了。"

"她是您的情人吗？"

"阿丝就像我的女儿。"

煤油灯照亮了小方桌上的鱼、辣椒，还有蔬菜。袁黑同顾大伯一起喝酒。袁黑看见他俩的影子在船舱里晃动着，随着水流一摇一摆的。顾大伯很健谈，但他的叙述总是那么虚幻，令袁黑感到微微的烦躁。

顾大伯是在这附近遇到阿丝的。当时她从堤上滚下来，脸和手都被擦伤了，流着血。她不肯去医院，顾大伯就请她去他的船舱里，她立刻答应了。她在船舱里躺了两天，发着烧。她是因为追赶弃她而去的烟贩子而摔伤的。那家伙上了轮船，头也不回地走了。

"伯伯，我爱您。"

阿丝一边说一边捉住他替她缠纱布的手。

"阿丝,你要对自己有信心。"

"我已经对自己产生了信心。我要同您一起生活。"

他们在船上同居了一个月。

一天,他们卖掉了鱼回到舱里。顾大伯盯着船板上那一线跳动的夕阳,他从光线里认出了某些熟悉的东西。于是他对阿丝说道:

"阿丝,他回来了。"

"瞎说!!"

"你必须离开。我答应了我侄儿,让他来舱里住几天。他是个青年工人,来这里休假的。"

阿丝大哭了一场。哭完后不理他,一个人跳上岸跑掉了。

说到这里,顾大伯那多褶的脸上出现笑容,他又给自己倒了一杯酒。

"啊!"他叹道,"袁黑你告诉我,如果换了你,你会舍得脱离我现在的这种日子吗?"

"当然舍不得。"袁黑不安地扭动了一下,"您的生活就像神仙的生活。每次我看到您的船停在这里,我的心就会跳个不停。为什么我不能像您这样思考问题?您说得对,我是个傻瓜。"

"那是因为你对自己没有信心。现在你有信心了,对吧?"

"对。干杯!"

"干杯。明天我要去洞庭湖,五天后回来。"

"您总不休息吗?"

"最多休息一两天。我喜欢我的工作。"

袁黑在黑暗中爬到堤上。他想仔细再看看顾大伯的船，但是已经看不清了。也许河面起了雾。那些船都成了模糊的轮廓，像一些兽趴在河边，点点灯火像兽的眼睛。

从堤上下到马路上，他发现街灯都没亮。一个迎面走来的人撞了他一下，这个人抓住他的手臂说：

"滨海大道132号，那里有家弹子店。去试试您的运气吧。"他匆匆地说完就放开袁黑走掉了。

弹子店里热闹非凡。袁黑坐在机器面前，屏幕上出现一只怪兽，张开血盆大口冲着他笑。过了十分钟，还是那个怪兽，那机器不听他的操纵。

袁黑站起来往里面走。他在窄窄的过道里走，两边都是机器，每台机器面前都有一个聚精会神的赌客。他走了又走，这间房居然没有尽头，不知道要通向哪里。迎面来了刚才在街上对他说话的老头。

"您对敝店有何印象？"他拍了拍袁黑的肩。

"这是世界上最大的弹子店吧？"

"是啊。在这样风雨飘摇的夜晚……您还要继续参观吗？这里是'自由港口'，谁来了都可以尽情参观。您瞧，您的好朋友来了。"

老头侧身从袁黑身边插过去，袁黑看见阿丝过来了。

"袁黑，我的运气真糟糕。不过我现在转运了，因为碰见了你。在'自由港口'遇见袁黑，多么奇妙的事！"

"阿丝，我在城里生活了这么久，不知道这里有家弹子店。"

"那是因为你还没到关心这类事的时候。时候一到，它就出现了。"

"我的脚好像踩在浮桥上。"

"看来你还不习惯这里的氛围。我们出去喝杯咖啡吧。"

阿丝的话音一落,袁黑就看见了门。

他俩一块从玻璃门里走出来时,袁黑清晰地听见"扑哧"一响,像是一个巨大的气泡破裂了一样。他问阿丝这是什么东西发出响声,阿丝回答说是空气里面的自由物质。

"你注意到老板的眼睛没有?他的左眼是假的,是一个微型摄像机。啊,他真是个和蔼可亲的人!经营这样的弹子店有多么艰辛,东躲西藏,就好像这个店在地球上不存在似的。谁能做到这一点?我一进到店里,我的伤就好了,我满怀羞愧。"

阿丝说了这些话之后,袁黑心中的忧郁也减轻了。

"谁配有自由?"阿丝在黑暗中轻声诘问着。

"我今天学到了很多东西。"袁黑由衷地说。

他们想找咖啡店,但夜已深,所有的店子都关门了。

"阿丝,我们还是回'自由港口'吧,我觉得我现在有勇气了。"

"你肯定吗?"

"我肯定。"

"你真可爱,袁黑。可是'自由港口'那种地方不是你想去就去得了的。我们从那里出来了,它就不存在了。你不觉得这是个富于智慧的圈套吗?从前我在纱厂的时候,根本不知道有这种弹子房存在。我到顾大伯的船上生活了一段时间之后才知道的。你进去了之后,如果你不打算马上出来的话,你就不能确定任何事。你一直往里走,往里走,你看见了什么?袁黑啊,你看见了什么??"

"我看见了阿丝。"袁黑神情恍惚地说。

阿丝哈哈大笑。

"那么你的意思是说,我明天晚上再来,就找不到这家弹子房了?可它明明在那里,在棚户区的旁边。"

"你要不相信可以自己去试。这种事是有风险的。再见,袁黑。近一段时期我还会遇见你的,因为我俩在找同一样东西。"

她拐进了旁边的一条小胡同。起先袁黑出于好奇想跟踪她,可是走了没多远,微弱的灯光下出现一个铁塔一样的汉子。那人迅速地给他一击,他倒下了。他的脑袋着地时,听到了响亮的唢呐声。

袁黑丧失了知觉,然后又恢复了。他坐起身,看见那汉子还在他面前。

"你想再去弹子房?"汉子问。

"是啊。"

"刚才那一击就是打掉你的妄想!"他提高了嗓门。

"我违反了规矩吗?"

"主动找死是不会成功的。"

汉子发出令人害怕的冷笑,朝着胡同深处走去。

经过了这些事,袁黑感到了疲倦,他想回家好好睡一觉。

袁黑刚回到家里,电话铃就响起来了。是他的情人飞霞,那个女狱警,有两个女儿的寡妇。

"袁黑,我最近情绪不好,你不能来我家。你另找出路吧。"

"飞霞,谢谢你打电话来。可我……没有别的出路啊。"

"那你也得找。比如说古城墙那种地方。"

"我明白了。"

袁黑放下电话,他什么也不明白。他为自己的迟钝而懊恼。古城墙?传说城里是有一段古城墙,但他的熟人里头谁也没见过。袁黑想,飞霞也许向他提出了一个严峻的问题——她要他去找他的魂?

袁黑气馁地躺在床上,他的睡意全消,他看见窗外天亮了。

日子变得越来越像煎熬了。飞霞对他不满,认为他是个没有主见的人,不适合做她的伴侣。袁黑也感到自己的确遇事没有主见。比如昨天夜里在弹子店里,阿丝就显得比他要沉着得多。当然,这同他从未去过那种地方有关系。看来飞霞就是要他多去像古城墙啦,弹子店啦这一类的地方,从它们里头找回男子汉的自信。他已经活了三十多年了,却从来不知道城里这些地方的真实情况,连去都没去过,这是怎么回事?

袁黑慢慢梳理自己的思路。他想,阿丝是一个明白底细的人,那天他同她相遇两次绝不是偶然的,可能她一直在他周围转悠。她不是说了她同他有同样的问题要解决吗?既然这样,他就应该去找阿丝,找阿丝就是找"出路"。他决定去"山茶花小区"(多美的名字)。他得等到夜里,因为阿丝说了她是过夜生活的人。

但是袁黑没能进到"山茶花小区"里面。因为他刚走到小区大门外就接到了阿丝的电话。阿丝说:

"袁黑啊,你别来了,现在我的情人回来了,我顾不上你了!"

多么奇怪啊,阿丝怎么知道自己在小区门口?看来阿丝的问题已经解决了。袁黑一下子有了信心。既然阿丝的问题可以解决，自己的问题应该也可以解决吧。袁黑凝视着马路上那些闪烁交错的灯光，某条出路仿佛模模糊糊地从那当中出现了。他听见自己的心随着脚步在跳，一下一下地越来越有力了。他对自己说："袁黑不会放弃，袁黑还有潜力。"他心中对阿丝充满了感激。是她，还有小贺哥，将他袁黑引入了他早就该去的地方。现在他对那个未知的世界充满了渴望，这种渴望有种肉体的意味，正如他对飞霞的渴望一样。他感到自己那过早逝去的青春又回来了。

打定了主意之后，袁黑就朝河边的方向走去。他还没走多远，弹子店的老板就出现了。他手里居然提着一盏应急灯，让那刺目的白光晃来晃去的。

"你想想看，在这种黑乎乎的夜里，有多少人在市内游荡？"他对袁黑说。

"应该很多吧。"袁黑隐隐地激动着，"有的人已经成功了。"

"那是什么样的成功？将'自由港口'搬到了家中吗？"他的口气中有嘲弄。

"我不能确定。您是来接我这只迷路的猫的吗？"

"对啊。今夜你必须向左转，到歌剧院下面的地下室里去。"

老头将灯熄掉了，他隐没在黑暗里。

袁黑穿过马路往回走。在寂寞的人行道上，一个黑影撞到他怀里。

"袁黑，袁黑！"她喘着气。

居然是飞霞。她那有力的躯体热烘烘的，袁黑紧紧地抱着她，他俩接了一个最长的吻。袁黑感到自己的身体要爆炸了。

"袁黑,这不是我,这是我的替身!"

她猛地挣脱他跑掉了。袁黑甚至不知道她是朝哪个方向跑的,因为既没有看到她的身影,也没有听到脚步声。

袁黑来到歌剧院时,弹子店老板已经高举应急灯等在那里了。

歌剧院有一张侧门是开着的,袁黑跟着老头进了门。在去地下室的楼梯上,老头叮嘱他说:

"这个屋里的人都是我的顾客,你在这里是不会遇见熟人的,你要放松你的神经。你瞧,他们在这里制造了热烈的氛围。"

老头打开门,将袁黑推进房内。是很大的房间,没点灯。

有一个人搂紧袁黑的腰,使他同她一块坐在木板凳上,听声音她应该是个姑娘。老头熄了应急灯,什么都看不见了。

"刚才我看见您同老板一块进来,我心里想,原来袁黑是位漂亮的小伙子啊!我还以为您是四十多岁的中年人呢。"姑娘的声音像唱歌一样。

"我三十二岁了,是老板同您谈起我吗?"

"不是。是阿丝告诉我的。您和我同病相怜。请您握住我的手,握紧一点,再紧一点,我不怕疼。"

袁黑感到女孩的手掌上尽是硬茧子,像是个做苦力的劳工。

"我是钳工,做模具的。您再用力一点,不这样我就感觉不到自己的存在。好,好,谢谢您。我的情人掉进龙门刨里面去了,同事们都说他是在机器里头玩耍,可我亲眼看见他被刨平了。我叫蝉,一个短命的名字。"

"这屋里这些人都是因为情感问题来这里的吗?"

"这些人？不，房里只有我和您。您听到的声音是外面传来的，要么就是幻听。我从前也经常有幻听。"

"可是我的情人好好的，我刚刚同她见了面。"袁黑不高兴地说。

"啊，对不起，我并不是要诅咒您的情人。我们坐在这里，是为了谈论爱情。"

"好吧。"袁黑勉强地说。

"您好像不太乐意？这可是难得的机会啊。"

"不，我很乐意，反正我现在也没事，心里很空虚。"

蝉松开他的手站起来，袁黑听见她在哭。

她哭了好久。袁黑实在忍不住了，就开口问她：

"您也是来这里找出路的吗？弹子店老板将我带到这里来，我对他产生了怀疑，会不会是欺骗？"

"不！不！"蝉马上停止了哭泣，用力顿脚。

"您哭得我心烦，我有意要岔开您。"袁黑笑起来了。

有人进来了，他俩都听到有人进了房间。那人不出声，就蹲在右边的角落里。隔了一会儿，那人划燃了一根火柴——他将火柴举起，然后扔掉了。

袁黑勉强看出来那是个男人。

蝉凑近袁黑轻声说："他是我的情人。"

男人在角落里蹲了一会儿，站起来出去了。

"您同他分手了吗？"袁黑问。

"分手？同他没法分手的。我刚才告诉您，他已经死过一回了。这种人最没希望——你打不定主意究竟将他当成死人还是活人。所以我刚才哭。他刚才一直在这附近,这里是自由的地下堡垒,弹子店老板对您说过了吧?只要您盯住这位老板,您就会心想事成。可是我又感觉不到自己的右脚了,您再紧紧握住我的手吧,好!谢谢!"

"刚才为什么您不过去?"袁黑又问。

"我对自己没把握,而且我也不知道他会不会突然死掉。"

"自由堡垒也不能给您信心吗?"

"我当然是有信心的!"她猛然提高了嗓门,"要不我还会待在这里?"

袁黑感到自己的手被什么东西扎了一下,钻心的疼痛令他"啊"了一声。他甩脱蝉的手跳起来。血正在从他的手掌流出。

"我要包扎一下。"他虚弱地说,一边往门那里走。

"站住!我向您保证,您不会有事的。"

"为什么您要将刀片藏在手心里?"

"我不是有意的,这是我的个性。您还不知道吧,来自由港口的人都有那么一点个性。您不会死的,我用这布条先替您包扎起来吧。"

袁黑不知道她从哪里弄来的布条,也许是她随身带着的。她俩忙乎了一会儿。袁黑看见刚才那个男人的身影又出现在门那里。

"我们到他那里去吧。"袁黑轻声说。

蝉死死地抓住袁黑受伤的手,使他动弹不得。奇怪的是她这么一抓,袁黑的伤口就不怎么痛了。袁黑想,那男人正同蝉相持不下,而他夹在他俩中间。他应该离开这里。"我要走。"他向女孩耳语道。

可他挣不脱她，她真是力大无比。

"这里上演的是一出什么戏？"弹子店老板的声音在袁黑背后响了起来。

老板一说话，门口那男的就不见了。蝉的手松开了袁黑。

一道白光突然刺目地亮了起来，是老板的应急灯。袁黑看见灯光中蝉那张端正的、受了惊吓的脸。她飞快地跑出去，连脚步声都听不到。

"他俩是自由港口的老顾客。让我想想看，大约有八年了，他俩分别到我的店里来过夜生活。有时他们会在这里相遇，但相互很快又躲开了。我要去照顾别的顾客了，你待在这里吧。"

他熄了应急灯，匆匆地出去了。

现在是袁黑一个人留在这间空房里面了。他想，这个老板叫自己待在这里，总有他的道理吧。反正他现在回去的话心里也很难受，不如在这里看个究竟。他此刻尤其想再次遇到蝉和她的情人。一个死在龙门刨里面又复活了的男人，会有什么样的爱情？袁黑忧伤地在空房里踱步，这里有一点点不知从何而来的光线，他的手摸到墙壁，有点湿漉漉的。他做了一个深呼吸，空气里面有股苦味，这就是刚才的伴侣留下的味道吗？

有人在走廊里朝他的房间走过来了，袁黑不由自主地朝门口迎去。

"她走了吗？她走了我就进来。我可是累坏了，我要在这凳子上睡一下。那边还有张凳子，您也可坐下休息的。"

是蝉的情人，袁黑觉得他头脑很清醒。

"您同她在玩'躲猫猫'吗？"袁黑问道。

"我同她之间总是这样的。我出身不好,她不能接纳我。我是个弃儿,被人扔在红薯窖里,她忘不了我出生的污点。这也难怪她,一个生出来不久就被扔到红薯窖里的家伙,必定是很可恶的吧。"

"我很羡慕你们。您瞧,我可是一个人孤单地待在这里,我的情人从来不在深夜里出来找我,一次也没有过。"

"不可能。她虽然没来这里,她一定是知道您在这里的。我猜,是她叫您来这种地方的吧?"

"您怎么知道的??"袁黑吃了一惊。

"这里是'自由港口'嘛,来这里的人都是些,都是些……啊,我忘了那个词了。这里真静……"

他打起鼾来了。他睡得真香,一定是累坏了。

袁黑变得激情高涨,他往走廊里走去。

他摸索着穿过走廊,到了楼梯口。楼梯口的上方有一台弹子机,屏幕亮着,里面有个怪物正张开血盆大口对他狞笑。那声音震动了整个地下室,袁黑腿一软,几乎要跌倒在楼梯上。

他还是爬上去了。当他站在机器跟前时,怪物已经隐退到屏幕的一角不出声了。弹子店老板从机器后面走出来,他问袁黑:

"赌一局怎么样?"

"我不赌,我有另外的办法。"袁黑说。

他关了机器,走近袁黑,轻声说:

"你支着耳朵仔细听听。"

袁黑开始什么也没听到。后来,隐隐约约地,他所熟悉的茶花女的咏叹调从上方传来了,越来越清晰。她到底在唱什么?

她的歌声从未像这样令人毛骨悚然。袁黑觉得她不是在舞台上唱，而是在一个巨大的，空无一人的建筑里面唱。虽然袁黑从未听过这个咏叹调，他承认女演员发挥得好极了。他站在黑暗中，忍不住一阵一阵地流泪。他在流泪中打定了一个主意。

茶花女唱完了，地下室里沉寂下来，老板也不见了。

袁黑摸到门，来到外面的小广场上。他突然感到胸口一阵窒息，他不能顺畅地呼吸了，只能像出水的鱼儿一样张大着嘴喘气。这是怎么回事？他解开衣领，费力地吸气。他无意中瞥了一眼那狭窄的有几颗昏星的天空，他看见厚厚的云层低低地垂挂着，似乎要对他说什么。他突然生出一种渴望，想要马上回到"自由港口"里面去。他像气喘病人一样一步一挪地回到那张门前。但是门已经被从里头紧紧地闩上了。他对着门踢了一脚，一用力，更加难受了。他用双手揪住胸襟，觉得自己要完蛋了。

他就这样在原地挣扎了半个小时，双眼渐渐发黑，最后完全黑了。

袁黑醒来时看见自己躺在自己的床上，飞霞坐在书桌旁，她没有开灯。外面有月光照进来，飞霞的脸十分惨白，像一个日本艺伎一样。

"'自由港口'的威力真是惊人啊！人从那里面出来就会短时间丧失呼吸的能力。我现在回忆起来了，在那里面我体验到了幸福。飞霞，我是怎么回家的？你把我背回来的吗？真难为你了！"

"是我将你背回来的，你这个生病的瘦猴。我告诉你，我不是飞霞，我是她的替身。现在我要走了，再见！"

她轻轻地关上了门。

袁黑爬起来给自己煮面吃。他明天早晨还要上班呢。

他吃完面，收拾了厨房，又去洗了个澡，这才回到房里。

他看见桌上放着飞霞的眼镜盒。为什么她老声明她是一个替身？如果人认为自己是自己的替身，那会是什么样的感觉？他打开眼镜盒，那里面没有眼镜，却有一截毛乎乎的动物尾巴，那切口非常整齐，上面还有血迹。尾巴下面压着一张字条，是飞霞写的。

"她逃走了。夜里很黑，到处都是机会。"

袁黑记起了飞霞告诉过他在古城墙里有种不知名的小动物，数量很多。它们生活在巨大的夹墙里，已经有好几代。他将尾巴放到鼻子底下，立刻闻到了清香味道，像香瓜味儿一样。

袁黑将那一截尾巴放在窗台上的水仙花盆里，他想，也许这尾巴还会自行生长吧。他又想，也许"自由港口"就是飞霞所说的古城墙？

十、在巢县

韦伯进监狱后不久，妻子小袁就从城里消失了。

这是一次预谋了一段时间的行动。小袁一生中第一次下这么大的决心，她想通过改换环境变成另外一个人。神不知鬼不觉地，她在巢县的县立中学谋到了一份地理教师的工作。她收拾了自己的东西就搬到那里去了。她毫无牵挂，因为韦伯和两个儿子都已经不再需要她了。

但小袁对于今后的前途并没有很大的信心，她是那种走一步看一步的人。她很喜欢这个依山傍水的小县城，这里朴素的民风也令她十分陶醉。还有学生们，他们很快就喜欢上了这位漂亮的中年老师。每天上完课，总有一群学生拥着她，将她送到校内的宿舍里面。她感到这个工作比原来那个工作有意思多了，她没想到小县城的中学生素质如此之高。最主要的是，这些孩子都有丰富的关于动物和植物方面的知识，他们对于异域的那些风土人情也充满了好奇心。

令小袁诧异的是,她的学生们在每堂课之前都做了充分的准备。结果她的地理课往往变成了大讨论,各人都在课堂上将自己那些有趣的知识贡献给大家。虽然纪律有些乱,但每个人都得到了某种程度的满足。

一开始小袁认为她的学生大概都渴望有机会去世界周游,这是喜欢地理课的学生们常有的想法。可是有一天,两位来她宿舍玩玩的女学生改变了她的看法。这两位属于对于植物特别着迷的类型。小袁去过她们家,她们家是平房,都有一个后花园,园子里都长满了奇花异草。两个人家的园子里都放着一个大木架,木架上一层层摆着大口玻璃瓶,瓶里装着沙土,一些草本植物在里面长得很茂盛。名叫小薇的女孩告诉小袁,之所以用玻璃瓶栽植物,是为了可以观察到植物根部的活动。当小薇被问及对旅游的看法时,她回答说:

"老师,我每天都要来园子里旅游,这里可不是个小世界。夜里熄灯之后,我就仔细聆听。我的床紧挨着那些大玻璃瓶,瓶里的沙土很松软。我听到凤尾草的根须向下生长,发出'滋滋'的响声。植物没有脚,那瓶子是它们的世界,它们就这样旅游。"

"我明白了,小薇,其实你是我的老师。那么栀子花是如何旅游的?"

"栀子花啊,"小青插嘴说,"栀子花是用它们的香味来周游世界的。有一回我去了省城,我待在封闭的高楼里,每夜都闻到它们。谁要是侍弄过栀子花,就会被它们纠缠一辈子。还有消炎的药草矮地茶,不管我在哪里,身体只要一发炎我就会记起它们。我将我的意念集中在它们身上,炎症就会退下去。您一定注意到了,我在园子里栽了一大片。"

两个女孩的自白长久地激动着小袁的心。她想起自己以往旅行时携带的那些计时器,她感到自己的举动颇有些幼稚。相比之下,女孩们侍弄的活的植物才是真正的计时器!可是如果不来巢县,她永远不会知道这个秘密。这个既开放又封闭的县城,到底是一个什么样的县城?小袁觉得欣慰,因为她还有半辈子的时间来慢慢了解巢县,在未来的日子里,她将一个接一个地发现她身边的那些计时器。小袁对镜子里的自己微笑着,初步的征兆已经显示,她的迁移是成功的。在这个大山环抱的县城里,她夜里睡得多么安宁啊!她在这里真正有了"家"的感觉,这是多少年里头所没有过的。

"袁老师,如果我将我养的家鼠让人带到洪都拉斯去,它在那里可以生存吗?"

说话的是羞怯的吕同学,一个矮小的男孩。他和她正从食堂里出来。

"我还不知道呢。"小袁想了想又说,"你问问它,它应该会告诉你的。"

"谢谢老师。"

小袁注意到这位吕同学跑起来很像可爱的家鼠。吕同学住在街尾的破平房里头,小袁知道那里面是小动物的乐园。有一回她坐在他家宽大的木板凳上,一只油亮的蟑螂大摇大摆地爬上了她的裤腿。

小袁沉醉于孩子们的世界,庆幸于自己的好运气。有一夜,她甚至睡在了小薇的闺房里,小薇则睡在临时支起的行军床上。那天夜里,小薇忽然起来了。

"小薇,你到哪里去?"小袁吃惊地问,从床上欠起身。

小薇不回答她,口里咕噜着什么,打开了朝着园子的门。小袁穿好鞋,跟在女孩后面。小袁担心她是梦游。夜里没有月光,但小薇熟门熟路,似乎有双猫眼。她从木棚里拿了小铁耙,然后搬起木架上的一个玻璃瓶放进一个帆布袋,背起帆布袋就走。

"老师,您别跟着我,我要去巢山。我的凤尾草不愿待在这里了。"

"我不放心你一个人去啊。反正明天休假,我也想跟你去那边看看。"

"可是它会不高兴的。"

"谁?"

"小凤,我的草。"

小袁只好回到房里。她替女孩担忧,恨自己刚才为什么不坚持跟着她去。她就这样睁着双眼看着黑暗,又不敢乱动,怕吵醒小薇的父母。她想,如果小薇真的出了事,她就会同她一块死去。唉,她小袁白活了这么些年头,还是这么轻率。刚才因为学生涉及了一株小草的愿望,她立刻就让步了,她生活中有些奇怪的原则。

小袁的焦虑一直延续到清晨。天蒙蒙亮时小薇回来了。灯光下,她显得青春焕发,只是脸上有些脏。

"这一趟旅行啊……"小薇说了半句,激动得说不下去了。

小袁紧紧地拥抱着学生瘦小的身体,差点哭了出来。

"我走了,小薇。我再也不在你家过夜了。你休想劝动我。"

小袁到巢县来工作的初衷当然是因为刘医生——这是小袁一生中的转折点,她改变了从前打定的主意。那个时候,她认为自己同刘医生的分别是永别,可时间一长,她的思想就起了变化。她对自己说:"为什么不去走回头路?也许对我来说正确的那条路就正好是一条回头路!"她可以回到那里,而且会比从前做得更好。她通过一些七弯八拐的熟人关系联系到了巢县第二中学,然后就悄悄地在这里安下了家。她并不急于去找刘医生,她打算让刘医生发现她。再说,还不知道刘医生是不是已经有了伴侣,她还是谨慎一点为好。

这个小城市给她带来的刺激超出了她的想象。一切都是那么新鲜,几乎每天都有让她激动的、出乎意料的事发生。她每天上课下课,去学生家访问,休息时则清晨坐在街边的凉棚下喝豆浆。她做这一切事情时觉得自己完全是另外一个人,一个没有过去,也没有任何心理负担的年轻人,虽然她早就过了四十岁。这一来,她更加认定了,即使永远不再去和刘医生来往,来巢县也是来对了,这个城市表面破旧,设备落后,内部却蕴藏着无限的生机。如果她不在这里住下来,就永远也不会知道这其中的秘密。这里有一种永恒的宁静,不是那种死水一潭的宁静,而是由一波一波的规律性的激情构成的宁静。

在小袁的眼中,县二中的中年男老师个个有魅力,性格深沉,似乎都是她喜欢的那一类。虽然他们的穿着都像农民(大概是由于缺钱),但他们性格中的某种定力是小袁居住的那个城市的男性远远比不上的。她慢慢地知道了有几个男老师是独身，她预感到她同他们当中的一个也许会建立特殊的关系。不知为什么后来这种事并没有发生。究其原因，大概还是因为她还在思念着刘医生。她已经在这个月当中去刘医生开诊所的那条街道观察过好几次了，每次都是远远地驻足街边，看着那张漆成白色的诊所大门。然而每次都毫无收获。像故意同她作对似的，既没有人进那张门，也没有人从那张门里头出来。不过这正是小袁所希望的结果。

此地的黄昏是多么的忧郁啊。如果小袁于黄昏站在家门口的青石台阶上，看着远方那沉默的巢山，她就总是想要掉泪。为了克制自己的情绪，她便也像她的学生一样在屋后挖了一块地，撒下一些红红绿绿的种子。种子是小青送给她的，当她询问是什么种子时，小青仰着脸说道：

"不知道，老师。在我们这里栽种东西，您不要抱期望，那是没有用的。你刨好土，将它们扔到土里就尽快忘记它们吧。我们都是这样做的。原来我以为从什么植物收获的种子就会长出什么，但完全不是那样。您等着瞧吧。"

但是这些种子撒下去有两个多月了，仍然毫无动静。

小青摇着头无可奈何地说：

"大概土壤不适宜，已经死掉了。"

然而学生们的花园是多么繁茂啊！花草树木简直要涌进他们的屋里来了，藤萝爬满了墙壁，在屋顶上堆了起来。这里面一定有什么玄机，小袁猜不透。或许这是她还未融入此地的一个标志吧。

县城的人们很少外出,他们太自满自足了。在他们面前,小袁总是有点感到惭愧。她想,时间长了就会好转吧。小袁在电话中对她妈妈说:

"这是一个触及我的灵魂的地方。我以前从未像这样对生活的热情这么高……不,您不要来,您会失望的,这里没什么东西可看。这里的一切都很含蓄,太含蓄了,简直单调……我是说表面上。啊,这里不像国内的县城,倒像异国他乡。我在这里很幸福,请您相信我的话。再见。"

她放下电话,心中涌动着那种情感。那是种熟悉的情感,她来巢县后就一直沉浸在其中。那就像小时候捡到了一只受伤的嫩麻雀,然后将它养起来的那种心情。真是魂牵梦萦啊。

给母亲打了电话后,小袁变得心潮起伏。从昨天起,她就打定了主意要去拜访她所教的年级的数学老师。她对他说了,他也同意了,不过他同意时脸上没有什么表情。他姓钟,是独身,不住在学校里,住在郊区。他将他的住宅的方位告诉了她,说那是一栋土屋。

"走到第三棵老桃树那里就可以看见了。"钟老师说。

"为什么您不住在学校里呢?"

"因为我要养蜂。"

巢县没有多大,小袁很快就找到了三棵老桃树那里。

土屋很矮。小袁想,像钟老师这样的高个子恐怕进屋都要低头吧。

他坐在门口喝茶,手里捧着一本词典。看见小袁,他就将词典放在板凳上,朝她走来。他说屋里实在是简陋,还不如坐在外面聊天心情愉快呢。

小袁伸着脖子朝他屋里瞄了几眼,什么都看不见,里面太黑了。她在钟老师给她安排的小靠椅上坐下了。钟老师去端茶,他果然是低着头进屋。

"钟老师,您的蜂箱放在哪里了?"

"蜂箱啊,那是可有可无的。"他含糊地说。

小袁注意到他的双眼非常明亮,她那个城市的人里头很少有这样的眼睛。也许是因为他常年住在空气新鲜的地方?

钟老师领着小袁围着他的土屋绕了一大圈。小袁眼前不断出现野树和半人高的蒿草,野花也很多,蝴蝶翩翩起舞,可她就是没看见蜜蜂和蜂箱,大概钟老师的养蜂场不在家门口吧。啊,那些蝴蝶,不光种类多,色彩还特别鲜艳!

他们回到屋檐下坐下来时,小袁将心中的疑问说了出来:

"这里既没有村子,也没有单位,怎么独独有这么一栋屋子?"

"你问这个啊,这是我父母的土屋。"

钟老师进屋去烧茶,小袁趁机也跟了进去。

她的眼睛过了好一会才适应了屋里的黑暗。钟老师的家非常清爽,简单,几件旧家具在前后两间房里摆得整整齐齐,宽大的木架子床上挂着蚊帐,书桌上放着半导体收音机。小袁注意到这是真正的土墙,散发出阴凉的气息。厨房是搭在后面的披屋,那里有一个煤气灶,钟老师正在为小袁烧"花茶",即多种小花合成的茶,她刚才已经喝过了。

"花茶"很快烧好了,小袁用茶盘托着放到外面的茶几上。

"钟老师，您真幸福啊！"小袁说。

"您这么快就看出来了吗？"他那明亮的眼睛有点茫然地凝视着远方。

"要不是我已经有了意中人，我真想嫁给您！"

"哈哈！您在鼓励我！"他终于笑出来了。

"那么，养蜂到底是怎么回事？"

"说实话，这个地方不知什么原因并没有蜜蜂，却有这么多花儿。如果在春天里，比您现在看到的花儿还要多几倍。我不愿将别处的蜜蜂引到这里来，那是不道德的。于是我就坐在家中想象那些本应该降临此地而迟迟未来的蜜蜂。我还为我的这种想象记了日记呢，您瞧我多么可笑。我现在已经有了厚厚一本关于蜜蜂的日记。让我们谈谈您吧，袁老师。关于您生活中缺少的东西，您是否也用日记的形式记载下来？"

"我？"小袁不安地将目光从他脸上移开，"我不记日记。但我有很多计时器。在我出差的时候……我已经不用那些计时器了，它们在这里失灵了。啊，巢县真是个奇异的地方！但是你们自己，一定觉得自己非常普通吧？比如记蜜蜂日记这种事？"

"您说得对，我的确是个很普通的人。"

"您是在这栋房子里长大的吗？"

"是啊。我父母在的时候，我们一家人非常好客。我们的客人不多，但同我家的关系都非常好。这房子是他们从一位农民手里买下的，选择这个人烟稀少的地点是因为他们时常需要孤独。您瞧，我也继承了他们的性情。但是袁老师啊，您今天来了我真高兴！"

"您休假时一般做些什么呢?"小袁问。

"我?我的爱好是半夜里在蜜蜂的嗡嗡声中听收音机。那种时候,你会感到你同整个世界真正连成了一体。我这个收音机功能特别好,世界各地的电台都能收到。我听啊听啊,有时一直听到天亮。"

"我听说您在破解一个世界数学之谜?"

"那是我的一项游戏,它给我带来快乐。"

透过大枣树的枝叶,小袁看见太阳正在一点一点往下移,周围变得无比的寂静,连那些蝴蝶也不飞了。小袁真切地感到这种境界的魅力,她沉默了。钟老师也不开口。小袁想,也许此刻他正在破解那道难题。她看见他那清澈的目光正在变得朦胧,她不忍打搅他。

花香一阵阵袭来,小袁坐在靠椅里头,她似乎想起了许许多多久远的事情,有一个影子在她那些思维的格子里穿来穿去的,一阵阵的欢乐从心底升起。不知过了多久,钟老师的声音忽然响起来了。

"友谊真美好啊!"

他笑盈盈地望着她。

"我爱您,钟老师。可是我要走了。"

"我也爱您。让我送送您。"

钟老师将小袁送到老桃树那里,然后小袁一个人去车站。小袁走了十几步之后便好奇地回头看了看。钟老师不见了。真奇怪,周围空空荡荡的,莫非他钻入了地下?可是她不想深究了,那会破坏她的情绪,此刻她感慨万千。

回到学校，去食堂吃了饭出来，天已经黑了。她又碰见了吕同学。

"你慌慌张张的去哪里啊？"小袁问男孩。

"我到食堂来找我的朋友，灭鼠运动要来了，我家有八只老鼠要托人带走，还有五只没着落呢！"

"你找到你的朋友了吗？"

"没有。他们不在这里吃饭了。"

他那可爱的身影像大老鼠一样顺着墙根溜走了。

小袁在家里备了一会儿课，感到静不下心来——今天发生的一切太激动人心了。她踱步到门外，看着天空中那几团浅紫色的云彩，记起了同刘医生在此地度过的短短的时光。这是她来这里后第一次回忆那件事，因为她一直忙忙碌碌的，新鲜事物应接不暇。说实话，那一天她在巢县虽然也到处转了转，还同刘医生一块上了巢山，可是她什么也没注意到。在她印象里这也就是个普通县城，土气而破旧。但为什么回去之后她老想着这个地方？可见人的表面印象是靠不住的，那个时候，一定有什么东西进入了她的脑海，而她没有明确意识到。当然那些东西可能同刘医生有关，但不会是全部同他有关。她几乎是于一瞬间就打定了主意要来这里，然后就开始行动的。

"吕同学，你还在找你的朋友吗？"小袁大声问道。

"不，不……不是！"

男孩边说边逃走，大概没料到小袁会藏身于芭蕉树的阴影里。

"你慢点离开啊，我要问你一个问题呢！"

"什么问题？"他向小袁走拢来了。

"为什么我撒下了种子,却老不发芽?"

"这很正常啊,您将这事忘掉吧。那是植物们的事情,只能由它们自己决定。我们决定我们的事,它们决定它们的事。可是在有些方面,我们同植物啊、动物啊又是一个大家庭。这种事我说不清,老师,您在我们这里待久了就会知道。关于这种事,常有外地人向我们提问题。"

吕同学着急要去处理他的老鼠,匆匆地走了。

小袁仔细地琢磨吕同学的话,还有钟老师关于蜜蜂的话,她脑海中模模糊糊地出现了一些东西,那到底是什么,还有待确定。她来到屋后,坐在她挖出的那块地旁边沉思。她想,小吕说得对,她对种子的期待是完全没有道理的。那种期待有种专横的意味。月光照着泥土,那些垄沟里似乎藏着古老的、说不出形状的东西。小袁蹲下去看,却又只看见泥土。她该不该记下关于这些无名植物、这些未出生的植物的日记?

深夜里,小袁醒来了。她又一次走到外面。

吕同学又出现了,像一只夜行小动物一样。

"小吕,你怎么还不睡觉?"

"我又送出了一只小鼠,可我还有四只。"

"你在等人吗?"

"我觉得会有朋友从这里经过,我听见了一个人正往这里赶来。"

男孩的颈窝里喷出汗味,小袁想象着他这一整天的辛劳。她伸手抚摸着他圆圆的头。可他的心思显然不在小袁身上。忽然,他听到了什么信号,猛地跳起来就跑远了。

小袁感到自从她来到巢县，就同从前她所置身于其间的那种生活完全隔绝了。此地的风俗人情的确是大不相同，无论从哪方面说都不相同。小袁在国内也算走了不少地方了，不是那种大惊小怪的人，但巢县还是让她不断地暗暗吃惊。她从前也教过学生，但从未像今天一样感到在学生中蕴藏着巨大的能量。如今她同学生们之间的地位颠倒过来了，她自己成了真正的学生。

有一天，她在课堂上给学生们讲解戈壁滩的地形构造。她发现没几个学生听讲，大家都在走神，还有人交头接耳。到底是怎么回事？难道新疆的戈壁滩不是祖国最美的地方？还是他们此刻对另外的事发生了兴趣？她停止了讲课，很生气地坐在讲台上。

"报告老师，"小青站起来说，"这里有一点情况，这就是，全班同学都将这一课预习了很长时间了，大部分人都写了长长的笔记。"

"你们的笔记记些什么？"

"当然是关于戈壁滩啊，我们几乎每天都有这方面的讨论，我们不断找资料来钻研，相互补充，都已经到了神经疲劳的程度了。现在戈壁滩都已成了我们邻近的游乐场了。"

"原来这样。那么，有谁愿意念一念自己的笔记吗？"

没有人回答，课堂上一片寂静，还有点尴尬。还是小青站了起来。

"老师，不会有人愿意的。因为这种笔记是写给自己看的，不能念，念了也没人听得懂。我们写笔记时连家里人都要躲着。"

"是的，不能念，一念就会误解。"吕同学也羞怯地站起来说。

"那你们讨论些什么呢?"小袁问道。

"所有的讨论都采取影射的方法,"小青一本正经地说,"我们谈天气,谈下棋,谈国家大事,其实我们的主题却是戈壁滩。老师您明白吗?"

小袁的脑子乱了,她摇了摇头,感到自己的身体轻飘飘的。

那一天小袁垂头丧气地回到了宿舍。她回忆起,大概已经有一段时间了,她的教育方法在县二中完全失败了,只是先前她没注意到而已。尽管如此,她还是在心中佩服这些学生:他们真了不起!她应该怎样才能进入学生们心灵里头的那个世界?小袁没有去吃晚饭,她吃不下。

有一个人从她窗前经过,是钟老师。

"钟老师!"她叫道。

她知道他正回家去,他总是离校很晚。

"啊,袁老师!"他那明亮的目光停留在她脸上,"您没去食堂吃饭?您心里有什么事吗?"

"我的学生们,他们……对我不满。"小袁吞吞吐吐地说。

钟老师笑起来,说:

"不会有事的,他们热爱您,我向您保证!我还听过您的课呢!您现在能同我走吗?我带您去一个地方,离这里不远。"

她随着他拐了几个弯,来到城郊接合部。那里有一排平房,一个水塘。他们绕过那个水塘,来到三棵古松所在之处。那是三棵参天大树,树底下有石桌和木椅,小袁班上的吕同学和林同学正一声不响地躺在木椅上,他们的眼睛凝视着天空中正在暗淡下去的光。两个男孩完全没有觉察到他们的老师正在观察他们。钟老师做了个手势，小袁跟随他离开。

"让我送您回家。"他说，"您在课堂上精力太集中了，您要容许您的学生走神。您可以试一试这个办法——加入那种集体的走神。您想想，那该会是多么美好的交流！我一点都不为您担心，您的学生爱您，我不是听过您的课吗？您就睡个好觉吧，一切正常。您瞧，您的花园里的花儿开了，这是好兆头。明天见！"

他走了。小袁吃惊地站在原地想不通：他是如何知道她的花园里的花儿开了的？

她绕到屋后，啊！那么多的郁金香，没经过发芽的阶段就直接长成了，花儿在最后的夕阳光线里美得令人心疼。这情景就像变魔术。想一想，她的确有十来天没注意她的后花园了，难道郁金香十来天就可以长成、开花？也许这是巢县特有的时间吧。心灵的时间用不着眼睛，难怪钟老师看见了花儿。

小袁心怀感激地蹲在郁金香旁边，她想，这是学生们对她的报答。虽然她并没给他们的心智带来很大的益处，但她的确爱他们，同他们在一块时总有新的发现。郁金香在晚风中轻轻点头，小袁透过花儿看到了一个朦胧的世界。此刻，她不再奢望立刻进入学生们的世界了，她可以等待，只要执着于一点……钟老师说得对，不用着急，一切都会好的，她还才刚刚开始呢！

她站起来时忽然感到自己饿了，于是打算去吃馄饨。

"袁老师，有一个人在打听您呢！"女店主笑盈盈地说。

"是谁啊？"

"是我的孩子的恩人——刘医生。"

"啊，他知道我来了？"

"他在您的工作调动上起了很大作用,我听见他同学校校长在我的店里议论这事,刘医生说您的专长应当在此地发挥。原来您还不知道?"

"我的确一点都不知道。"

"多么好的医生!多么孤单!"女店主朝小袁挤了挤眼。

小袁的脸红得发烧,她很少这样。她张了张嘴,说不出话来。

小袁走在安静的小街上,她想,同他的会面临近了。不知为什么,她并不十分激动,只是静静地体会着这件事的意义。她对自己的平和心境感到奇怪。莫非在短短的三个月里头,她已经变成巢县人了?却原来——但一切都是再正常不过的!她不上这里来,还能上什么地方去?很可能四十多年里头,她一直向这个方向走,现在终于走到这里来了。如果没有刘医生,也会有别人来同她接头的吧。她再一次回忆同这位医生的邂逅,但一切都是模糊——场景换成了夜晚,人脸也变得斑驳了。小楼上那热烈的一夜几乎没有任何实质性的记忆了,除了那浓浓的干草药的味儿。小袁设想,如果主角换成了钟老师,那感觉一定会实在得多吧。小袁有些踌躇起来:她到底要不要同刘医生见面?她安慰自己说,同在一个小县城,不见面是不可能的。

"袁老师!"有人在暗处叫她。

是那位女店主,她追上了她。

"他是我孩子的恩人。"她气喘吁吁地说。

"谢谢您告诉我。我完全相信他是这样的人。"

"我也谢谢您。"她隐没在阴影之中不见了。

小袁回到家里。开了灯,一眼就看见窗台上的水仙花开花了,一共有三朵,像三位小姑娘一样。这是小青送给她的,小青真是一位多思的女孩。

当她终于熄了灯躺下时,她发现自己可以在黑暗中备课了。她的思维变得多么活跃,在想象中的课堂上,从未有过的那种交流终于发生了……后来她就睡着了,她的睡眠很深,她进入到了大河的河床里,走啊,走啊。有一个声音老在问她:"右边还是左边?您打定了主意没有?"

她已经打定了主意,她感到自己正在进入学生们的世界,可是水流得多么急啊,她差点要站不稳了,难道河面在刮大风?那个声音回答她说:"这里总是这样的。左边还是右边?"她是不可能站稳的,但她也不会跌倒。

出诊完最后一个病人,刘医生走进了一家叫"断桥"的饭馆。他是这家饭馆的常客。

他坐在那里,舒舒服服地看着对面墙上的那幅画。那镜框里是一只黄色的猫,眼神忧郁。也许因为太熟悉了的缘故,它经常出现在刘医生的脑海里。自从那次去过馄饨店,同女店主交谈了之后,刘医生一直在等一个机会。他是不会贸然去找小袁的,但他知道机会已经临近了。直到小袁来到巢县二中任教后,刘医生才真正明白过来,他所爱的人就是她,不是丹娘。这其中的道理他想不清,他只是感觉到,只有同小袁在一起,他才可以设想一种家庭生活。他同她是如此相像,但又如此不同。他死去的情欲又复活了。他跃跃欲试,他甚至设想同她组建一种新的家庭模式,半独立的那种。

刘医生两眼放光，心底泛起一阵阵激情。突然，他听见画框里的那只黄猫叫了一声。怎么会有这种事？他站起来，向那猫儿走近。

"刘医生辛苦了啊。今年的气候风调雨顺。"那位大嫂在他背后说。

她麻利地摆上花生米和一壶绿茶，还有凉拌芹菜。

"店里养了几只猫？"刘医生问她。

"三只。黑色的母猫马上要生了。"

"这里真舒适。"刘医生笑了笑，紧张的情绪松弛下来了。

这顿饭吃得很愉快。吃饭时，怀孕的母猫始终伏在他皮鞋上，将小兽特有的温暖一阵阵传到他身上，让他既感动又遐想联翩。在猫儿的氛围里，他对小袁的思念变得更加强烈了。那就像在黑夜的小巷中两人相对而行，全凭脚步声判断彼此的方位……

他走出饭馆时，看见老古站在自己的出租车旁向他举手招呼。

"刘医生，您在生活中遇到难题了吗？"老古大声说，"我愿为解决您的问题助一臂之力。"

"哈哈，老古师傅，您是怎么知道的？"

"您的问题就写在您的脸上，那答案在我车里面。您上车吧。"

刘医生坐在副驾驶座位上，他看见后座上有一个瘦小的、脸黑黑的男孩。男孩的手里握着一只家鼠，两眼滴溜溜乱转。

"可是老古师傅，我得回诊所，有人等我。再说我还带着医药箱。"

"没关系，我们不会走远。您猜得出这男孩是谁吗？"

"我想,也许是县二中的学生吧。"

刘医生回过头朝男孩笑了笑。

车开到离火车站不远的路边,两个高个子维吾尔族少年等在那里,其中一个手拿一个木匣子,车里的男孩跳出去,将老鼠交给维吾尔族少年。那少年小心翼翼地盖好了木匣子。三人一道走进火车站去了。

"刚才坐车的是您的女友的学生。"老古说,"县城要搞灭鼠运动,所以这段时间他就像热锅上的蚂蚁,没日没夜地为他的宠物找出路。"

"可是您怎么知道我的女友的?"

"我怎么不知道,上一次她来巢县,你们不是坐过我的车吗?她真是个美人,她一定会喜欢巢县的。您瞧,他在哭,舍不得他的宠物。"

男孩蹲在路边,用双手蒙住脸。

刘医生内心受到了剧烈的震动,所以当老古对他说"到了"时,他宛如在梦中一般钻出出租车。他掏钥匙去开诊所的门,钥匙却掉在了地上。往事历历在目,记忆复活了。

候诊室里坐着那位银针老汉。他是如何进来的?

"哈哈,刘医生!我昨天就进来了,你没注意到我。"银针老汉得意扬扬地说,"为什么你不将美人带回来?"

"于老师,您说的是谁?"

"我说的是小袁老师,我同她一块在高空历过险。"

"哦,原来这样。可是我……我有点害怕。"

"怕什么?难道她不是'里面'的人吗?"

于老头拿着他的白布小包袱站起来，对刘医生说，他要步行去附近的一个县。刘医生提醒他天已经黑下来了，他回答说天黑了正好，走夜路才愉快呢。

　　他吹着口哨出了门，刘医生凝视着他的背影，梦一般的感觉又回来了。

　　刘医生返回刚才银针老汉待过的候诊室，他心神不定地回想老汉刚刚说过的一席话。忽然，他听到了布谷鸟叫。窗台上，有一台布谷鸟计时器，显然是老汉故意留下的。会不会是小袁送给老汉的？他，于老汉，小袁，三个从不同地方来的人是怎么会被看不见的线连在一起的？也许如老汉所说，小袁从来就是"里面"的人，也许她从前不知道这一点。有很多人，并不像他一样很早就钻研这类问题，往往要到了后半生才渐渐醒悟。

　　刘医生将计时器小心地收进文件柜，他的全身都在战栗。

　　他没开灯，坐在黑暗的诊室里一个劲地发抖。

　　不知过了多久，文件柜里的布谷鸟又叫起来，他抖得更厉害了。难道他伤风了？他摸黑找到药瓶，吃了一粒阿司匹林。又过了好一会儿，才慢慢地平静下来。他想起了那位转移老鼠的小男孩，还有他的痛苦。更重要的是，他是小袁的学生！"小袁啊小袁。"刘医生沉痛地叨念道。

　　有人在谨慎地敲门。

　　门没锁，他推门进来了。是老古师傅。

　　刘医生一边开灯一边说：

　　"老古师傅啊，您来得正好！我要问您的问题是：为什么我就不能有家庭生活？"

古师傅笑了笑，慢慢点上一根纸烟吸了一口。

"是因为爱吧。"他说这话时脸上的表情有点迷惘，"可是现在呢，你快要有机会建立家庭了，还是因为爱。"

"您能肯定吗？"

"我能肯定。上一次我就看出来了，她会是我们巢县的女人。"

"同您相比，我是个瞎子。"

"恋人总是这样的。我年轻的时候啊……快去找她吧。那些中学生们在三棵松树那里聚会，我感到她正赶往那里。"

刘医生匆匆地在路灯坏了的小巷里行走，夜十分静，他清晰地听到自己的脚步声，却听不到另一个人的脚步。很显然，小袁并没有从对面走来。他走出长长的小巷，看见那排平房，平房过去就是水塘。绕过水塘时，有人从他的侧面一窜就窜到前面去了，很可能是出租车里面的那个男孩。

刘医生的呼吸变得有点急促，他在流汗了。

三棵松树下挂着两个灯笼，一共有七个孩子站在树下。刘医生止住了脚步，将身体隐没在暗处，一个女孩清脆的声音响了起来。

"袁老师今夜会领我漫游戈壁滩，她说是奖励我对她的花圃做出的贡献！"

刘医生从芭蕉叶缝里望过去，七个孩子已经不见了，刚才挂灯笼的处所变得一片漆黑，只有旁边的水塘在发出反光。

刘医生打不定主意是否要离开。正在这时他听到了一阵响声，一个穿浅色衣服的小女孩沿着水塘走过来了。就着平房里射出来的光线，刘医生认出她就是那个常来诊所驱虫的小女孩，每次都是母亲带着她来。这么晚了她一个人在这种地方走不是很危险吗？难道她住在附近？刘医生迎上前去，和蔼地对她说：

"小珠子，你到哪里去？"

"我回家。你是要送我吗？那就跟在我后面走吧。"她响亮地说。

小珠子走得很快，她的眼睛大概像猫眼一样，她完全不惧怕黑暗。刘医生磕磕绊绊地跟在后面，他要集中注意力才跟得上她。

他们穿过芭蕉林，又进入了更为密实的小枞树林，脚下几乎没有路。刘医生对城郊的这一块地方不熟悉，他疑惑地想，小家伙真的是在回家吗？于是他问她：

"你的家是在树林里吗？"

"不是。我的家还在前面呢。"

"最近蛔虫还闹不闹？"

"它们从来就不闹，乖乖的。我妈妈在家里闹，我要跑掉。"

好不容易才钻出那一大片枞树林，刘医生的脸都被那些针叶刺得出血了。小珠子停了下来，他俩站在空旷的荒地里，到处是一丛一丛的乱草，附近根本看不到房屋。

"小珠子，你怎么到这种地方来玩呢？"刘医生说。

"这里很好，还有狐狸。再说我妈妈就在附近，我一拍手她就出来了。每次家里不能待了，我就到这里来。"

"我送小珠子回家吧。"刘医生担忧地说。

"不！不！"她跺着脚叫道。

忽然，她飞跑起来，隐没在一丛蒿草里头。

刘医生跟了过去，因为他认为自己决不能将小女孩留在这荒地里自己走掉。现在他听不见她发出声音了，她一定在那蓬草里头。

刘医生蹲下来的时候，大地里头的各种各样的声音一下子释放出来了，多么复杂凌乱的声音啊。他甚至听到了蚯蚓耕地的声音，还有雨滴渗入泥土的声音，但天上并没有下雨。先前，他一贯认为他的福地在巢山，现在看起来这下面远比山上躁动，这是为什么呢？也许是因为泥土、小动物和这些植物同人们离得太近？它们要同人们协调关系，真难为它们了。在山上那个隐秘的洞里，如果不是他前去窥探，那些青木香一代又一代地延续了多久呢？有什么东西从下面钻上来了，正在他立足的蒿草旁边。

从松动的泥土中，那只身体比猫小不了多少的鼠钻出来了。这时刘医生才注意到四周亮起来了，因为有月光。小东西有着深灰色的皮毛，一点都不害怕刘医生，刘医生甚至看见了它眼里的闪光。那的确不是一般的眼睛。周围还是闹腾得厉害，像是要发生剧变的前兆，鼠是因为这个而跑出来的吗？

"小珠子！小珠子！"刘医生轻轻地、急切地呼唤着。

他马上感到了自己的声音夹杂在周围的喧闹中有点怪异，完全是来自另一个世界的不协调的噪音。于是他沉默了，心中羞愧。

鼠看着他，分明是在研究他。刘医生一下子明白了小珠子和它是一起的，对于女孩来说，这里是最安全的处所。只有他是个闯入者。一个女孩的声音响了起来，就是他先前听到的那个。

"我们的老师睡不着觉，在野地里走来走去。我要守在这里，免得她感到孤单。她还没有习惯我们的生活。"

她一开口,所有的喧闹就平静下来了。刘医生看不到女孩,只听得到她讲话,凭声音判断,她应该在右边那蓬草后面。

"你叫什么名字?"刘医生将两手做成喇叭状朝她喊道。

"我叫小青。我知道您,医生。可是我不说。我们有十五个人在这野地里,外加我们老师共十六人。我们在开讨论会,题目叫:关于戈壁滩的地形构造。我不能再说下去了,我要去发言了……袁老师!!袁老师……"

她的声音越来越远,刘医生使劲追赶也追不上。他感到自己简直要发狂了。最后,他终于停住了脚步。周围又喧闹起来,各种地下动物都在弄出响声,可是看不到一个人。刘医生自言自语道:"看来这就是小袁老师的地理课讨论会啊。"他从心底对她升起一股敬意。居然在这种地方召开讨论会,她该有多么大的能量!还有,她的学生们多么爱她。此刻,刘医生一下子感到自己面前出现了一个未知的世界,这世界是属于小袁的,他对它所知甚少。他不是什么都看不见吗?小袁和那些学生们一定早就看见了他!

"小袁!"刘医生忍不住喊了一声,立刻浑身汗毛倒竖。

"嘘,不要出声。"是一个男孩的声音,他在左边草丛中,"您既然来了,就要保持沉默。我不知道您是谁,不管是谁都不能乱喊乱叫。因为这里在上地理课,我们老师在讲解地形构造。地形构造!您明白吗?"

刘医生不明白,但他分明听到小动物在地下掘得更起劲了——各种小动物,发出的声音也各不相同。有的快掘到地面了,使得那些蒿草在月光下不停地乱颤,有股阴森的意味。

"您最好离开。您没经过训练,听不懂我们的课。"男孩又说。

刘医生心中一凉,他马上意识到连小珠子也用不着他来操心了。此处正在发生一些他所不理解的事。先前他是来找小袁的,可他找到了什么?

刘医生不愿离开,因为小袁在这里啊。周围和地底闹腾得更厉害了。那是什么声音?刘医生终于想跑,跑到另一个方向去。为什么他就不能像小珠子一样灵活?他努力地尝试,可是不要说跑,就连走都困难。总有东西绊着他,不是石块就是小动物,他满头大汗,在原地转圈子。而那声音越来越逼近了,一种极难理解的声音,也可说是赤裸裸的示意。刘医生好像听懂了,又好像什么都没听懂,不过他弄清了声音是来自地下。他放弃了逃跑,往地下坐去,可他坐在一个人的脑袋上了。那人立刻喊痛,喊了出来:

"我是你的病人老林啊!"

刘医生心里泛起一股暖流——总算遇到了熟人。他用手去摸,却又只摸到一块石头。他将石头挪到脚边,心里似乎没那么慌张了。他让自己坐得舒服一点,尽量采取一种随波逐流的态度。他记起好久以来,他就不断地设想他同小袁重逢时的情景。不久前他还认为是他帮助小袁来到巢县的,因为他去找过县二中的校长,校长是他的病人。他是偶然听人说起小袁要来巢县后才去找那校长的。可是谁知道呢,也许他根本不是"偶然听说",却是小袁在操纵一切?那个来给他传话的人,他对他并不熟悉,只知道他也是一名教师。既然连银针老汉都说她是"从里面来的人",刘医生觉得自己对她完全没有把握了。刘医生早就知道,这世界上有那么些人，你就是花上一辈子的时间去了解他们，也不能对他们了解得很深。比如银针老汉就是这类，现在又加上了小袁。可这并不影响小袁在刘医生心中的魅力，现在他越是对她没把握，越为她所吸引。在这样的夜晚，在这个闹哄哄的荒地里，小袁的地理课讨论会究竟是怎么一回事？他的脑海中出现"短兵相接"这个成语。此地是动植物同地上的居民短兵相接的地方。刘医生终于明白了地下那种特殊的隆隆响声的含义。有泪涌出他的眼眶，他想，他一直就同小袁在一起啊。在开往京城的火车上发生的事是一个序曲，就是从那一刻起，刘医生进入了一个巨大的谜中之谜。他一贯相信，本质之谜是曲线显露的。

"你的眼睛！你的眼睛！"小珠子刺耳地叫了起来。

她一直在这附近，但刘医生再没看见她了。刘医生想，她为什么要提醒自己注意眼睛？他还记得小姑娘唱过关于一只蜥蜴的眼睛的歌。他眨了眨眼向天空望去，他感到自己的视野变得很模糊，大概眼珠上蒙了一层膜吧。现在他相信这件事了：在这种夜晚他不可能看清任何事物。

他们都在这里，却又不同他在一个层次上。他们在地下动物和植物的喧闹声中讨论戈壁滩的地形，这事该有多么奇妙。那一次，开往京城的火车也许是进行在通往地心的隧道中？难怪小袁要携带那么多的计时器啊。可现在他们是在巢县……刘医生还从未像这样追求过一位女性。前不久，他不是已经心灰意冷了吗？他到底是怎么回事？

他揉了揉眼睛，看见那些草丛仍在猛烈地晃动，有动物在它们根部活动。那种特殊的隆隆响声还在持续,刘医生感到自己可以面对它了。他用右手抚摸地面,感觉到了温暖。他是多么渴望听到她的声音啊!她的声音一定变了形,他们在一起,可相互听不到。

他并没有睡意,可是一躺下去就睡着了。

他醒来时已是清晨,他看见老古师傅的车向他开来。

"这就对了,"老古说,"这就对了嘛。快上车。"

刘医生上了车,他有点忧心忡忡。

"您在重新学习恋爱吗?"老古问他。

"是啊。我希望自己获得勇气。老古师傅,您这是开往哪里?我现在要回去了,今天的事情很多呢。"

但是他们的车一直在荒地里行驶。

刘医生看见有一些人从西边往他们这里走,慢慢地看得清楚了。那个男孩不就是送走宠物鼠的小袁的学生吗?看上去他心事重重的。刘医生的心猛跳起来,他看见了她。他将头伸出车窗外,朝她招手。他让老古停车,但老古好像没听见似的,还是往前开。小袁也看见了他,但她脸上的神情为什么那么木然呢?她显得很疲惫,脸上有皱纹,她似乎要举起一只手,可举到半途又放下了。只有那么一瞬间,车子就从她身边开过去了。刘医生扭转身从后窗望去,他只看到那些学生们,小袁已经不在他们当中了。

"老古师傅,我要下车。"

"已经晚了,她不在那里了。"老古脸上浮着笑意。

"怎么会呢?"

"事情总是这样的。你不是在慢慢习惯它吗?"

刘医生沉默了。其实他也拿不定主意要不要下车。刚才那一瞬间,他感到小袁离得那么遥远,她好像是另一个世界的人。难道这不是他认识的那个小袁?可是对于原来的那个小袁,他又懂得多少呢?刘医生眼前出现了那些计时器,他有点想哭,但马上克制住了自己。

"多么美啊!你到家了。"老古说。

他又回到了日常的、忙碌的生活。他喜欢这种生活。

他又帮小珠子驱了一次蛔虫。小珠子的妈妈对他说:

"刘医生,我老想这个问题:小珠子同您是不是前世有缘分?她到您这里来就像回到了家里一样。"

"嘘,别这样说。您的女儿野心大得很,您等着瞧吧。"

小珠子黑亮的眼睛瞪着刘医生,刘医生立刻回忆起了他和她之间的那个秘密。忽然,她的小脸上显出责备的神情,刘医生略显慌张地垂下了眼睛。他暗想道,这个孩子是他的引路人,很可能还是联系人呢。她是不会将那天夜里发生的事向外人透露的。刘医生很想重返荒地,但他隐隐地意识到,这种事可遇而不可求。他在心里头安慰自己说,只要小珠子还是他的病人,他同那边的联系就不会断。

他目送着这一对母女,脑海里面涌出一些古老的画面。

"刘医生啊,我想紧凑地安排我最后的日子,您有什么建议吗?"

说话的是何老头,税务局大楼的老传达。他意味深长地望着刘医生,不像是讨教,倒像是在考他。

"我想,将每一件事都当作此生最后一件事来做,一定会做得最好吧。可那算不算紧凑地安排?我没有把握。"

"您的意见很有价值,到底是当医生的,哈哈!"

何老头离开时同刘医生握手,刘医生又一次重复道:

"我的确没有把握。"

他的思绪飞到了别的地方,他憎恨自己的轻浮。

清洁工在打扫卫生,所有的病人都走了。已经是黄昏,但外面还很亮。刘医生最喜欢一天中的这个时分,周围的氛围就好像在向他暗示,会要发生点什么令他激动的事似的。当然绝大多数时候什么也没有发生,可他眼前的那些屋檐有着多么亲切的表情啊!房屋的年代并不那么久远,砖墙的质量也很一般,但对刘医生来说,它们的确有种特殊的表情。那是不是真正的巢县人眼里的房屋?刘医生又一次想到何老头的话,他不知不觉地说出了声:"也许,我还是有一点把握的吧。"

对于小袁来说,荒地里的夜晚是一个不堪回首的夜晚。可是一开始,一切都是那么美妙。像那样的地理课,她从前连想都不敢想。然而忽然就发生了。她和她的学生们在星空下钻入了地层的深处,在那黑暗中巡游了一番之后又钻出了地面。这只是一个比喻,但讨论会的确就是那样进行的。每个人都很激动,都和脚下的土地产生了感应,小袁甚至感到戈壁滩酷热的阳光在她背上缓缓地移动。在野地里的喧闹声中,少年们同时发言,他们的声音如波浪一般起伏,而小袁,同时听到了他们每一个人的声音。

小袁看不到学生们,可她知道他们就在她周围。她希望这个讨论会一直进行下去,她紧张地憋着一口气,讲了一些离奇的见闻。这些见闻并不属于她的备课范围,只不过是她的想象,她的即兴发挥。她开口说话时,周围突然静了下来,连她脚边的老蟋蟀也不叫了,地老天荒的氛围中只剩下了她一个人的声音。她有点被吓着了,但还是强作镇静地说下去,终于说完了。有三个学生从草丛后面跑出来同她拥抱,她闻到他们身上酸酸的汗味。只听得"轰"的一声,周围又喧闹起来,那些小动物抓呀,挠呀,钻呀,一心要拱出地面来看个究竟。

她是在天明时分看见刘医生的。出租车车窗那里伸出头来的那个人的确是他。他有点显老了,他为什么那么镇静?他举起他的手,举到一半又放下了,似乎拿不定主意要不要同她打招呼。那冷冷的眼光多么令她寒心!那车呼地一下就开走了,简直是毫不犹豫!似乎有把刀在她肚子里切割似的,她弯下了腰。

不知过了多久她才缓过来,她对自己居然一个人站在荒地里感到奇怪。她很快认出了那条小路,那不是她同钟老师走过的路吗?那么,这附近就是他的家了。路边的花儿比上次来时开得更茂盛了,主要是菊花。

"啊,您来了,今天真是个美好的开头!"他说。

"我是不是看上去灰头土脸?"

"不,一点也不。为什么要这样想?您看上去好极了,精神饱满——您得到了您想要的东西。在巢县,没有任何追求不到的事。"

"您这样说,就给了我力量。您总是给人力量,我应该爱上您这样的人。"

"请相信我的话——您现在处在最好的状态。"

他拿出椅子来让她坐下,然后又端出了花茶。

"夜里他们全来了吗?"他看着她的眼睛问道。

"全来了。您说得对,他们爱他们的老师。真是无法形容的交流。我甚至觉得我不配得到这种幸福。"

"您当然配。"钟老师笑起来。

"可是我觉得您有心事。刚才我说在巢县没有追求不到的事,下面还有一句——只要细心去体会。"他又说。

"那么您的意思是,我已经得到了?"

"差不多吧。"

小袁一下子感到豁然开朗。她想,钟老师的心就像水晶一般。花茶给她带来微微忧郁的乡愁,天空多么蓝啊。她想起了韦伯、儿子们,还有原来的同事,他们离得多么遥远。茶花女是不是还在登台表演?

"钟老师,您的花茶里头有魔术。"

"嗯。大概因为我总是用心制作吧。"

"您是不是认为我不应该放弃?"

"您是不会放弃的。怎么会呢,小袁老师?"他微笑着,将目光转向湛蓝的天空。

"谢谢您,钟老师。"

"让我送送您。多么宁静的早晨!"

小袁说着话,欣赏地看着钟老师。她刚刚经历了山崩地裂,忽又来到了美丽的小海湾。刚才钟老师说她精神饱满,此刻她果然就有了这种感觉。路边这些野生植物不都在诉说着生长的疼痛和欢乐吗?

"养蜂的事快要纳入计划了吗?"小袁问道。

"是啊,我很快就要忙碌起来了。一位养蜂人,是朋友,正在往我这边迁移。大约还有一个星期到这里。"

"难道是巧合??"小袁吃惊地问。

"当然不是。在巢县,您是可以心想事成的。我也一样。"

小袁注意到,那些野花又增加了很多品种,而且繁茂得过分,仿佛都在抓紧时间争相怒放似的。她从未见到过这么多的野花。厚厚一层花瓣将那条小路都掩盖起来了。她有点不忍心将她的脚踏上去。

在马路那里,小袁回了回头,看见钟老师表情迷惘地站在花树下面,一大群野鸽从他上方飞过去了。

小袁的脚步变得非常轻快。因为是清晨,周围没有一个人。一想到自己在这样一个清晨与钟老师这样的人相遇,她心中就涌出感恩的情绪。

她回到家时,看见吕同学坐在她家门口的石阶上。他正垂着头想心事,没注意到她回来了。

"小吕,你在想什么?"

"我想帮助老师。我同他坐在一辆车上,他不安,他心里有个黑洞。昨夜在荒地里我又看见了他。"

"你打算怎样帮我?"

"也许帮不上。我只是来告诉您,我觉得他是在找您,可找不到。"

"谢谢小吕，我太感动了。"

吕同学离开后，小袁关上了房门。她打算洗个澡，好好地睡一觉。

她在睡前将窗帘拉上了，将手机也关掉了。

然而她醒来了，一眼看见昏暗中站着一个人。他是怎么进来的？

小袁还没来得及思考他就到床上来了。

啊，多么好啊，比原先设想的还要好。

"说说看，你是怎么进来的？"

"难道这会成问题吗？荒地里到处都是通道。"

"你会在我这里住下来吗？不是现在，比如说，有一天？"

"我不知道。我总害怕着什么。昨天夜里，我被挡在你的世界的外面。我还要努力，我没准备好。"

"你努力吧。我的学生送给我几种新的花卉品种，就种在窗户下。这些花儿啊，只有当人们不注意它们时才开放。关于这些花儿，我是来巢县之后才注意到的。你的病人当中有没有花农？"

"他们几乎人人都是花农。"刘医生一边穿衣服一边激动地说，"小袁啊，我舍不得离开这里。不过没什么，毕竟我俩在一个县城里。现在我每天早上起来，都会感到天空亮晶晶的，因为小袁的家就在南边啊——穿过两条马路再走一段就到了！"

他悄无声息地消失了，就像他进来时一样。

小袁盯着那张门，嘻嘻地笑了一阵，重又睡着了。

她一直睡到傍晚才醒。

她的学生在门外轻轻地唤她："袁老师！袁老师！"

于不知不觉之间,小袁住的平房被花朵包围了。学生们送给她的、栽在窗下的品种是一种爬藤。几场大雨过后,它们迅速地爬上了屋顶,在那上面开出巨大的、金色的喇叭花,每一朵都大得不真实,竟有汤碗那么大。这种花只有很淡的清香,让小袁回忆起自己的少女时期。

"小青,你们送给我的这个是什么花啊?"小袁问。

"不知道。这些花儿真好玩。老师,您出门时会想念它们吗?"

"啊,我还没有想过这个问题呢。"

"它们开得这么旺,我老远就看见它们探头探脑的,一定有什么事快发生了吧。好事情。我预先祝贺老师吧。"

"那会是什么事呢?"

"我不知道。"

小青离开了好久,小袁还在凝视屋顶上的那些新居民。从一开始,她就觉得自己在什么地方见过这些花儿。哈,想起来了,是在京城的疗养院里,她去看望茶花女的那一回。她看见这同一种喇叭花缠在那些病树的树身上,当时她感到这样两种植物缠在一起很不协调。没想到她会同这种花儿在巢县重逢。小袁的神情有点恍惚,她记起来自己在那个年代是多么的焦虑,对自己多么的没有把握。应该说,是茶花女的歌声唤醒了她体内的某种意志吧。在当时听起来,那种歌声为什么会那么怪异,那么刺耳呢?那个疗养院的确是个难以理解的地方。那种冷冷的、病态的风景,就连人脸都是灰色的。那园子一派荒凉、疏远的表情,可是人身处其间时,会感到某种东西在毫不放松地摄住自己的注意力，人除了屈服不可能有其他出路。

她居然从记忆中找出了同一种花卉，这事让她振奋。那么，小青指的好事就是这件事吧。她为自己同花儿的重逢而欢欣鼓舞。从一开始茶花女就在用歌声激励自己，可那时小袁还不够成熟，没有听懂她那种深入到灵魂的歌声。一切都来得及，她现在不是懂了吗？屋里电话铃响了。

"小袁，花儿都开了吗？"是刘医生。

"你怎么、怎么知道？"她的声音里出现了哽咽。

"是我栽的啊。"

"原来这样。你真是神不知鬼不觉啊。那么，你知道这是什么花吗？喂，你听见了我的话没有？"

"我不知道。在我们这里，这种事不可能提前知道。再见，小袁。"

"再见。"

从窗口望出去，可以看到巢山，这房子好像是特意为小袁安排的一样。那时在山里，刘医生让她参观过他的那些寂寞的药草——青木香，矮地茶，七叶一枝花。药草都长在隐蔽的山洞里，给人一种年代久远的感觉。刘医生不让她久待，说它们受到了惊吓。现在，山还是那座山，小袁很想同它交流，可又觉得自己脑海空空。她想象刘医生夜间穿着白大褂卧在草丛中的情形，两眼便闪出神往的光芒。

她的心情仿佛云开雾散一般，她快乐地来到了街上。

在小袁的眼中，县城总是这样不动声色，好像还有点害羞似的。这些随意搭建的两三层的楼房，还有不少平房，都乱糟

329

糟地凑在一起。小袁知道好戏都在后院。在失眠的夜晚,小袁在县城迷过三次路,每次都发现自己站在一户人家的后院里,也不知自己是怎么闯进去的。那些园子都非常迷人,占地也很宽,花木出奇地茂盛,青藤一直爬到屋顶,从那上面堆下来。小袁站在树下,听到各种各样的悄声细语,热烈得像要爆炸一样。而此刻这些房屋的前面一点也看不出有什么特别。门总是开着,有时也有人从那些门里走出来。小袁感到居民们的面孔都有些熟悉,只是叫不出他们的名字。而他们都叫她袁老师。也许有一些家里的小孩是她的学生。

"袁老师啊,到我家坐一坐吧!"白胡子老头和蔼地说。

小袁看见老人眼中热切的光,心中一动,就进去了。

这是前后套间的平房,老头虽是个鳏夫,但房里收拾得干干净净。小袁问他的姓氏,他挥了挥手说:

"不告诉你。你用不着记那么多事,我一点都不重要。"

他让小袁坐在他那个美丽的后院当中,给她端来别有风味的薄荷茶。三只小白猫从房里冲出来,绕着茶几相互追逐。

小袁随手从树上摘了一粒紫葡萄放进嘴里,问道:

"您也是一位退休的花农?"

"当然啦。这里大部分人都是。是刘医生告诉你的吧?不,你不用回答。最近,刘医生为我做好了最后的安排,我大约还有两个月的日子。"

"能说一下您的安排吗?"

"当然可以。我最喜欢说这个。我要死在户外,就在你坐的这个地方,透过这些葡萄叶子可以看见巢山。当然有可能下雨,我会请人来给我搭起高高的塑料雨篷。即使下雨这里也很好。"

"真的很好，美极了。"小袁忍不住附和他。

"刘医生会每天过来，把药放在我拿得到的地方。"

"他一定会。"

"袁老师啊，你那些学生常来我的花圃里帮忙呢。你看我的日子过得多么好。巢县的好，外面看不出来。"

"是啊，傻瓜才要离开这里呢。"小袁由衷地说。

漂亮的母猫出现在紫槿花那里，三只小白猫立刻向妈妈冲去。

"我死后，它们就会到小吕同学家里去。"他说话时微微笑着。

"吕同学家是动物的乐园。"小袁热情地说，"而且他将他的小鼠全部送走了，这一来，您的猫儿就不会同他的小鼠发生冲突了。"

"我舍不得离开。可有什么办法呢，总有这一天的。你瞧，这是刘医生送给我的手机，他要我夜里寂寞时给他打电话。他还说，如果他接到电话时正好在山上，他就会向我详细讲述巢山夜间的情形。我确实睡觉时将手机放在枕头边，只不过我一次也没给刘医生打过。我只要摸一摸这手机，就会听到巢山发出的声音。要知道，大山在深夜总是会发出些声音的。袁老师，依我看，你是个幸福的人啊。"

"您说得太对了！"

他们又说了些别的，比如巢县的地理之类，老头说得多，小袁说得少。其间有邻居进来，将一大碗红枣糕放在茶几上，立刻又走了。小袁吃着枣糕，有种微醉的感觉。她在心里对自己说："我没有喝酒嘛。"

她离开老头家穿过那昏暗的过道时，有类似翅膀的东西在她脸上拂了一下，她有点惊慌。老人在她身后对她说：

"不要紧，袁老师，这是我姑姑在向你表示问候。"

小袁回到家，坐下来备课。

她心里多么通透啊！她毫不费力地做完了工作。此刻并不是深夜，她却听到了巢山发出的声音——模糊低沉的，有点恐怖意味却又诱人的声音。难道那些枣泥糕会催生幻觉？这些巢县人，他们多么会享受生活啊！小袁竖着两耳接受巢山向她发来的信息，她又想起了她居住过四十多年的那座城市，想起了她从前同儿子们一起度过的时光。这类回忆都很模糊，只有茶花女的歌声是很清晰的。这几十年，她究竟是如何从那个城市走到这里来的？为什么她此刻会有路越走越宽的感觉？

小袁无意中在镜子里看见自己脸上有一片红斑。她凑近去看了又看，有点惊慌起来。她想起在白胡子老头家的过道里发生的情况，还有他说的那句话。那么，是某个死人在她脸上留下了印记？她所接触的是她那轻得像羽毛一般的手吗？小袁想，那位姑姑应该是一位给她带来幸运的人，因为她感到自己此刻充满了智慧。这样一想她就放了心。老头家的后院是多么的生机勃勃啊！在那样的氛围中死去，究竟是悲伤还是欢乐呢？小袁并不能完全理解她的这些巢县的邻居，她只是深深地为他们所吸引，正如她从前为刘医生所吸引一样。也许多少年里头，她一直在往这个方向走，现在终于走到了这里吧。她的本质里头就是巢县人，但她从前不知道。

小吕从她家门口跑过去了。他总是那么急匆匆的，他每分钟都在专注地生活,那该是多么高浓度的生活啊!小袁心中羡慕这个男孩,但也感到,像他那样生活自己是受不了的。恐怕会不断地晕过去。他是去白胡子老头家了,在那里,葡萄架下,世界上最美好的事正在发生。

"最好是搭那种透明的、无色的雨篷。"小袁说出了声,"要尖顶的,雨从旁边流下去,嗒,嗒。嗒嗒。山里的声音也听得清清楚楚。"

"袁老师,您不用操心,我们都做了安排。"

是小青,她站在她背后说话。

"哈,我是说给自己听的,你怎么全知道了?"

"这是我们这里的风俗嘛。我们最重视这个,每个人都愿意有尊严地死。当然每个人的要求都不同,我们尽量互相帮助。"

小袁和小青手挽着手站在屋前。屋顶上那些碗口大的金色喇叭花仍然开得十分热闹,像是在争先恐后地朝着蓝天吹喇叭呢。

"袁老师,这些花的花种到底是我们给您的,还是那位医生种下的?我见过他在您的屋门口忙碌。"

"也许二者都是吧,你看呢?"

"嗯,有道理。袁老师,我后天要远行了,我是来告别的。我是去西边的一个边远县城,同我爱人一块去。"

"啊,你就有爱人了!恭喜!"小袁吓了一跳。

"我们现在还不会结婚。我喜欢他那个县城。走在他那个县城的街上,可以看到真正的狼,很英武的那种,它们同人们生活在一起。"

"你会带去一些植物种子吗?"

"不会，那边植物的种类繁多。再说，如果植物真的想迁移的话，它们总有办法的。"

小袁紧紧地抱了抱小青。她太喜欢这个女孩了，舍不得她走。

她看着她离开的背影，心中涌出无限的伤感。在她的伤感中又有种欣喜——她的学生满怀信心地走向了新生活。就在刚才一瞬间，她窗台上的水仙花一共开了七朵，开成一个小圆圈。它们在跳圆舞。小袁心中一亮，她感到刘医生今天夜里一定会来。他会先去白胡子老头家，然后来她这里。她看见镜子里面的那张脸变得很美丽了。所有的人，所有的事都在促成着她和刘医生，这就是这里的风俗吗？小袁向来特立独行，从未经历过这种类型的爱情。她心底有个声音在说，她应该是不会失败的。大约在这种地方，失败是不容许的。她注意观察过，她的结论是，巢县的每一位居民都是成功者。这个不起眼的城市沸腾着何等的活力啊！

隔壁的小朱老师从外面回来了，她也看见了小青。

"我一点都不为小青担心。"小朱老师对小袁说，"两年前，这个女孩在巢山的山洞里同华南虎待在一块呢。她比同龄的孩子都要成熟，真是个早慧的女孩！我们都认为她应该留在学校里当老师，但是她有更大的抱负，她目标远大。"

小袁回忆起小青的温馨和体贴，脸上显出失落的表情。

小朱老师安慰她说：

"即使她去了那边，我们还会时常得到她的消息的。"

"真的吗？"小袁问道。

"当然，这里是她的家乡啊。"

"我明白了。"

小袁回到屋里打扫卫生，因为她估计刘医生夜里会来。

她将全部家具擦拭了一遍，连窗玻璃都擦得亮晶晶的。当她兴冲冲地搞劳动时，脑海里忽然闪出一个镜头。她和刘医生初遇那一回，在火车上，她从卧铺上起来，是清晨，刘医生还在对面酣睡，她一低头，看见刘医生的黑皮鞋紧紧地挨着她的旅游鞋放着。后来她就忘了这回事，因为她和他进入了热恋。而现在，热恋中发生的事全忘了，只有这个细节记得清清楚楚。真是一见定终身啊。可她当时为什么不知道？小袁知道自己没有小青那么大的勇气，可她还是来了啊。她回家了，这里也是她的家乡。多么不可思议，她竟然走了这么久才走到这里来，她竟然第二次才认出家乡的真面目。在她的生活中，冥冥之中发生过什么？

刘医生给朱老头送了药，陪他聊了一会儿最近发生的事，比如灭鼠运动之类，然后他就起身告辞了。他看了一下手表，是夜里一点二十分。

街上有一辆收垃圾的车开过去了。刘医生看见前方的邮筒旁边有一个白色的身影，是她。他仿佛记得同她有个约会，到底有没有？？

"四十七年的等待不算太久吧？"小袁嘲弄的声音响起来。

"对我来说是四十九年呢。你看这个邮筒，我上小学的时候它就在这里了。巢县有句老话，所有的东西都要待到最后一刻。"

"我在近期内要带你去我长大的地方看一看。主要是去听茶花女的歌剧，她没有多少日子了。你同意吗？"

"我非常想去。因为是茶花女造就了小袁啊。我对她心中充满了感激。我想，在你的城市，失眠者深夜在大街上来来往往，他们一定在很久很久以前就谈论过你和我的事情。"

"确实很有可能。我们到了。你瞧，你种下的这些花儿！在这个时辰它们是沉默的，因为要说的事太多了。"

"我撒下种子时没料到它们会长成这么大的花朵，我以为是像指甲那么大的星星小花呢！"

"要不要拉上窗帘？"

"让窗户敞开吧。巢山可没有沉默，夜间是它的活跃期。"

"你的想法同我一样，即使离得那么远，茶花女的歌声也有可能从窗口飘进来的。我有点乡愁。"

十一、勇敢的阿丝

顾大伯从洞庭湖回来的那天，看见丝小姐那小小的身影向他的渔船跑过来。他连忙将衣服晾好，走出渔船迎接她。此刻他心里充满了欢乐，因为阿丝就是他的欢乐。在湖里的那些日子，她每时每刻都伴随着他，他从不觉得同她分开了。

"阿丝啊，我带回了白莲藕，还有鳜鱼，要不要上船喝一杯？"

"好。"阿丝简短地说。

顾大伯从她脸上看出了她满腹的心事。

他俩一块在船舱里忙碌起来。阿丝心里暗想，这里比她那个家更像个家，大伯真会过日子啊！慢慢地，阿丝进入了他的境界，将自己那些烦恼事抛到了脑后。一杯酒下肚之后，她又产生了那种幻觉：自己应该是属于这条渔船的。

"我驾着小船去湖里，我的船到那边时，那条大鱼在水草中一动也不动，因为那是它的领地啊。我犹豫了一下，它是多么有风度啊。可我是个渔夫,一个来破坏它的生活的家伙。我手中的鱼叉刺了过去,我绷住神经,让小船跟随它转了一会儿,直到它精疲力竭。我这个工作有时让我微微有点恶心。不过总的来说还不错。尤其在清晨的时候。"

"如果您不去杀它,您的手艺会不会日益生疏?还有,您的心灵会不会日益干枯?"阿丝做梦似的小声说。

"我不知道。阿丝必定已经得出了答案吧。干杯。这不是那条鱼,那条鱼被我在回来的路上吃光了。你瞧,我居然一辈子热爱这样一种杀戮的生活,真是无可救药了。"

"也不光是杀戮,还有友谊与爱情,劳动的喜悦。大伯,您不再考虑我的建议了吗?"

"不考虑。阿丝在乱说一气。像我这样一个血债累累的老家伙,只能一条道走到黑了。再喝点鱼汤吧。"

"这回我的祸闯得很大,城里容不下我了。"

"怎么可能呢?阿丝是这个城市的山茶花王。阿丝只不过是累了。"

他俩一块上了堤,站在那里吹风。阿丝紧紧地搂着顾大伯的腰,但还是摆不脱那种悬空的感觉。

那条滨海大道上既没有人也没有车,奇怪的死寂氛围笼罩着马路。就在昨天夜里阿丝和烟贩子在"自由港口"鬼混了大半夜。他俩在人群中穿来穿去的,什么也没干,因为打不定主意。后来烟贩子不耐烦了,说他有笔生意要谈,就和她在大门口分手了。烟贩子坐车走了,阿丝留在俱乐部。她感到俱乐部内对她的敌意高涨,她有点惊慌,打定主意要离开那里。

"这个人是您的朋友？"有人问她,"我看他很像被通缉的要犯啊。"

许多人在她脚下使绊子,她一共跌倒了两次,额头撞在机器上。然后有个人从她后面猛力推她,将她推到了马路上。到了马路上之后,她才放松下来,她回忆起同烟贩子在一起的噩梦般的半个月,居然一下子产生了安全感。虽然安全了,却又绝望空虚得像死亡一样。后来她就到了顾大伯的船上。

"大伯,如果我属于您一个人,那会怎样?"

"那样的话,这个城市就少了花王,你会变成干柠檬。"

他们相互紧紧地搂着,慢慢地,阿丝感到自己的双脚着了地。这时,两人同时看见一辆白色的、棺材形状的货车停在大马路旁边了。

"他在等你呢,阿丝。"

"再见,伯伯。"

阿丝上了那辆棺材似的货车,坐在烟贩子身后。

"那是谁?"烟贩子问她。

"他是我父亲。"

"我看不像。他是个美男子。"

阿丝咻咻地笑起来,烟贩子的表情变得很柔和。

车子停在一条很窄的小巷的巷口。阿丝大声抗议道:

"去'山茶花小区'吧!为什么不去'山茶花小区'?"

烟贩子拉开门,自己先下车。阿丝只好跟在他身后进了小巷。

那似乎是一条空巷,两边都是围墙。走了没多远,烟贩子突然停下来转过身,将阿丝往右边一拨,他俩就同时进入了一户人家。由于房里没有窗户,阿丝什么都看不见。她知道这又是烟贩子那些可怕的朋友当中的一个,她心里后悔不迭。

"来了吗?来了就好。"那苍老的男声干巴巴地说。

"她不能钻下水道,只能守在洞口搬点小东西。"烟贩子说。

阿丝听出烟贩子的声音里头甚至有谄媚的味道,不由得一阵肉麻。

"真娇气嘛!"那人刺耳地笑起来。

烟贩子用力抓紧阿丝的右手,他们三个从后门出去了。

一出门,外面居然成了黑夜,阿丝还看见了几颗星星。

她差不多是被烟贩子拖着走的,因为他和那人走得太快了。阿丝感到他们三个既像是在荒野里,又像是在房屋密集的地方走,她那小小的脑袋判断不了周围的环境。她既紧张又委屈,她在心里埋怨情人:难道他就想不出更好玩一点的事?这种偷儿的把戏究竟算个什么?啊,她快喘不过气来了!可是目的地忽然就到了。

巨大的管道口吹出一股阴风,衣裳单薄的阿丝全身瑟瑟发抖。那两个人一眨眼就不见了,只剩她自己站在那里。天微微亮,阿丝环视周围,她看见了高高的河堤,听到了河水流动的声音。有人在下水管道里头争吵,似乎是一男一女。他们打起来了,那女的发出恐怖的尖叫,好像受了伤。阿丝想离开,但没法离开。因为她面前只有那道陡得不能再陡的围成一个半圆形的斜坡,是光滑的水泥斜坡。除此以外再没有别的路了。她刚才是如何落到这个陷阱里头来的?她难道是从下水道里头出来的?他们的声音似乎离得越来越近了。女人痛苦的呻吟听得很清楚了,啊,他们出来了。

"你瞧,烟贩子的女人像条狗一样守在这里。"男人对女人说,"这就是爱情,一厢情愿地付出,什么都得不到。"

"她是个骚货,迟早会被打死的。"女人恶毒地反驳。

"那么你呢?你是什么货?啊,你这毒蝙蝠!"

男人突然倒在管道边上。阿丝看见刀光一闪,是那女人干的。

"喂,女人!"她对阿丝说,"他一时半刻起不来了,你帮我守着这个家伙吧。我得去执行任务了。"

"我要和您一块去!"阿丝说。

"你不要瞎说,"女人谴责她说,"你没有通行证怎么能进去?你没脑子还是怎么的?不可思议!"

她气冲冲地消失在管道里头。起先还听得到她的脚步声,后来就什么声音也没有了。阿丝非常害怕。这时那男的醒来了。

"阿丝,我们来干一场吧。"他说,"多美好的夜晚!"

"您不是受了伤吗?您手臂上还流血呢,您会死的!"

阿丝不情愿地脱着衣服。奇怪的是她一脱衣身体反而发热了。她想,本来她是在这里等烟贩子,却等到了这个家伙!当他俩的身体缠在一起时,阿丝的感觉比刚到这里时好多了,就连那管道里吹出的阴风,也变成了夏日的穿堂风。然后两人都站起来穿衣服了。

"我并不喜欢您。"阿丝说,"现在都这样了,您能不能带我走出去?我在这里要发疯了。"

"当然啦,这是我的义务。我必须领你走出绝境。你真不像话,没有通行证还来这种地方,简直是不想活了。莫非烟贩子要你死？"

他像烟贩子一样紧紧抓着阿丝的右手，同她一块进入了臭熏熏的管道。

即使是在散发着恶臭的黑暗中，阿丝还能嗅到男人身体的气味，那是令人头脑清爽的金银花的香味，同他的粗野完全不相称。

"他为什么要你死？"他又问她。

"应该不会吧。"阿丝回答时有点迟疑。

"时常有人死在你刚才待的地方，过一年后就变成了干尸。他是不是有标本收藏的爱好？"

"也许吧。我问您：我没有通行证，如果被查到了怎么办？"

"还能怎么办，死命地跑吧，看你的运气了。在我们的小团体里如果有一个人想寻死，他就到这里头来，然后就被捉去了。"

"你们是什么样的团体？"

"不就是烟贩子所在的团体嘛。不过烟贩子最近获得了通行证。"

行走变得困难起来了，阿丝的半截小腿淹没在污水里头，她有种大难临头的感觉。想到自己即将来临的可耻下场，她喘不过气来了。这时男人忽然放开了她的手，她在空中捞了几下，没有碰到他的身体。然后她听到他哗啦哗啦地踩着水走远了。阿丝努力往前赶，但赶不上那个人。而且她也不能确定她是在往前赶呢还是在往旁边走，仿佛是，不论她往哪个方向走，都没有碰到管道壁，而她脚下，总是那同样的臭水和污泥。

阿丝放慢了脚步，她想，总会走到头的吧。刚才那人告诉她通行证要靠自己争取，争到了通行证，她就能顺利地回家。她刚想到这里，左边的脚踝就被什么东西咬了一口。过了一会儿，她用手一摸，发现腿已经肿起来了。她喃喃地说："我是不可能拿到通行证了。"如果是毒蛇咬了她，她就走不出这个地方了。阿丝不愿死在这个臭熏熏的地方，但她走得越来越慢了。她在想上午发生的事，想她和顾大伯一块度过的美好时光。顾大伯说她是城市的山茶花王，她在他眼里真有那么美吗？可是就连烟贩子也说顾大伯是个美男子……他身上有种很特别的美。阿丝的命不好，她做不了渔妇，她只能做这个城市的夜行者，像那些失眠的人一样。现在她感到了冷，也许她要死了？不，她还在蹒跚迈步。这么多年来，她都在追求一样东西，现在她是追求到了还是没有追求到？阿丝听见自己在笑，多么奇怪啊，她不应该笑。可是她止不住，她在自己的笑声中看见了纺纱厂的那个车间。走出车间便是那条明亮的水泥路，路的两旁是高大秀丽的槐树。她是怎样从那个地方走到这里来的？她努力地想啊想啊。这时她的腹部开始发热了，看来她是死不了的。可为什么没人给她通行证？难道她不配吗？啊，她身上实实在在地发热了，她的腿伤并不是致命的，她要咬牙走出这个地方。既然他们可以走出去，她就也可以！烟贩子说她"只能守在洞口搬点小东西"，也许他在用激将法。

阿丝不记得自己是如何晕过去的。她醒来时听到烟贩子阿援在她所躺的担架上方质问：

"为什么不给她通行证？"

"因为……"走在前面的那个人说。

阿丝很想听他怎么说，可她又晕过去了。

她再醒来时已经回到了自己家里。阿援坐在阳台上，他的背影显得那么孤寂。他在呻吟。

"阿援！"阿丝唤他。

"你醒来了，真好啊。我刚才在想，这世上不会有谁比阿丝更爱我了。我到底是怎么回事？你倒在臭水里头，污泥都淹没了你的脖子，可你的手里还紧紧地抓着我交给你的那包金银细软……还有那蝎子，差点就要了你的命。阿丝啊，像我这样的朽木，最好早点被雷电劈开！"

"你不要自暴自弃，阿援。你刚才说的'金银细软'是怎么回事？我怎么一点也记不得了？那是个下水道，对吗？"

"啊，不要去想它了！你获得了最高一级的通行证，今后，你想去哪里就可以去哪里，所有的秘密场所都向你开放了。"

她的腿上还打着绷带，但是她可以下床了。阿援搀扶她到了阳台，他俩并排坐在藤椅子里头。阿援举起一只香水瓶放到她眼前。

"这是什么？"

"红蝎子。我们找到你的时候，它不肯离开你，我就带上了它。给你作个纪念，你看它美不美？"

"美极了。你们是怎么救活我的呢？"

"我们这类人，总是随身带着一些药。红蝎子又叫'七步倒'，是你命不该死啊。它爱上了阿丝。"

阿丝盯着小动物，从心底对它升起一股手足之情。

"它就是我的通行证？"

"是啊。你看它像不像?"

"阿援,你离开时,将它放回那个下水道去吧。"

"山茶花小区"总是笼罩着那种有点诡异的静谧。在他们的前方,昏沉的天空里悬着暗红的落日。可此时却是正午十二点呢。阿丝问阿援几点了。阿援回答说十二点。他毫不感到奇怪。

"太阳怎么就落山……"阿丝喃喃地说。

"在你们小区,这种事都已经发生过几次了,因为你白天总在睡觉,所以就不知道。照我看啊,阿丝住在这里真有福气。你看花园里的那个人,欢喜得手舞足蹈,那是你的朋友吧?"

"那是我的邻居'举报者'。我从外边回来他就高兴。我们进去吧,我担心他要举报你呢。"

阿丝回到床上,阿援说他还有紧急任务,就带着那蝎子走了。

直到这时她才想起来检查自己的伤势。脚踝处已经完全消了肿,看不出有伤,仔细辨别才看出有一点淡红色。也许她根本就没被蝎子咬?可她分明记得在下水道里自己的腿肿过,也有可能是因为别的原因而肿的。他煞有介事地将那红蝎子给她看……那小动物的确是大自然的一件精品,他从哪里弄来的呢?他总是能发现最美的事物,阿丝为他的眼力所折服。

她下了床,洗澡洗头,换上舒适的衣服。然后她从冰箱里拿出了一堆食品吃起来,这都是阿援准备的。他真是个体贴的情人!

吃完那些食品,阿丝打定了主意要同阿援拉开距离,她不想再重复那种可怕恶心的体验了。她对自己说:"阿丝已经不年轻了,阿丝想过几年舒心的日子,阿丝——"

"举报者"站在门口,他脸上显出沉痛的表情。

"丝小姐,我刚才听见您说您要休息了?这不像您说的话,您在我们小区可是个人物,您身负义务,您不能随心所欲!"

他说这几句话时声音越来越高,两手比画着,阿丝诧异地望着他,满腔疑窦。她犹豫了一下,慢慢开口说:

"请问,当年您为什么要举报我,叫警察来抓我?"

"原来您还不知道啊!"他立刻换了一副表情,显出对这个问题的兴趣。

"丝小姐啊丝小姐,您真是傻瓜呢还是装傻?当年将您送到警察局去受教育,正是为了提高您在我们小区的地位啊!您看我,长年累月帮您守着这个家,兢兢业业,是为了什么?如果您以为我有私心您就错了!我早就告诉过您,您在'山茶花小区'的地位决不会受任何事的影响。"

他将一束枯萎的黄菊花放在阿丝的窗台上。阿丝感到,他那身皱巴巴的西装和廉价领带是一种伪装,这个老头绝不是一般的人。也许很久以前,当阿丝还是个小女孩时,他就同她有了某种联系。阿丝觉得老头的眼神在暗示着这种关系。他回转身来又说:

"人在世上总是有那么一点义务的,丝小姐可要严格要求自己啊。"

阿丝觉得他的话好笑,但却一点都笑不出来,反而突然想起了一件忧郁的往事。他从房里走出之后,阿丝就不由自主地努力回忆那件往事。她想起了湖水、西风、野鸭,还有消失了的机帆船。她却想不起当时她是同谁在一起。不管是谁,反正不是烟贩子，也不是顾大伯。因为那时她还年幼。难道那时她是同"举报者"在一起？她有什么义务？

阿丝在冬天重回了纺纱厂。工厂早就倒闭了，里面一个人都没有，那些车间都锁着门。有一棵冬青树挨着窗户，阿丝爬上树，将那木窗慢慢地拉开了，然后一伸腿，坐到了宽宽的窗台上。车间里的那些机器已经被搬空了，水泥地被撬得坑坑洼洼的。阿丝发现自己身旁有一根很粗的棕绳绕在一根铁桩上，绳子一直垂到了地面。她顺着绳子溜下去。

现在她站在熟悉的破烂的车间里了。她朝车间的后部一眼望去，看见尽头处搭了一个高高的阁楼。她小心翼翼地朝那阁楼走去。

那阁楼实在是高，因为这种旧式纺纱车间是相当高的。楼梯很简陋，看上去很危险。谁会住在这样的地方？上面有人说话了。

"我是老传达虹升啊。丝小姐，你是要上来吗？"

阿丝鼓起勇气踩着那脆弱的梯子慢慢往上爬，快到阁楼上时，老传达一把将她提了上去。

"谢谢您啊，我真不像话。"阿丝红着脸说。

阁楼里只有一张窄窄的铁床，一张小书桌，两把椅子。阿丝看见书桌上摆着几个镜框，里面是发黄的照片。她拿起来凑近去看，从一群人当中认出了非常年轻的自己。

"虹伯伯，您在这里做什么工作？"

"我失去工作了。是我自己搭了这个阁楼住在这里的，我要记录纺纱厂的历史。这个厂有一百五十年历史，你知道吗？"阿丝看着老传达那张树皮一样的脸,摇了摇头。

"我快写到你们这一辈人了,你,还有龙思乡,金珠,小燕……我给你取了个名字叫'爱情鸟'。你就是从这个地狱里飞出去的爱情鸟嘛。我虽然老了,每次听到丝小姐的消息都很激动,你是纱厂工人的骄傲。"

他从书桌抽屉里拿出一个很大的笔记本,翻看了几秒钟,又"啪"的一声合上了。他的思路仿佛断了,又从另外的地方重新开始了。

"温泉旅馆的老板也是从纱厂出去的,丝小姐大概还不知道吧?那家伙真会伪装!你想想看,你们这些姐妹先后都在他那里找到了工作,这会是巧合吗?这可是厂史中的一段佳话啊。"

不知什么时候飞来了几只蝙蝠,它们在车间里绕着圈子,还向着墙壁不断撞击,发出刺耳的声音,煞是可怕。阿丝的手紧张地握成拳头。

"丝小姐啊,你可是最早一批下海者,你的一些事迹早就被我记下来了。纺纱厂就要从这地面消失了,但历史是不会消失的,这个地狱一般的车间却培养了像你这样出色的女子,真是人间的奇迹啊。你这只爱情鸟啊,如今飞得越来越高了,你是不会轻易坠落的,对吗?"

老传达坐在书桌边说话,阿丝看见他那张老脸皱缩得越来越厉害了,好像蚕儿正在蜕皮一样,慢慢地,连五官都缩到一堆去了,那皱巴巴的一堆像一张就要掉下来的假脸。他还在说,但已经看不见他的嘴。一只蝙蝠猛冲过来,在他的秃顶上撞了一下就不见了。这时老头就往桌上一伏,打起鼾来。阿丝很想看看他的脸皮是否脱下来了,但他死死地捂着,根本看不到。有一只蝙蝠在阿丝的脸上撞了一下,弄得她半边脸一阵发麻。她想了一想,决心离去。

她下到楼梯半腰时,听见老头在上面喊:

"丝小姐,你可不要松懈啊!"

本来她想从那棕绳爬上窗户,可是车间的大门忽然开了。

四个戴着头盔墨镜,穿着防护服的男子出现在门口。其中一个大声惊叫起来,用手指着阿丝:

"那可是毒蝙蝠啊!瞧这个女人,她是怎么回事??难道她同虹大伯这个老妖怪一样,也有了免疫力?"

这些手执铁棍的人不再理会阿丝了。他们冲到阁楼楼梯那里,用铁棍一顿乱砸。"轰隆"一声响,阁楼塌下来了。

阿丝看见地下散乱着木板,却没看到传达老头。他被埋在下面了吗?

四个男人站在那里,似乎也对眼前的情形感到迷惑不解。那个小个子看见阿丝还站在门口,就质问她说:

"你和这个人是不是要搞历史翻案?"

阿丝没有回答,因为实在不知道。

另外一个人咬牙切齿地说:

"哼,他就是躲进地狱我也要把他抓出来!他居然敢制造历史事件!看看这些烂木头吧。"

他们又用铁棍在木板中捣鼓了一阵,什么也没发现。阿丝感到好笑,连忙用手捂着嘴跑到了外面。

外面阳光灿烂,那条灰白色的水泥路有点老了,但路边那些高大的槐树还是那么秀丽。阿丝又回望了几眼那埋葬了她的青春的车间，这一望就吃了一惊，因为车间的屋顶居然被掀掉了。可刚才还好好的啊！她觉得此地隐藏着危险，必须马上离开。阿丝跑了起来。

终于跑到了厂门口，正想歇一歇，却被一个人一把逮住了。却是阿援。阿援身上很臭，他说他刚从下水道出来。

"夜里一点半，'自由港口'见！"

他用力推开她，自己一个人上了车，将车开走了。

阿丝最后看了一眼纺纱厂，感到心里面虚虚的。她想起了虹伯伯的话，明白了他所说的"历史"这两个字的意思。历史不就是心里念念不忘的那点事吗？那四个穿防护服的人好像是要给点颜色给谁看。到底给谁看？阿丝脊梁骨发冷，她感到他们是要给点厉害给她看。她那混乱的、不堪回首的历史啊，时常在半夜令她不安，希望自己能重活一次。如果真像阁楼拆毁一样，她的历史也消失了，那才是件好事呢。

阿丝茫然地在街上走，她感到如此的孤独。她想起一个比喻："狂风恶浪中的一叶小舟。"这就是她对自己的生活的看法。为什么阿援从来不消除她的孤独感，反而不断加剧它？

她知道自己灰头土脸，可是她不想回家。就让熟人们看看她的真面貌吧，她用不着伪装，伪装也没用，反正很多人都看出来了，包括顾大伯。

她进了咖啡店，要了一大杯咖啡。这是个颓废风格的咖啡店，一台六十年代的唱机里放着嘈杂的革命歌曲。屋子里黑黑的，没点灯，唯一的光线是从屋顶来的，那里有几个地方缺了几块瓦。

大老鼠在梁上跑来跑去。

那些顾客们似乎都很亢奋，虽然压低了声音说话，却又不时发出惊叫。阿丝对这些青年们很不习惯，可她实在是累了，只好坐在那里忍受噪声的折磨。有一桌的三个人似乎是打起来了，然而他们又克制自己，重新坐下了。今天是什么日子？阿丝费力地想着这个问题。

有一个人一阵风似的朝她冲过来，抓住她的肩膀用力摇晃。

"真是阿丝啊！！"龙思乡激动地说，"你失踪了这么久，我们哪里都找不到你！我和老永快结婚了，你听说了吗？"

"恭喜！什么时候结婚？"

她这一问，龙思乡就立刻显出了沮丧的神情。

"快了吧。我和他都觉得快了，只是还没确定具体日子。阿丝，你看我要不要结婚？或许就这样耗着更好？"

"我说不准。这种事，谁能说得准？"

"到底是阿丝啊！你今夜要去'自由港口'吧？我也会去。刚才我听这里的人说'自由港口'会在今夜消失，你我会看到那种场景。"

"思乡啊，你还在温泉旅馆吗？"阿丝忍不住问了她。

"是啊，阿丝！我觉得自己一辈子也离不开那个地方了！"

龙思乡将咖啡往桌上一放，蒙住脸哭起来。

阿丝耐心地等着，等她哭完。可她并没哭多久。

"我遇到过一个温柔的家伙，他是一个很好的结婚的对象！"龙思乡似乎突然想起了自己的幸运事，两眼放出光彩。"他差不多是每个星期都来。有一回我犯了糊涂，差点答应了他结婚的

353

要求，事后我醒悟过来，问自己：'我为什么结婚？'我找不出理由，只好同他吹了。当然，这个人比不上老永，只是比老永适合于结婚而已。阿丝，我要走了，我不能忍受这咖啡屋里的氛围，这里有尸体的味儿。"

她又一阵风似的冲出去了。

阿丝喃喃地对自己说："思乡姐真是个美丽的女人啊。"她想，对于思乡来说，历史是怎么一回事？

高个子的女服务生走过来，凑在她的耳边轻轻地说：

"丝小姐是打算去'自由港口'吗？"

"您怎么知道的？"阿丝吃了一惊。

"这里的顾客全是去'自由港口'的。"女孩镇静地说，"您看外面，这天说黑就黑了。我们老板不让开灯。您跟我来。"

她牵着阿丝，两人在昏暗中绕过那些桌子。阿丝注意到屋里一个人都没有了，只有她俩的脚步声在响起。

"你们这里死了人吗？"阿丝问，她想起了龙思乡的话。

"有很多吧。"女服务生含糊地回答。

女服务生的手变得像一把钳子，阿丝痛得叫了起来她才放开。随着她放开阿丝，她的身影往旁边一闪就不见了。

阿丝站在昏暗中，一时不能确定自己身在何处。一会儿她就看见了河岸和渔船，船舱里有一盏灯，顾大伯的身影立在船头。

可是她走不到那河岸跟前去。她越努力离那渔船越远。

暴雨泼下来时，阿丝在一个纸仓库门口避雨。仓库里面，大卷的新闻纸筒码得高高的，一直堆到了屋顶。货物之间有窄窄的走道，走道里有一盏小灯。阿丝看见走道里聚了不少人，身上都湿淋淋的，看样子心里都很恐惧。

"他获得解放了吗？"有一个人说，"多么可怕！"

阿丝心里想，她也不需要解放，她希望有根绳子将自己紧紧勒住，使自己总是走不太远。那么，她现在获得解放了吗？那些人都在看她，眼巴巴地，似乎有求于她的样子。显然这些落汤鸡一样的人们都没获得解放。阿丝发现人群里头有个人很像阿援，她踮起脚想看个究竟，但人挤来挤去的，她没法看清。有人拍了拍她的肩说：

"想要高瞻远瞩，你就爬到纸筒上面去啊。"

阿丝垂下了头。即算发现了阿援，又有什么意义呢？她不是他们一伙的，永远只能被他们蒙在鼓里。

外面响着炸雷，闪电引燃了门口的大堆废纸。大火封住了门，浓烟滚滚往屋里蹿。所有的人都咳起嗽来，阿丝也在咳。她在窒息中想到要冲出去，但这些人不让她走。他们边咳边说：

"再忍一会儿就好了，这么大的雨，火势会小下去的。你忘了你是来干什么的了吗？你再仔细想想看。"

火没有小下去，也没有更大。大家都在等，等什么呢？有两个人扯住阿丝的衣襟不让她离开。阿丝突然脑海中一亮，叫了出来：

"这就是'自由港口'啊！"

随着她的叫声，一团耀眼的火球落到屋内的卷筒上。几分钟内，整个仓库都燃烧起来了。在那之前，阿丝不顾一切地冲到了外面。她坐在街心花园，大雨冲洗着她。她目睹了好几个人葬身火海，那里面有没有阿援？

那仓库冒着黑烟,却并没有坍塌。火也是自己熄掉的。这事十分怪异。阿丝听见有个人在她旁边讲话,那人埋怨她刚才不该乱叫乱喊,把人心搅乱了。"谁不知道那是'自由港口'?用得着你来提醒?"他愤愤地说。

"有一具尸体!有一具尸体啊……"仓库门口有人在喊。

阿丝的心"怦怦"地跳起来,她死命地往仓库跑。

那里面到处都是纸灰,呛得人呼吸困难。那些纸筒还没烧完,但火已经熄了。七八个人围着一具烧得像焦炭一样的尸体。其中一个人冷酷地用铁棍将尸体翻转来。阿丝认出他是先前在厂房里捣毁阁楼的那个人。尸体翻身时,一个小玻璃瓶叮叮当当地滚了出来,一直滚到阿丝脚边。阿丝捡起来一看,看见那红蝎子在里头划着它的腿子,显得十分焦躁。

阿丝此刻异常冷静,冷静得连她自己也吃惊,就好像她的脑海里正在下大雪一样。那是种阴沉的极致。她掏出手机,给了龙思乡和尤先生一人一个电话。她告诉他们出事了,请他们马上到纸仓库这里来。

她伏下身,在那黑炭似的嘴唇上用力吻了一下。她感到那嘴皮粘到了自己的嘴上。再看尸体的嘴唇,成了一个黑洞。她拿好玻璃瓶站起身,头也不回地走出了仓库。暴雨凶猛地泼在她身上,打得很疼,但她不知道。有很多人举着伞在追她,他们喊道:"阿丝!阿丝——"

阿丝凭直觉找到了那个下水道。她的顺利令她不由自主地想到了通行证的事。她一直往里面走,里面并不那么黑,到处散布着稀薄的光线。她觉得每一处地方都像她先前晕倒的处所。

她停下来，弯下身，将瓶盖拧开，让那蝎子自己爬出来。起先那小动物一动不动，似乎在沉思。阿丝慢慢地、轻轻地用指甲敲着瓶子，用一些亲昵的名字唤它。后来她将瓶子放在一块碎砖上，自己在污水中跳起了新疆舞，口里轻轻地哼着一首维吾尔语歌曲。当她跳完一曲回转身去看时，美丽的蝎子已经不见了。阿丝松了一口气，将瓶子放进自己的衣袋。

　　她回到大街上时，看到一轮红日正从东方升起。难道又是新的一天了吗？这是怎么回事？

　　"我们已经将他火化了。"龙思乡对她说，"是他嘱咐我和尤先生的。他说一刻也不要停留。阿丝你瞧，这就是他。"

　　龙思乡交给她那个小小的青瓷罐。

　　"思乡姐，谢谢你。他怎么只有这么一点点？"

　　"是啊，我也感到奇怪，还询问了那些工人呢。可就只有这么一点点，大概因为他把自己耗尽了吧。他真是个美男子。"

　　阿丝接过那瓷罐，反复地察看，口里发出奇怪的呻吟。

　　"你没事吧，阿丝？"龙思乡担忧地问。

　　"他多么美……"阿丝说。

　　"他真是美极了。他在焚化炉里一定站起来了……要不怎么变成了这么一点点？工人说，多年没发生过这种事了。"龙思乡遐想联翩。

　　"他们真说了这话？"

　　"真的说了。"

　　龙思乡不放心阿丝，将她一直送到"山茶花小区"的家中。在路上，龙思乡还特意打电话给金珠。她们到家不久，金珠就坐车来了。

阿丝不愿让好朋友同她一块沉浸在悲痛中,就强打起精神,对她俩讲述了自己在纺纱车间的奇遇。

"我也听说过虹伯伯撰写纺纱厂历史的事。"龙思乡说,"我还以为历史就是那些鸡毛蒜皮的事,比如生产发展啦,业务啦,产品销路啦之类。没想到虹伯伯将我们的事迹也写进去了,我真是羞死了。阿丝,那本历史真的被捣毁了吗?虹伯伯真的牺牲了吗?他会不会逃走了呢?"

"车间就那么大,我看得清清楚楚,他没地方可逃。他和他的笔记本应该是完蛋了。他抵抗不了那三个恶棍。"

三个女人都沉默了。然后突然,她们异口同声地说:

"原来这也是历史啊,幸亏已经被捣毁了!"

金珠又补充说:

"被毁掉的只是一个笔记本。我刚才还看见虹伯伯了。虹伯伯很镇定,他说他不会再去记录历史了,他要创造历史。当时我还不知道他说的是什么呢,原来如此啊!"

"我们也要创造历史!"阿丝兴奋地说,"我给你们做鳜鱼吃!"

她们三个人一阵风似的涌进厨房,开始忙碌。

其间阿丝又不时停下来发一阵呆。这种时候龙思乡就向金珠使一个眼色,大声对金珠说:

"金珠你听着:我也想像烟贩子那样死在幸福中,你说我能不能如愿以偿呢?我想不清。"

"我也想不清。那是各人的运气啊,怎么能够强求?"

阿丝扑哧一声笑了出来,说:

"你们不要演戏了。我慢慢会想清的。"

吃饭时,三个人都喝了不少酒。她们将那装着骨灰的青瓷罐放在餐桌上,频频向它敬酒。

"金珠,听说你最近结婚了?"阿丝心神恍惚地问。

"嗯。我找到了幸福。我们三个人都找到了幸福,对吗?"

"为我们三个人的幸福干杯!"龙思乡说。

"干杯!!"她们一齐喊道。

因为手抖得厉害,那酒洒得到处都是。三个人心中都亮着一盏明灯。

"举报者"没敲门就进来了,他神情严肃地走向餐桌,将那青瓷罐向着自己放好,深深地鞠了三个躬。

"您是阿丝的那位朋友吧?我觉得您变了样啊。"龙思乡说。

"罐子里面的这位先生令人敬佩。"他说。

他的模样变得很英俊,像一位将军。他匆匆地转身走了。

"阿丝今后可以考虑这位先生。"龙思乡说。

"目前他对我来说还是一个谜,我还有另外的人可以考虑。"

"阿丝应该寻找新的幸福。"金珠说。

"你们瞧,我的幸福在这里!"

阿丝用筷子指着大汤盆里头的那条鳜鱼的骨架说道。她们看见那被吃光了肉的骨架正在汤里头游动,它一共游了三圈,然后停在盆底一动不动了。她们三人面面相觑。

"这是切切实实可以感到的幸福。阿援与这种幸福完全不同。和阿援在一块时,你感觉不到幸福,只感觉到苦难。但我还是死死地吊在阿援这棵树上,这究竟是为什么?"

阿丝说这些话时想起了她的母亲，她的目光凝视着空中的某一点。

"那是因为我们的本性里头都有点疯啊！"龙思乡感叹道。

她说完之后就突然站起来，说自己不舒服，要回去休息。

她离开后金珠就告诉阿丝说，老永又找了个年轻的情人。他仍然逼龙思乡同他结婚，但思乡已经打定主意永不嫁人。金珠感到很担心，隐隐地觉得思乡生活中的某个转折点要到来了，凶多吉少。

"那时在那个大闷罐车间里，我和思乡发誓要追求自己的幸福。"她说。

金珠认为自己是三人中命最好的，所以更觉得自己有责任关心她这两个姐妹。她们今天的自由多么来之不易啊！

"金珠，你不要过于悲观。据我观察。思乡姐是那种总是能把握住自己的人。你想，她都死过一回了，能在困境中坐以待毙吗？"阿丝说。

"阿丝心明眼亮，也许我是过虑了。"

金珠脸上的愁容展开了。她向烟贩子的骨灰敬了最后一杯酒就告辞了。阿丝将她送到大门口。

金珠上了出租车。阿丝一转身又看见了"举报者"。

"你如果想同你的情人见面，还是可以见得到。"他说。

"如何去见？"阿丝说话时声音颤抖。

"滨海大道132号，'自由港口'最里头那台机器旁，深夜两点。"

"谢谢您。"

阿丝回到家中，看着那个小小骨灰罐子，不觉悲从中来。可她就是不愿意哭，不知为什么。她竭力回忆她在纺纱厂门口遇见阿援时的情景，一下子想起了他脸上显出的残忍的表情。那种表情是什么意思？当时阿丝还替他感到担心，怕他闹出人命案子来呢。却原来他的残忍是针对他自己的啊。那奇怪的失火事件，一切都是朦朦胧胧的，被什么东西笼罩着，可是又有另外的令人毛骨悚然的事逼近了。当时阿丝站在那些人当中，心里并不害怕。她总是这样的，身处危险时反倒不害怕了。

如果先前她知道了阿援的赴死计划，她还会欣然前往"自由港口"吗？不过话又说回来，一开始她并不知道那就是"自由港口"。她这时才记起她在事发前遇见过思乡姐，她也说了她要去"自由港口"。阿丝将这事忘得干干净净。按理说，她应该是去了那个纸仓库的，也许她当时就同阿援站在一块呢。也许她竟然目睹了阿援在火中丧生，可却并没有去施以援手？为什么她刚才一点都没提到自己事发时在什么地方？阿丝将她的态度翻来覆去地琢磨，感到她表现得太平静了，大概她完全清楚阿援的计划。人心是多么深不可测啊。所有的人都知道阿援的计划，只除了她阿丝！阿援这样做，是为了让她今后更加坦然地生活下去？阿丝只能这样想。而且这也符合实情，刚才金珠不是说了她应该寻找新的幸福吗？

阿丝在家里待不下去，又走到了街上。已经是下午了，市容显得懒洋洋的，仿佛什么也没发生过一样。她信步乱走，不知不觉地又来到了那个咖啡馆。

她又看见了那个高个子女服务生。她板着脸，似乎根本不记得阿丝了。

给她端来咖啡的是一位矮胖的、表情忧郁的女孩。

唱机里放的是三十年代的歌曲，断断续续的，大约唱片坏了。阿丝注意到整个店里只有她一个顾客。

"阿丝姐，您尝尝吧，这是今年新上的杨梅。"女孩小声说。

"你怎么知道我的名字？"

"大家都在传说那件事啊。可我们一点恶意都没有，请您相信。"

她的表情显出悲痛，她好像要哭了一样。阿丝心里想，她不像在演戏。刚刚想到这里，又听见女孩在说话。

"我也爱那杀千刀的阿援。他常来我们店里，我们这里是个温柔之乡，这种氛围，您想想吧，我能不爱上他吗？不过我不嫉妒您和他好，阿丝姐啊，我只想帮您。我们这里有一位姐姐可以为您牵线——她总在两边来来往往，自如得很。"

"你说的谁？"阿丝问。

"就是右边那位，喏，那高个子。"

阿丝看见破屋顶上的那片天骤然一下又黑了，黑得如同半夜。店堂里的唱机被卡住了，不再发声。矮胖女孩举着一支小蜡烛，小小的火苗飘动着，她头发散乱，有点像旧戏中的女鬼。

深深的店堂尽头出现了一点光，是那高个子，她也举着一支蜡烛，她正慢慢地往她俩这边移动。

"银子，你可不要悲观失望啊！"矮胖女孩突然对那高个子说。

高个子女孩愣了一下，似乎要转身往回走，可还是往她们这边来了。阿丝想，她真年轻，也许高中还没毕业呢。

"我就是那个历史。"她对阿丝说,脸上显出一丝苦笑。

"什么历史?"阿丝问她。

"就是纺纱厂的历史啊。您不要相信我的外表,我啊,已经三十五岁了呢!我原先也在纱厂。有一天我突然就心明眼亮了,我成了历史了。历史就是心明眼亮吧?你们说对不对?"她将蜡烛粘在桌子上。没人回答她的问题。

阿丝注意到矮个子女孩已经不见了。厅堂里黑得厉害,阴惨惨的。

"银子,你熬出头了,这太好了。"阿丝说。

"阿丝姐,你摸摸我的手臂。"她悄声说。

阿丝向她伸过手去,但摸到的不是她,是一些有刺的植物。

她"噗"的一声吹灭了蜡烛,伸出手搂着阿丝往那黑暗深处走去。

阿丝看见前面似乎是一个空阔的处所,至少有三个人举着蜡烛站在那里,三人之间离得很开。

"他们是干什么的?"阿丝问。

"都是哨兵。阿丝应该对他们很熟悉啊。"

"可是我怎么认不出他们呢?"

"那是因为你忘记了。让我们去问问他吧。"

她们靠近一个矮个子哨兵,银子向他打招呼。

"今天有收获吗?"

"没有。我们真是很空虚啊!银子,你把谁带来了?"

"从前的一位美女。你就好好站岗吧,不要三心二意了。"

银子拉着阿丝的手从那人面前走过去了。

"银子,你怎么说我是'从前的美女'?"

"因为你是历史嘛,对不对?"

阿丝想了又想,还是想不通。她回过头去看那三个哨兵,可是他们手中的蜡烛已经灭了,什么都看不见。

"他们三个也是历史。"银子说,"小心你脚下,阿丝姐,我爱你,我不愿意你掉下去。我们是要去'自由港口'。"

"每一次去那里的路都不同。"阿丝兴奋地说,"你是去那里找人吧,银子?"

"是的。去找我的未婚夫。我们十年前就分手了。他思想保守,不同意我干这个行当。"

"你是指咖啡厅服务生?"

"不,我干的行当同你一样。我喜欢随心所欲。"

"我的天!我感到自己成了银子的影子。你也是很早就从纱厂出来,然后就下海了?让我握住你的手,我什么都看不见。"

这一次她实实在在地握住了银子的手。她听见脚下有水流的声音,一些情侣在水中热切地谈论什么事。

"我们是在过桥吗?"阿丝问。

"你猜对了。你看见左边那一点亮光了吧?那就是'自由港口'。"

阿丝朝左边望了一眼,只看见一片黑乎乎。

"这些人为什么站在河里?我感到他们很难受。"

"他们没有我们幸运,他们还没有成为历史,这需要苦熬苦等呢。"

有一对情侣哭起来了,那哭声令阿丝有点紧张。

她们过了桥，踩到了水泥地上。银子突然甩开阿丝，喊道："往左边跑啊！"

然后她就跑掉了。

阿丝心里害怕，将两臂前伸，如梦游人一样往前走。这样走了一段时间，果然发现了那一点微弱的光。那是一点绿色的小光点，像萤火虫一样，不看就不会注意到。阿丝兴奋地加快了脚步。

她撞到一个人的身上，她听见那人说：

"我是这里的哨兵，我可以将你赶回去。但是现在我的好奇心高涨，所以我改变了主意，决心放你过去。"

"谢谢您放我过去。"

于是她站在那大门口了。门上方就是那盏绿色的小灯，老板正笑盈盈地向她招手呢。

"我好久没来了。"阿丝不好意思地说。

"没关系。我们这种地方，人只有在危难之际才会想到它。"

他似乎是专门站在这里迎接阿丝的。阿丝跟随他进了屋，心里一直在激动着，睁大了眼睛四处张望。

仍然是阿丝熟悉的弹子房。窄窄的过道两旁还是那些机器，排成很长的两排。大概是为了营造氛围，屋里没开灯。那些屏幕上的画面光怪陆离。老板起先很快地走，后来突然站住了。他拍拍右边一个人的肩膀，那人用一个抽筋似的动作停止了游戏。老板回过头来对阿丝说：

"这台机器就是阿援常用的机器，他在里头存放了很多东西。"

他又嘱咐那青年说：

"铁珠,这是阿援的女朋友,你可要好好款待她。"

他说完就走到里面去了。小伙子拖过一把高脚凳,让阿丝同他并排挤坐在机器前面。

"阿丝姐,您不会操作机器吧?我来帮您。您瞧,这是阿援,阿援受了重伤,可他并不希望得到抢救,他是个怪人……"

他对阿丝热情地解说着屏幕上的画面,仿佛身临其境。可是屏幕上并没有他说的事物,只有一片黄沙,黄沙当中有一栋简陋的木屋,屋顶上蹲着一只喜鹊。这个画面一动不动,阿丝都看得厌烦了,可铁珠还在热情洋溢地说故事。他说到激动处还用胳膊肘来碰阿丝。

"阿援没有流血,一滴血都没流。你瞧这只大蝎子,这是他的宝贝宠物!蝎子受不了高温的烤炙,拼命要从瓶子里爬出来。阿援已到了弥留之际,却还在安慰它呢!撒哈拉呀撒哈拉!"

"难道阿援是死在撒哈拉大沙漠?"

"我怎么会骗您,阿丝姐?我亲自处理的后事嘛。骨灰留在沙漠里了,我带回了那只蝎子。他嘱咐我一定要将它交给您。"

"蝎子!真见鬼!"

"我们这就去取吗?您不再看看他的录像吗?"

"可是我什么都没看见!"

"那是因为您不愿意看。您只要稍微用一点力气就看见了。喏,您看右边角上,阿援躲在那里说话,他说:'女人啊,女人啊……'他在说您。看见没有?这是蝎子,被他捧在胸前。"

阿丝努力看屏幕,还是只看见黄沙和木屋,再就是那一动不动的喜鹊。她焦急地握着拳头,不住地叹气。正在这时老板过来了。

"阿丝啊阿丝!"他边跑边喊,所有的人都欠起身来看他。"快跟我来,阿援的遗物被送来了!"

灯亮了,阿丝在狭窄的过道里跟着老板往弹子房的深处跑。

阿丝感到自己跑了很久。他俩终于跑到了一张发出强烈反光的白铁门那里。老板去推那张门,他的手刚触到门,门就发出令人发疯的金属刮擦的噪音。阿丝用两手捂住耳朵,脸变得惨白。门终于慢慢开了,阿丝跟前出现那辆白色中巴。车头被大火烧过,窗玻璃都被烧得变了形。

"是从大沙漠开回来的,发动机还是好好的。"

阿丝用目光环顾这间车库,发现车库前面就是河,外面天已经大亮了,河边有很多人在洗衣服。

"我想保存这辆车。"老板的声音变得异常伤感,"我几天没睡好了。只要我一闭上眼,阿援的事迹就会出现在脑海中。他走的是一条勇敢者的路,我是个平庸的商人,我不敢直面危险。不过呢,城里也需要我这样的人,对吧?"

"当然需要。"阿丝温柔地说,"您的'自由港口'陶冶了阿援的性格。"

"阿丝阿丝,你真这样认为?你不知道我听了这话有多么高兴!"

"当然是真的。我和阿援无家可归时,您这里就是我们的家。"

"啊,我放心了,我放心了!阿丝,那木桥上有个人向你招手。"

阿丝仔细地将那白色中巴的车身抚摸了一遍,又打开门看了看车内。她在心里不停地说:"再见,再见……"

"我现在要走了,过不久我又会来。"

"来吧来吧,阿丝。世上最容易的事莫过于来'自由港口'了。你心里刚一起念头,一抬脚,'自由港口'就到了。"

阿丝走出车库,一股河风吹来,她闻到熟悉的水腥味。

她走了不远,很快就看见了桥,但是木桥上空空荡荡的。阿丝站在那里,打不定主意是上桥呢还是转身回家去。

银子出现在路灯的灯杆那里,她的模样完全改变了。她不像高中生,而是看上去足有她所说的三十五岁了。她慢慢走近阿丝,表情坚定。

"阿丝,我不叫你姐了,我比你大,我的经历也比你苦。刚才在桥上,我已经把事情想清了——感谢'自由港口'的老板,是他给了我力量。我走到桥头,脚下是深水,有一对情侣在水中嘀嘀咕咕。忽然我耳边响起我男朋友的声音,我明白了,他还在这个世界上游荡呢,他像我一样在游荡。所以我不能下到水里去。他今夜没去'自由港口'。其实我早料到了不能同他相遇,可我还是往那边跑,我总是这样的。我的意思是,我心里的那片天总是黑的,一黑到底。不过我早适应了,黑咕隆咚里头有种种小游戏,这些游戏激起我生活的兴趣。阿丝阿丝,我在说什么?"

"你在说你的历史,银子。我听着呢。"阿丝温柔地说。

"我出来的时候,满脑子都是他的笑脸,我还看见了白鸽。我想,从右边进去吧,我会找到他的。我同他之所以走散,是因为我忘记了一件事。如果我从右边进去,也许会想起来那是件什么事。我跑着进去的,谁都没注意到我。我把弹子房全部搜了一遍,将那些男人们的脸都扳过来面向着我。我遭到唾骂,羞愧得要死。老板陪着我这个疯女人,他建议我去外面的木桥上找一找。后来我就跑到桥上,然后又从桥上下来了。你瞧我有多么疯。"

"你真幸福啊,银子!"阿丝由衷地说。

"你的意思是我已经同我男朋友相遇过了?"

"我就是这个意思。"

银子沉默了。她紧紧地捏着阿丝的手表示感激。不知不觉地她俩已走到了温泉旅馆的门口。银子对阿丝说了好多她生活中的事,她俩沉浸在同一种氛围中,既伤感,又默默地希望着什么。银子说,温泉旅馆也是她的自由生活起步的地方,她是最早一批来这里的。

温泉旅馆门口静静的,一个乘客也没有。阿丝很想同银子一块进去,让银子旧地重游,她还打算介绍她认识龙思乡呢。

"不,阿丝。"银子坚定地说,"我们去剧院,现在就去!"

"去听茶花女吗?我听说她最近生病了。"

银子拉着阿丝穿过马路,她们登上了公共汽车。

车上除了司机,一个乘客也没有。司机戴着墨镜,样子粗俗。

"我们要去剧院。"银子说,直挺挺地站在车门边。

"我知道,你们是去地下室。那种地方真够磨炼人的意志的。"

他猛地一发动车子,又猛地一停,阿丝和银子都跌倒了。然后他若无其事地前进了。开了一段,他头也不回地大声说:

"我也是一个嫖客,我的心上人住在地下室三号房。"

阿丝觉得司机很好玩,就问他:

"您看我们二位合不合您的意?"

"不,我已经有了心上人!我是听茶花女长大的。"

"真了不起。我们今天就是去找茶花女的。"

"哼。"

一直到下车三个人都没再开口。

阿丝跟随银子从消防梯一直上到了顶楼,然后从一个小侧门进入到了顶楼的平台。因为看见平台上空空荡荡的,阿丝就小声说:

"没有女儿墙。"

"没有女儿墙才方便呢,多少人从这里跳下去了!"银子大声回应。

银子邀阿丝坐到平台边缘,将双腿伸到外面的空中。阿丝心里还是很害怕,将身躯尽量往后仰。但银子一点也不怕,摇晃着身体,口里哼着歌。阿丝仔细聆听,却原来是茶花女在唱,银子随着她哼。她的身体就是随着歌声的节奏在摇晃。阿丝全身起了鸡皮疙瘩,她老觉得歌声一停银子就会坠下去,所以默默地祈祷那歌声别停。

阿丝终于听出来了,那歌声不是从楼里传上来的,却是从上方天空传下来的。难道茶花女坐在热气球上唱歌?她俩身后有人在说话:

"她真美,不管在哪里她都是这么美。"

"那当然。她是我们城市的山茶花王嘛。"

阿丝听出后面讲话的那个人是顾大伯,就连忙转过身站了起来。她向渔夫跑了几步又停下，回头一看，银子已经不在原地了。

"银子啊！！"她凄厉地叫了出来。

顾大伯拍着她的肩膀连声说：

"不要紧，不要紧！我看见她走开的，她下楼去了。"

"真的吗？"

"我发誓。"

"刚才您同谁说话？"

"我没说话啊。"

"那么，是您的心在说话。我爱您，大伯。"

"我也爱你，阿丝。我们下去吧。到我船上去，我侄儿来了，他可是个漂亮的小伙子。"

"我不爱漂亮的小伙子，我爱老渔夫。"

"那么你就跟我走吧。"

他俩回到船上时，又是黄昏了，附近的平房里有个人在用二胡拉着悲伤的曲子，阿丝流着泪倾听着。

那侄儿正在船里忙来忙去地准备着晚餐。后来他终于坐下来面对阿丝了。他的身材很像击剑运动员。

"他的名字叫细狗，多么可爱的名字！"顾大伯说。

他们一起碰杯。侄儿一点也不羞怯，大大方方地搂着阿丝，替她夹菜，像是她的情人一样。

"阿丝，你是细狗的初恋。他对你已经很熟悉。"

"我知道，大伯。他是从您那里认识我的。"

那顿饭吃到半途,阿丝想吹河风,那侄儿便同她走出船舱,两人相互搂抱着站在船头。阿丝又听见了情侣在水中说话。她仰头望天,想起了茶花女的歌声。她感到河水中的激情正在涨潮,于是问侄儿愿不愿意同她一块下河。侄儿刚说了一声"愿意"她就扎下去了,接着侄儿也扎下去了。顾大伯从舱里出来,站在那里沉思。

阿丝不会水,她张着嘴随波逐流,那侄儿在她身边托着她,将她的头部托出水面。这时茶花女的歌声从天而降了。

"您是谁?"阿丝喃喃地问。

"我是阿援啊。吃晚饭时我一直在等,你却没认出我来。"

"你的变化太大了。你不是扔下我去了阴间吗?现在你又变成了顾大伯的侄儿。你还会变成什么?"

"我怎么可能扔下阿丝?阿丝是我追求的理想啊。说到顾大伯,我本来就是他侄儿。是他把我养大的。你听这咏叹调,多么绝望!其实啊,绝望归绝望,车到山前必有路……"

他将她猛地向上一托,阿丝到了渔船的甲板上。

"伯伯,一个人到底能死几次?"阿丝问。

"那要看这个人的潜力。潜力大的,无数次吧。阿丝,这是你的衣服,你到舱里去换一下吧。"

"他走了吗?"

"嗯。你还会碰到他的。"

"他到底是您的侄儿还是阿援?"

"两者都是吧。这不是很好的一件事吗?"

阿丝换上干衣服,走出船舱,紧紧地拥抱着顾大伯。

"伯伯啊，我只爱您一个人。"

"瞎说，瞎说，阿丝是骄傲的山茶花王，怎么能退缩？你听，那老女人要发疯了，疯得多么可爱！我们年轻时都为她发过疯。阿丝，你要见她吗？从这里数过去第七只渔船就是。"

他俩上了那只渔船，进到舱里，看见了化着浓妆的老妇人。她独自一人坐在小方桌前，桌上一盏油灯。那张脸很像面具，连眼睛都一动不动。她做了个手势让阿丝和顾大伯坐下。

"您的歌声养育了我们几代人。"顾大伯文质彬彬地说。

阿丝心中遽然激情澎湃。她忍不住开口了。

"那就像起死回生……对，刚才我正是那种感觉！我躺在水下，向那一团黑东西不断沉下去，突然听到了召唤，我仿佛触了电，全身抽搐。不，不是触电，我形容得不对。我是想说，您的歌声给了我生命，谢谢您。"

"这是我最后的挣扎。"茶花女笑了笑，露出嘴里制作粗糙的假牙。

"我在京城的疗养院里见过您，您美得像仙女，您走过的地方，花瓣纷纷落下。我觉得这事就发生在不久前。"顾大伯说话时眼神变蒙眬了。

"谢谢你们。你们说的是另外的一个人，那是从前的茶花女。这十几年来，茶花女已经彻底沦落了。不过她还在挣扎。"

"您具有惊人的能量。我们热爱你，奶奶。"阿丝说，"您就是美，我们从心里这样确信。"她又转过头对顾大伯说："伯伯，您不知道我此刻多么振奋！我已经战胜了我的敌人。"

他俩同老妇人分手时，阿丝用双手紧紧握着老女人的手，激动得声音发抖。

"您就是奇迹啊,奶奶!您要答应我永久地活下去。"

"我答应你,阿丝小姐。"

他俩走在昏暗的堤岸上。阿丝一回头,看见茶花女舱里油灯已灭。

"阿丝,你也要答应我。"

"答应什么?"

"刚才茶花女答应你的事。"

"我答应您,伯伯。我要永远爱您。"

那黑黑的船舱里传出了歌声,起先有点令人毛骨悚然,后来就渐渐热烈起来了。月亮居然升上了中天,将银光洒向大地。

"阿丝,你说得对,她就是奇迹。你看那是谁?"

阿丝看见一个佝偻的老头正在走向那条渔船,他点燃了手中的打火机,高高举起,画了一个圈。他是在打信号。

"还能是谁呢?当然是茶花女的爱人。"

老头得不到回应,他始终站在那里。

"他俩之间隔着一个太平洋。"顾大伯说。

"多么美的事!"阿丝说。

"阿丝,我们分手吧,有人在你家里等你。再见。"

"再见。"

阿丝刚从堤上下来就看见"自由港口"的老板。他摇下车窗向她挥手,口里喊道:

"阿援的车今夜要冲出'自由港口'!"

那白色的车身晃了一下就不见了。

有人搂住了阿丝的肩头，空气中飘来玫瑰香味，是银子。

"银子，我真是担心你啊！"

"我是久经考验的战士。我是来邀请你的，阿丝。你以后常来咖啡店吧，到了我们店就等于是到了'自由港口'。当然还有些另外的入口，可都比不上我们店那么直截了当！"

银子爽快地拍了拍阿丝的肩，转身向旁边的店铺走去，她那高挑的影子一眨眼就消失在门里头。那是一家卖走私香烟的店子。

阿丝感到好奇，就走到那店子的橱窗前，使劲朝里看。她又看见了先前在"自由港口"看见的东西——大屏幕上是一片黄沙，黄沙当中是一模一样的木屋，木屋上蹲着喜鹊，那木屋的门缓缓地开了。阿丝张着嘴期待着，身体抖个不停。然而什么也没有。

"银子！银子！"她喊道。

门那里探出一个小姑娘的头，她温柔地说：

"不要喊啊，静静地，这就好了。您要不要进来坐一坐？"

阿丝走过去，小姑娘一把将她拖入屋内。

阿丝记得这里原来是一个店堂，摆着各式鞋帽。但现在店堂里空空的，黑暗中只有几台很大的电脑屏幕在闪烁。小姑娘对阿丝说：

"您的朋友也在这里。"

这时阿丝就看见沙发上一动不动地坐着一个女人。

"您好，我是韦伯的女友，我叫翠兰。您请坐下吧。"

小姑娘将阿丝按在长沙发上坐下，自己走开了。

"我知道您是阿丝，韦伯的前女友。我一直想见到您。"

"韦伯是一个很好的男人,但我配不上他。我现在虽然看不清您的模样,但我知道您是一位美女。见到您,我心里的痛苦减轻了很多。"

阿丝握住了翠兰的手。阿丝感到这个女人的镇定给她也带来了力量。

"韦伯是那种人——让人放心,让人忘不掉,可又彻底拒绝你。对吧?"

"您的话对极了!"阿丝回答,"那是因为他爱上了您!我和他之间只是兄妹之爱,所以他从不拒绝我。"

"谈谈您的情人吧,阿丝。"

"我的情人——他决心在他死后来折磨我。当然,他是世上最好的情人,毫不保留地一爱到底的那种。目前他在撒哈拉大沙漠。"

"我刚才看了关于他的一小段录像,真美啊。我想,既然他不再回来了,既然他决心以这种方式来爱阿丝,阿丝就应该鼓起勇气重新开始她自己的新生活。这,也是那位勇士的期望。您说是吗?"

"正是这样。我现在正在寻找新生活的入口呢。翠兰翠兰,韦伯真有福气啊。他还在监狱,对吧?"

"他在牢里面享福啊,他可不会亏待自己!他托人带话给我,让我不要等他了,因为他不打算出来了。阿丝,刚才我一直坐在这里等您,我想对您说,让我俩各自开始新生活吧。像我们这种人,怎么能没有自己的生活?说到韦伯啦,阿援啦,就去他们的吧,那都属于过去的事情了,越早忘掉越好。您同意我的看法吗?"

"翠兰姐,您说得对极了!我很佩服您!您瞧,我的头又昂得高高的了,我浑身有了力气!现在我就要去我伯伯那里,将这个喜讯告诉他!您同我一块去吗?"

"我要在这里等我的新情人,他正从京城赶往此地。阿丝您快去吧,去试试您的运气吧!"

阿丝一清早就赶往河边。昨夜在家睡得很好,她感到体内的活力又恢复了。黎明时分她梦见了沙漠中的一口井,井口窄小,深不见底。她用手舀那水来喝,但总舀不上来。每当她的手凑到唇边,水就流失了。最后她伏到滚烫的地上,伸长她的脖子,像狗一样去舔。她舔了好久才慢慢解渴。她舔水时,阿援老在耳边说:"阿丝,阿丝,你这是干什么啊?"

那渔船好像有点异样,啊,原来船头插了一面金色的三角旗在迎风招展!阿丝兴致勃勃地登上船,却看见舱里走出一位陌生男人。

"您是来找他的吧?他已经将渔船转让给我了。您请坐,我是他的好朋友,二十多年的同行好友。"

阿丝看见男人头上有一撮头发像鸡冠一样竖起来,他生着一对三角眼,但模样并不凶恶,还有点滑稽。他大约四十来岁。

"我的伯伯真是个异想天开的人啊!"阿丝叹道,"您知道他去了哪里吗?"

"他还能去哪里,当然是去了海上。我的名字叫流沙,我知道您叫阿丝,我们拉拉手吧,他的朋友就是我的朋友。您真不愧城市的花王。"

他的手像锉刀一样,却很温暖。

"要不要喝点红酒?"

"好。"

"为我们的相识干杯!"

"干杯!我觉得我爱上您了。"阿丝脸红红的非常兴奋,"我们并不是现在才相识的,我在'自由港口'里面多次见到您。好多年里头,我想同您说话,您的表情看上去也想同我说话,可我们为什么就开不了口呢?流沙哥,您说说看这是为什么?"

"在我,是因为那个时候您有阿援,而且您爱的是他。"

"哈,大概是因为您的君子风度,那时我才没有移情别恋。"

"可是阿援去世才两天啊。"

"看来我是无可救药的堕落女人。"

"老顾没说错,您是当之无愧的花王。"

"我想同您一块去河堤上遛遛。"

阿丝就像搂着顾大伯一样紧紧地搂着流沙的腰。薄雾中,有一艘轮船启航了,汽笛声使得阿丝泪流满面。流沙若有所思地看着阿丝,抚摸着她的肩头,轻轻地说:

"哭吧,哭吧。我们的勇士该会多么满足啊。"

"您说错了,我哭的是顾伯伯。您不知道我有多么爱他,所有的人里面,我最爱的就是他……现在他走了,我和他之间的爱也成了过去的事。他们一个个都走了,现在您来了。我爱您,我不会放过您了。"

流沙一声不响,他觉得所有的话全是多余的了。往事历历在目。有多少年了？八年？十年？他只要出海回来就去"自由港口"，坐在那个角落里等阿丝出现。阿丝是他心中的太阳。他不敢直视她，他的心绕着她转。"自由港口"里烟雾缭绕，人们像影子一样飘荡着，没有实体感。只有阿丝是不同的，阿丝光芒四射……他没有任何一次不从心底感到惊讶：世上怎么会有这种奇迹？如今奇迹成了现实，可他的心为什么一阵阵颤抖，没有幸福感？大概是因为太紧张了吧？

"流沙哥，您愿意去'山茶花小区'吗？"

"我迫不及待地想去。我在您楼下的花园里偷偷地守候过，那是一个寂寞的冬天，无聊的休假的日子。"

他们来到那栋楼前时，就像阿丝估计的那样，"举报者"手执一束玫瑰花站在单元的铁门那里。

"丝小姐，祝贺您！他可真是个英俊的小伙子！"他说。

"五十岁的小伙子。"流沙纠正他说。

"举报者"跟随他俩上楼，进屋，然后将玫瑰插在阿丝的花瓶里。他的眼中第一次流露出伤感，一绺灰白的乱发搭在额前。

"丝小姐，我要从小区里消失了。今后会有更高明的卫士来守护您。"

"您是我的福音，伯伯！"

他俩用力拥抱了一下，老头头也不回地向外走去。

阳台上还是那两把藤椅，流沙看一眼就明白了这里发生过的事。

"我去给您做饭吧，阿丝，我带来了最好的香槟酒。"

他一边说话一边进了厨房，阿丝也随他一起进去了。在"哗哗"的流水声中，阿丝的心像小鸟一样歌唱起来了。

客厅里的电话铃响起来了。

"是思乡姐吗？什么？去冰岛？永伯同你一块去？太好了！代我向他问好……不知道还能不能回来？你怎么这么悲观？你听我说：完全用不着这样！你要好好的……答应我！啊？"

"他们两人都下了纠缠到死的决心。"阿丝失神地说。

"不会的，阿丝，这种事我见得多了。到头来一定会'柳暗花明又一村'。您就相信我吧。"流沙说话时三角眼里满是笑意。

"好，我相信您。"阿丝说着就踮起了脚同他接了个吻。

2012 年 8 月于北京金榜园

图书在版编目（CIP）数据

新世纪爱情故事 / 残雪著. — 长沙：湖南文艺出版社，2019.10（2023.10重印）
（残雪作品典藏版）
ISBN 978-7-5404-9206-9

Ⅰ.①新… Ⅱ.①残… Ⅲ.①长篇小说－中国－当代 Ⅳ.①I247.5

中国版本图书馆CIP数据核字(2019)第077083号

新世纪爱情故事
XINSHIJI AIQING GUSHI

残雪 著

出 版 人：陈新文
责任编辑：陈小真
责任校对：黄 晓
装帧设计：弘毅麦田
湖南文艺出版社出版、发行
（湖南省长沙市东二环一段508号　邮编：410014）
网址：www.hnwy.net
湖南省新华书店经销
长沙超峰印刷有限公司印刷

版次：2019年10月第1版
印次：2023年10月第3次印刷
开本：970 mm×680 mm　1/32
印张：12.25
字数：259 千字
书号：ISBN 978-7-5404-9206-9
定价：62.00元

本社邮购电话：0731-85983015
若有印装质量问题，请直接与本社出版科联系调换